Fear of birds

恐鸟症

蔡建峰 著

U0353067

北京理工大学出版社
BEIJING INSTITUTE OF TECHNOLOGY PRESS

图书在版编目（ＣＩＰ）数据

恐鸟症／蔡建峰著. -- 北京：北京理工大学出版
社，2024.1
ISBN 978 - 7 - 5763 - 2329 - 0

Ⅰ．①恐… Ⅱ．①蔡… Ⅲ．①幻想小说 - 小说集 - 中
国 - 当代 Ⅳ．①I247.7

中国国家版本馆 CIP 数据核字（2023）第 074875 号

责任编辑：封　雪　　文案编辑：毛慧佳
责任校对：刘亚男　　责任印制：李志强

出版发行／北京理工大学出版社有限责任公司
社　　址／北京市丰台区四合庄路 6 号
邮　　编／100070
电　　话／（010）68944451（大众售后服务热线）
　　　　　（010）68912824（大众售后服务热线）
网　　址／http：//www.bitpress.com.cn

版 印 次／2024 年 1 月第 1 版第 1 次印刷
印　　刷／三河市九洲财鑫印刷有限公司
开　　本／880 mm×1230 mm　1/32
印　　张／9.5
字　　数／210 千字
定　　价／45.00 元

中国科幻的"NEXT"希望在哪里

韩 松

中国的科幻正处于一个重要的转折关口。一方面,它在中国各界和国际上引起越来越大的关注;另一方面,它也面临如何承前启后、推陈出新的迫切问题。

科幻是文学大花园里的一支。但最近看到很多年度文学荐书排行榜上都没有科幻,包括类型文学优秀图书,也没有科幻,至少没有我们认为的那些优秀的核心科幻。这与科幻的热度不符,也一定程度上让人感到是否创作有些乏力?科幻创作中抄袭现象虽是个例,但也敲响了警钟。

大量的科幻图书涌现,数量逐年增长,但是一些出版社却反映销售不好。我接触到了一些读者,发现他们对于科幻的了解,仍仅限于《三体》。这让人认识到科幻仍然是小众。而随着微信、短视频和游戏市场的扩大,更多受众还会被分化。

国内的科幻活动越来越多、越来越热闹华丽，科幻奖也已有十几个，最高奖金达百万人民币，但期待中的精品还是较少。《三体》问世十年后，就再没有产生这样的轰动作品。这是否是一种能被接受的常态化呢？毕竟世界范围内也没有出现"三体现象"。但这仍然不能阻止我们对精品的追求。我看到有读者给我留言："斗胆说一句，科幻作品虽然越来越多，但总觉得令人惊艳、拥有瑰丽世界观的仍然是不够。"

国内创作之外，近年译作的增加也十分迅猛。我们的科幻，从生成到发展，都一直受着国外的影响，特别是不少灵感来自美国这个科幻大本营。我觉得中国科幻仍然需要潜心向世界学习。但是译作现在有些鱼龙混杂，有些译作的质量仍需要提高。另外国际环境的变化也给引进工作带来了影响。

被寄予很高期待的科幻电影，自《流浪地球》后也在不断努力，但是距离受众的愿望还有明显的距离，实践或许正在证明，科幻电影终究是最难的一件事情。急功近利蹭热点的几乎很难成功。

许多地方在搞科幻产业化，不少资本涌入科幻圈，但从打雷到下雨，再到怎么能有更大的雨下，仍在探索。科幻产业园区到底怎么打造？科幻究竟是不是人民生活的刚需品？科幻产业的投入怎样才能创造出应有效益？这些都还需要用事实来回答。

中国科幻从晚清诞生至今，发展了一百多年，它的源头还在于文学的创作，在于作家们精益求精的写作。

正是在这个时候，未来事务管理局与博峰文化合作推出了

"NEXT"科幻作家个人作品集系列。"NEXT"就是"下一代"的意思。顾名思义，它精选了未来局十余位年轻签约科幻作者的作品，这些作者有较强的个人风格和特色，也在一定程度上反映了中国科幻创作未来努力方向，正是着意于承前启后、推陈出新。

作为国内科幻文化的推动者，未来事务管理局不仅与国内最优秀的科幻作家有着长期合作的关系，也一向重视对年轻科幻新秀的培养。在成立发展的几年里，未来局不断从各类科幻征文比赛、平台投稿及自创的科幻写作营课堂中寻找、筛选和指导最有潜力的年轻科幻作者，帮助他们创作出具有时代感、能被当下读者欢迎的科幻作品。这些作者近年来取得了众多的成绩，积累了相当数量的科幻作品，并收获了多种科幻奖项以及广大读者和评论界的好评。这套丛书的出版，就是对这个现象的总结。

这些作者，最大的一九八二年出生，最小的一九九五年出生。这两个时间点让我很是感慨。我正是在一九八二年开始科幻创作的，那年在《红岩少年报》上发表了我的第一篇科幻小说《熊猫宇宇》，而一九九五年我在《科幻世界》上发表短篇小说《没有答案的航程》并获得了银河奖。

那个时候的科幻创作、发表和出版都还是比较艰难的，我和其他不少作者，更多是怀着对科幻的满腔热爱，只是不停地学习，埋头不断地写，而较少考虑能否发表和出版。这样坚持下来才积累了一定量的作品，也逐渐形成了自己的风格和特色。

我读了"NEXT"作者的作品，好像又看到我以前的样子。我感到他们很有才华和天赋，他们的创作是美好而杰出的，更重要的是，从他们的字里行间，能感受到对于科幻的无比热爱，并由此创造出了与众不同的科幻意象。我觉得，写科幻就是要按照自己喜欢的感觉和方式去写。首先只有能被自己接受、能够打动自己、自己觉得写得舒服的，才有可能是好的作品。从这个意义上，这些年轻人的作品，可以说反映了科幻的初心。

新时代的中国科幻还需要更多的时间来沉淀。但保持初心无疑是它当前最重要的追求之一。我希望能有更多的年轻作者，能够不凑一时热闹而更多地学习，能够找点时间去甘于边缘化，能够安安静静地坚持纯正的科幻写作，能够不自我设限地作天马行空的自由想象，用以表达自己的真情实感和对宇宙人生的认真思考。这就是中国科幻"NEXT"的希望。

关于我为什么要写作

蔡建峰

关于我为什么要写作，用黑塞的话来说，起源于一次"感召"，又经历"觉醒"。2018，我的人生发生了一次变故，具体是什么，不方便告诉你们。如今，我依稀记得的是，在后来的某一天晚上，洗完脸，我看着镜中的自己，惊觉那人如此陌生，他的眼睛、眉毛、鼻子乃至嘴角的一点儿抽动，看起来完全是不真实的，好像属于另一个人。

当天晚上，我躺在床上，看的是费尔南多·佩索阿的《不安之书》（又名《惶然录》），忽有一瞬感到产生了想说些什么的欲望，于是便动笔。起初，我写的并非小说，也称不上故事，只是一些带有感悟性质的随笔，夹杂着在如今看来很幼稚的哲学思考。我印象最深刻的一次是春节前后和亲戚一起去关帝庙上香（闽南地区的习俗）的事。泉州的宗教气氛尤盛，每年到这个时候，关帝庙里总是挤满了人，我们一整个家族便像赶集似的，四五点醒来，六点多便出发了。关帝庙在涂门街。大清早走在街上，我感觉我的灵魂好像从身体中被抽离，以一种独特的方式存在着。恍惚之间，身边的一切都如此不真实，神色匆匆的行人，拥挤的车流，还有在耳边不停鸣响的车笛。我可以清晰地感觉到我的灵魂操控着一具肉体在行走，如同布袋戏中被人牵着线的布偶。周遭环境越嘈杂，我就越感觉恍如隔世，像第三人称视角，我的身体不属于我，我的存在也不属于我。后来我了解到，这一过程在心理学作"解离"：人的心灵就像一面镜子，遇到创伤就被打碎，那些碎片化的情感会游离在我们周围，始终压抑，有时候会冒出来，使人感到无法忍受的悲伤，但下一瞬又什么感觉也没有了。

在这样的状态下，我总觉得自己是不真实的，他人是不真实的，世界是不真实的；我们与世界、与自己之间好像隔着一层厚厚的玻璃，尽管看得见，它们却始终存在于一个触不可及的境界。真实，这个抽象的概念，必然引出它的对立面——虚幻。于是当我开始动笔，想表达的主题几乎离不开对世界、对自我、对他者的真实性的猜测。至此，真实已成了我小说创作中的母题，紧接着又从真实中引出了对死的反思。但在这一时期，我对科幻尚未产生兴趣，甚至也从未读过一本科幻小说。真实使我发生改变的，是2018年年末偶然读到的菲利普·迪克的小说：第一本是《仿生人会梦见电子羊吗？》，然后是《尤比克》和《流吧！我的眼泪》——尽管前者的知名度很高，但它并未给我带来冲击。真正打动我的是后两本，在那样的处境下，我感到自己就是乔·奇普,就是杰森·塔夫纳,被一只看不见的大手戏弄,卷入了世界真实性和自我身份认同的漩涡。我爱上了菲利普·迪克,疯狂地,决绝地,像一块海绵势必要吸进滴落的水分一般,在极短的时间内看完了他所有的书。如今,我的书架上收藏了他所有小说,既包括长篇、中短篇,也包括科幻、主流文学作品。值得庆幸的是,我的收藏品还在增加,因为他仍有部分著作尚未引进。我既期待早日能读完他的所有作品的那一天,也害怕那天过后,迪克的小说世界就消失了。

回到我个人的小说上,在创作初期,受菲利普·迪克的影响是很明显的,当然也是饱受诟病的。我很明白,尽管我和他阴阳两隔,也从未见过,但正是他领我跨入小说创作的大门,使我变成一位谦卑的学徒。菲利普·迪克于1982年去世,距今已四十年。他为后人留下了一笔宝贵的精神遗产。我无法很直接地向你们解释,为什么我对一个死去的作家的感情如此之深,甚至单方面地将他引为知己,但我也明白,如果我始终活在他的创作阴影下,这笔遗产终有一天会被挥霍干净。于是,我知道,该抛下迪克了,正如所有孩子都会离开父母,所有弟子总会出师,我开始转变风格。

从2021年起,我开始更有规律也更系统地阅读不同作家的著作,更饥渴,也更警惕。我尽量不让他们影响我。然而,在这些伟大的作家当中,仍有几位的光芒实在太过闪耀,使人无法回避。有一个说法是,福克纳和海明威倘若有一个共同的后代,那就是马尔克斯。我不想妄论我的师承,因为我只是一个微不足道的学徒,配不上用他们的名号招摇撞骗。然而,我也不该羞于谈论自己从他们身上学到了什么：赫尔曼·黑塞是我的精神导师，马尔克斯传授我长句和意象的使用，海明威教会我"冰山理论"、短句和简洁，福克纳则向我了展示结构、多角度叙事和意识流的神奇之处，而石黑一雄则带我领略了克制的魅力和不可靠叙述的奇妙。当然，也还有其他作家，譬如 V·S·奈保尔、胡安·鲁尔福、奥尔加·托卡尔丘克等，在此便一一赘述了。

最后，我用海明威接受《巴黎评论》采访时说的话来回答最开始的那个问题："从已发生的事情，从存在的事情，从你知道的事情和你不知道的那些事情，通过你的虚构创造出东西来，这就不是表现，而是一种全新的事物了，比任何东西都真实和鲜活，是你让它活起来的。如果你写得足够好，它就会不朽。这就是你为什么要写作，而不是你所知的其他什么原因。可是，那些没人能知晓的写作动因又是什么样子呢？"

这就是我们写作的原因。

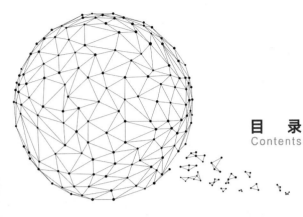

目 录
Contents

坏月亮

月亮要掉下来了，全世界的人都来看它：男人们穿上最隆重的西装，是出于敬重之情；而女人们呢，排着队去买葬礼上用的花束，是为了表达伤逝。地球从未有一刻如此分配不均，其中一半被观礼的人群挤得满满当当。当天早上，我们驱车前往太鼋湖，痛苦地发现那里全是人。

多多说："我真担心，人们全跑到这一面，会使地球不再倾斜旋转。"

那是一片碧蓝的湖水，坐落于群山之间，水平如镜。人们在湖边扎营，升起袅袅炊烟。我们在远离人群的地方搭上了帐篷。阳光透过婆娑树影，把多多脸上的汗水照得闪耀。白昼漫长，足足有二十小时。我们都祈盼夜晚的到来。科学家们说，是月球对海洋的潮汐作用消耗了地球自转的动能，所以每天的时间才越来越长，以至于达到了二十八小时。

月亮还没计划掉下来的时候，人们都痛恨它。在许多人眼里，它始终是生活的象征，十八小时工作制的罪魁祸首，一个折磨人类神经的遥远形象。据说，很久以前，一天只有二十四小时，而在更遥远的中生代，恐龙的一天有十八至二十小时。对此，人们感到不满。我们是如此怀念遥远的过去，以至于把月亮还没坏的日子称作黄金时代。我们过分沉湎于有关月亮的种种古老幻想，以相同的动作和神态表达了想要重返黄金时代的愿望，由此患上了一种名叫"疯月亮"的综合征，具体表现为：人们无心工作，因漫长的白日而惊悸，到了茫茫黑夜降临之时，又恐惧天上的月亮。政府想了很多种方案，但始终没能解决问题。当罢工潮席卷全球，大规模的抗议活动爆发时，硅谷的一位企业家站了出来，提议说："如果月亮让所有人感到不快，那我们就该打掉它。"

这话说得在理，很快引起一小部分人的赞同。这位企业家是造火箭的。事后，他所在公司的股价节节攀升。然而，真正使这项提议走向高潮并演变为现实的，却是一场声势浩大的辩论。在社交网络上，人们自发参与，分成两派。其中一方提出，要是月球被摧毁了，产生的碎片该怎么办？这一问题最终被妥善解决，政府决定用一张人们难以想象的网拦截体积较大的陨石，而那些小的会在大气层中燃烧殆尽。

中午，我和多多沿着湖边散步。水面平静得像一面镜子。她站在岸边打水漂。微风吹拂她的短发，飘来阵阵洗发水的清香。时隔多年，这是我们第一次见面。她站在阳光底下抛石子的画面，让我回忆起了一些甜蜜的往事。四年前，我们那畸形而决绝的爱，几乎不会使彼此联想到，有一天我们会像陌生人一样并肩站着，疏远到没了共同语言。我看着石子从她手里飞出，荡起涟漪，切进湖面。湖水像天鹅绒一样柔软。石子在水面跳跃了二十八下。我学着她的神态和动作，往水里使劲儿一抛。石子只在记忆中弹跳了几下，便沉入湖底。

多多笑了起来，眼睛眯成弯月牙。

"哮天，"她说，"在月亮上，我不是你的对手，但在地球上，你显然不会应付现实。"

打水漂是一种古老的游戏，最早可追溯至石器时代。我从未见过有人可以让石子飞这么远，要让它暂时摆脱地心引力的影响是一回事，但要打出一个漂亮的水漂，就是另一回事了。在月球上，我有过一次惊人的好成绩。那是院方组织的比赛，奖品是一次自由的月球漫步。多年来，医学家们始终坚持，"疯月亮"综合征是一种神经过敏症状，患者应尝试脱敏疗法。为此，他们要政府在月球上建立一家康复中心，以此来治疗我们对月亮的恐惧。

那年中秋节，当第一批试验对象抵达月表，所有人都表现出一种类似高原反应的症状，纷纷倒下了。数周后，院方建立了一套完善的应对机制：患者在飞向太空前必须服用布洛芬，并注射小剂量的镇静剂。十二月到了，轮到我登月。由于药物的影响，这一路上我都是在半睡半醒间度过的。飞行的过程好似梦游。倘若不是事后和多多聊起，我便不会知道，其实我们是搭乘同一航班到达。

月球，远比我想象中的样子还要荒凉。第一次踏上这片银灰色的土地，我便陷入一种不合时宜的感伤之中。当时，我在镇静剂的作用下，做了一个清醒的白日梦。我看见，自己倒在宇宙的摇篮里，地球就像上弦月，被茫茫黑夜吞没了一半。月亮去哪里了呢？夜空中到处都没有月亮的踪影。地球看起来好孤单。这时，我那后知后觉的大脑，在梦中回想起，原来自己并非躺在宇宙的摇篮中，而是被埋进了月壤——我们在月亮上望向虚空，在月亮上寻找月亮，自然什么也找不到。

后来，我把这个梦讲给多多听。她很喜欢，一听我讲这个故事就笑，像个孩子。直到她笑得自己都没有力气了，笑得我骨头都酥软了，我也没明白，这个梦有什么是地方好笑的。然而，这个梦将我们之间的距离拉近了许多。从那时起，我便有了一个新的外号，那是专属于她的亲昵称呼。多多唤我"哮天"。全世界，全太阳系，全宇宙，只有她一个人会这么叫我，只有她一个人可以这么叫我。每当我为了逗她开心，向她讲起这个梦，多多总是说："傻呀，哮天，你看见地球只有一半，那是因为你把它吃了。"有时，我会佯怒，死命反驳，说自己才不是狗呢，何况哮天犬吃的是月亮；但其实，更多的时候，我一方面既庆幸于自己不像狗一样有尾巴，以免暴露了内心的愉悦；另一方面又懊恼于自己并不是真的哮天犬，不能替她吃掉天上这轮令她害怕的月亮。其实，我很喜欢她这样叫我。这个专属于她的称呼，带来一种完美无瑕的亲密感。

圣诞节快到了，十二月接近尾声。这一个月来，我们所有人都住在幽闭的单间里，被每天定点服药的闹钟吵得神经紧张。这里是月球，一个离家几十万公里的地方。当最初的那种新奇感褪去后，月球开始显得一无是处起来。在这样一种孤立无援的处境中，我们的一日三餐被安排好了，活动范围也局限于一个可控的与世隔绝的泡泡当中，几乎无法进行有利于身心健康的社交。病人们对外界失去了兴趣。我们的内心，被一种晕眩的黑暗的漩涡撕扯。有时，吃过晚饭后，才七点多，人们便陆陆续续回房间睡觉了。

为了缓解这种状况，院方组织了多项娱乐比赛。在一处小石潭边，我抱着试试的心态，夺得了打水漂的冠军，奖品是一次自由的月球漫步。我和多多正是在这次比赛上相识的，参赛的就我们两个。月球的引力很小，技巧的用处远小于力道。我就这样把她打败了，正如四年后，她轻而易举战胜我一样。那是很早之前的事了。事后，她不服气，约我私下里再比一次。我不是一个懂得谦让的绅士，她也不是什么肯轻易认输的淑女。久而久之，便有了来往。但我想，真正让我们互相吸引的，是相处过程中那种奇怪的胜负欲。我们针锋相对，势均力敌，试图从言语和行动上战胜对方。换句话说，我们乐在其中，并不盲目，也绝不止步于一次简单的打水漂，而是渐渐演变为逻辑和智力的较量。我们会挖苦彼此，安慰彼此，也关心彼此。在一个陌生的、完全异己的世界里，我们几乎是一个原型的两道影子，在不同角度的同一束爱情之光的照耀下，陪伴彼此度过漫长的黑暗岁月。

圣诞节那天，我收到一份来自她的礼物，是一支钢笔。惭愧的是，我竟什么也没准备。随钢笔附上的，是两张明信片，它们的外面用一张白纸自制的信封包裹着。信封上写着："好好写字，天天开心。

（虽然我的字也不怎么样。）"末了，还画了个剪刀手。我想起，原来是有一次我们交谈时，我告诉她自己的字写得并不怎么样，当时她嘲笑了我，现在却督促我好好写字。我拆开信封，看见第一张明信片上画了一棵圣诞树，边上用箭头标出："圣诞树诶"，并写着"Merry Christmas"。"圣诞快乐，"她写道，"也可以是元旦快乐了，还可以是新年快乐！无所谓了，哈哈。"第二张明信片是一份解释，说自己不小心把刚才那张上面的"诶"字按花了，明信片上满是油墨的痕迹。所以，她又写了一张，最左下方写着"For You①"，边上同样附着剪刀手。从明信片上的那团油墨，那一行行字，还有那个小小的剪刀手图画，我看见的是无数细节，以及一个女孩的用心。她那别出心裁的祝福我至今还留着。从月球返回地球后，每每拿出来看，回忆起这段无疾而终的恋情时，我便总是不可避免地思念她。我想，我们都把一切弄得一团糟了。

收到这两张明信片后，我去找她。我不是一个善于表达感情的人，哪怕是表白，也是她后来向我发起的。但那天晚上，我像突然开了窍似的，约她去看电影。康复中心的电影院中正在播放《真爱至上》。在电影院里坐到人都散场后，我才告诉她，自己也准备了一份礼物。当多多得知，我准备把打水漂赢来的奖品与她共享时，她的眼睛再一次眯成了弯月牙。我们向护工请求，希望能把两小时的月球漫步均分为两份。就这样，我们各自得到了一小时的私人时光，不必再

---

① 为你。

羁于形式的束缚或孤独的折磨，而是模糊了彼此的边界，让内心的光明与黑暗都涌向对方：当我们在冰冷的虚空中找到地球时，我们十指相扣，掌心抵在一起，能感受到彼此传递的温暖；当群星在汹涌的黑暗中闪耀时，她那银白色的臂弯沐浴着银河的亮光，看上去像精细的银砂做成的，触碰起来感觉十分美妙；当情感消弭为一种纯粹时，两道影子回归同一束光，我的身体从月海上飘了起来，慢悠悠飞向她——也许，那是一种狂热的爱情的美化，在我的世界里她的引力就与月球相当，没有迟疑，没有顾虑。我爱上了她，我们就这样成为彼此，这一刻虚室生白，天地皆爱，这次相逢让万物齐一。

我好像被治愈了，在很长的一段时间里，都没体验到那种晕眩的黑暗的漩涡。小的时候，在家乡，我的母亲告诫我，不要用手指着月亮，否则耳朵会烂掉。这一迷信的说法是她从她的母亲那儿听来的。那时，我一直认为，月亮有某种魔力，可以诅咒那些对它不敬的人，并对他们产生影响。现在，我就站在月亮上，和多多一起迎击黑暗。月亮其实也没什么可怕的，不过是一堆银白色的尘埃，它甚至没有能力开出一朵花。每天早上九点，我去帮她买早餐，我们在取药的地方碰面。院方提供的特效药并不能治愈疯月亮综合征，反而会使我们神志不清。多多总是把药藏在舌头下。吃早餐的时候，她向我展示那枚藏在灵巧舌头下的胶囊，然后吐掉。后来，我也这么做了。我们会在午后一起散步，依偎在窗边一起欣赏窗外的月海。到了晚上，我们都希望康复中心的电影院能开得晚一点，因为我们还没尝试过在午夜场看电影。负责播放电影的护工从不满足我们。

有一次，多多对我说："要是允许我们在月壤上种点什么就好了。"

我答应过要送她一束玫瑰花，便在物资清单上写下了需求。他们送来了种子，说玫瑰用扦插的方式无法在月球存活。我们便把种子浸泡在温水中，然后再放进凉水中继续浸泡。我们一起把它埋进门前的空地，期盼来年玫瑰能长得茂盛。最后，一个好心的护工指点我们，若是盖上一层保鲜膜并扎几个小孔，可以增加空气的湿润度，我们便这么做了。玫瑰喜欢阳光，于是我们每天约好了用紫外灯照它。其实我们一点儿经验也没有，办事全凭直觉，但那种想要一起做点什么的愿望，就像人类血脉的延续，几乎已成执念。然而有一天，多多消失了。她在野玫瑰还没发芽的时候，就离开了我们。我去找护工。那人说，根据院方的观察，她已经康复，可以出院了。所以说，她走了，只留下我和玫瑰独自生长。

整整一周，我都守在我们的玫瑰旁，有时能望着远方发一整天呆。月海是如此苍白，覆着一层尘埃，像死人脸上的妆粉。在那荒凉而孤寂的月海之上，我们的蔚蓝色星球是如此闪耀，千万年岿然不动，始终与月亮保持着合适的距离。这距离正在逐渐拉长；而我在月球上，像一颗小小的人体卫星，绕着地球日复一日地旋转。我永远乐观积极地看待她，没有负面的观点。可是，现在，她不告而别。我也康复了。内心的撕扯感的确消失了，只留下一片爱被吞噬的空洞。我没办法向别人解释这一切，这只是治疗期间两个神经病的爱。有时，我也会想，会不会她根本就不存在，只是我的想象。有时，我倒情愿她并不真实存在，这样一来我的失去便无足轻重了。有时，我想象她的确就是我内心的产物，而她的离去只是回归了自我。我还拥有她。我还没失去她。我想，这会儿她都已经抵达地球了。

后来，他们关闭了这家医院，因为脱敏疗法虽然行之有效，但劳民伤财。回到地球后，我打听到了她的消息，得知她已投入工作，像正常人一样生活。在社交网络上，你很容易就能窥见一个人的生活细节。她总是能比我更好地应付现实。我知道她养了猫，知道她有了新的对象，知道她如今每天都不缺玫瑰，知道有人每天都会帮她买早餐。我知道那个人本该是我。那个献上玫瑰、围着她旋转的人本该是我。有一种关系已经失衡。月亮坏了。我们不再势均力敌，不再针锋相对。我们不是黑暗里向着彼此靠近的那两个人，不会在苍白而死寂的月海边漫步，不能向对方展示那枚藏在舌头下的秘密胶囊，我们从未一起看过午夜场的电影，我们的玫瑰也永远不会开花。我们是相交的两条线段，在短暂的相遇后，朝着与彼无关的未来飞逝。我们不再是同一束光的两道影子。她已是一束光，而我一辈子也许都只能在阴影里游荡。

傍晚，我们在湖边吃晚餐。一个小姑娘捧着一束玫瑰走过来，问道：

"哥哥，你要给姐姐买一束花吗？"

我后知后觉地看着她。

她说："不用了。"

小姑娘走了，带走了我的花束。

我们没再提起月球上的那朵玫瑰，只要她不问，即使后来它真的盛开了，我也不会告诉她。野玫瑰色泽黯淡，开得丑陋，只是一个永远不会有结果的花骨朵儿。这真的没必要。我们并肩站在湖边等待月亮。夜幕很快降临。在地球上，月亮是这般小，这般微不足道，就像有人在天上点了一盏小夜灯。月亮因过分遥远而显得美好。它还没掉下来呢，我就开始怀念它了。在湖的另一边，伴着钢琴声，一个女中音唱起了康果尔德的《月亮，你又这样再次升起》，调子听起来很悲伤，水汽打湿了她的裙角。

我说："如果月亮坏了，我们不该只想着摧毁它，而应该去修复它。"

她没说话。多年后，我和她约好在这里见面。褪去爱情的迷幻光芒，她的真实外表显得很普通。我失望地发现她压根儿就不是我一直想念的那个女孩。多多变了。她变得成熟，理智，不那么烂漫。也许，她是真的被治愈了，而我还留在月亮上，站在原地，望着星空，痴痴地寻找那一束光。我们都在月亮上寻找月亮，自然不会找到。我想吻她，但做不到。我想牵起她的手，还是不行。我无法向她表述我那自太古至永劫的思念，这么多年来我一直没忘。

七点，夜空中布满玫瑰色的光轨。七点半，月亮在天空中炸开。其中构成主体的三分之二大小部分，迅速向着我们飞来。那时，我心里有一种荒唐的想法，并把它说了出来："要是这一刻是世界末日就好了，我们死在一起。"

她仍不讲话。

月亮的碎片继续向我们靠近。

湖面忽地掀起巨浪。

我们被淋了一身水。

她笑了起来。

"你呢，哮天，这么久了，你想我吗？"

"我不知道。"我说，"有时我感觉你特别遥远，好像只是一个符号，五官线条组成的模糊形象。很多个夜晚，我都在想你，但更多时候的是在想，你是不是真的，是否真实存在。"

"那只是一种疯狂，是'疯月亮'综合征的余热，由奇怪的对月亮的狂躁转化而来。"她说，"我有喜欢的人了，我有约会的对象，你不能把太多的感情寄托在我身上。"

八点，月亮的残骸——构成主体的三分之二部分——被第二波红光击碎，余下的陨石和碎块被一张看不见的网拦截了。世界又恢复了平静。湖面一片狼藉，漂着鲜花、木炭、热灰和帐篷上的碎布料，但很平静，像死了一样平静。我知道，在我们的余生里，地球的江河湖海，永远不会再有波涛。

九点，多多站在湖边。我又看见一枚石子从她手里飞出，荡起涟漪，切进湖面。记忆像天鹅绒一样柔软。石子在我的心中弹跳，如此反复多次，最终沉入湖底。石子犹如弃子，没入不可追回的过往。

恐鸟症

妻子死了。

B 先生很伤心。他与妻子是在大学最后一年经朋友介绍认识的，那年他二十二岁，她十九岁，相遇在人生最美的年华，在每一个甜蜜宁静的夜里谈天说地，隔着手机屏幕说着永远聊不完的话，对彼此抱有极强的好奇心。

在那种年龄，经历过那种热恋的人都知道，年轻人的爱情是一场熊熊燃烧的大火，有些情侣会被烧成灰烬，死灰不再复燃，但那从不是他们的结局。他们从未说过威胁彼此的话，也从没想过放弃。这一晃就是二十多年。二十多年来，不知是妻子还是 B 先生的问题，他们从未有幸诞下子嗣，却也像其他正常夫妻一样相亲相爱，尽管有闹别扭的时候，但总能把两人之间的误会解释清楚。

他们的生活并不富裕，但还算平静。水电费账单从未困扰过他们，柴米油盐和日常生活中的琐事对恩爱的夫妇而言也不是难题。B

先生原以为这样的幸福将永远持续下去，即使没有爱情的结晶，两颗相依的心亦有安宁。

可是，如今，妻子死了，B先生也想死。

妻子是在送他去医院后出了车祸死的。当时，她陪着他去看心理医生，迫切地想治好他的恐鸟症——一种对鸟类的不正常且不合理的恐惧，尤其是对喙、爪、头，以及拔毛后的皮肤等部位的恐惧。B先生有很严重的恐鸟症，光是看到鸟类就无法呼吸，甚至恶心、心悸，有时也会发狂乃至失去意识。她让他独自一人留在医院，之后又赶着去上班。事故发生了，B先生逃过一劫，却也因此而悔恨为什么死的那个人不是自己。

妻子死后的第一个晚上，这个神色悲伤的中年男人躺在床上翻来覆去，久久不能入睡。他尝试过闭上眼睛，颅骨却盛满了一脑袋不断游走的思绪，所有的念头到头来都凝聚成过往的场景：她的笑、她的泪、她说话的方式、她欲言又止的样子……而今独留他一人黯然唔叹，满腹空虚。

换句话说，他失眠了。这样的事他早有预料，床头柜上放着今天早晨B先生从药店里买来的药物。有好几次，他想过清空这些记忆，用安眠药或是镇静剂，还自己一场好梦，但他舍不得回忆中的点点滴滴。一方面，他既留恋脑中的记忆；另一方面，他又不愿这么悲伤，因为在睡不着的时候拼命想着亡妻只会让自己更加抑郁。

于是，妻子死之后最可怕最难捱的一刻来了。B先生闭着眼睛。由于闭着眼睛的时候满脑子都是他的妻子，睁开眼睛就成了一件很难的事。以往，他睁开眼醒来时，第一眼看到的就是妻子，她会在床的另一侧冲他无声微笑，眼神温暖，笑容美好，即使她早早下了床，不在床边，他也能听见厨房里传来的忙碌声音，还有那温柔的小声哼唱着的歌儿。所以，现在他害怕睁开眼睛，害怕醒来，害怕发现妻子已不在身边，耳边没有锅碗瓢盆的合奏。

他很难过，很压抑，一想到妻子已经去世，就无法缓解内心的悲伤。到了后来，他就干脆躲在被窝里哭泣。他快崩溃了，快坚持不下去了，快死了，快要自杀了。在妻子死后的第一个晚上，他的内心自我斗争，生死冲动反复交替。他费了很大的力气，才说服自己从床头柜上拿起一颗安眠药就着酒服下，而不是十几粒，或是一整盒。

现在，他睡着了！终于！不知是酒精还是安眠药发挥了作用，他在失落、孤独的梦里还嘟哝了几句。"我失去了一切。"B先生说，"那些离开的都不会再回来了。没有什么值得留恋的，也没有什么是有意义的。"在他梦呓不断的时候，一台精妙的针孔摄像机躲在墙上的电子日历后头持续记录着这一切。

B先生的确想死，他渴望以死摆脱这种失去一切和被一切遗弃的痛苦，但当下毕竟还不是时候。B先生决定替妻子办一场像样的葬礼，在那之后便心甘情愿地随她而去。当然，他也能想象得出，如果妻子还活着，那她一定会抱着双臂，不满地噘着嘴，用责备似的目光盯着他，一言不发，直到他主动承认错误，说自己不该有这般傻气的轻生想法。但如今，他最珍视的那个人已先走一步，这样的目光业已不再。

葬礼那天，殡仪馆打来电话，B 先生从睡梦中惊醒，大脑中一片空白，眼前一片昏黑。这几日，B 先生每晚都是在酒精和安眠药的帮助下入睡，一觉醒来便头疼欲裂，但痛苦的滋味却让他那颗疲惫悲伤的心略感宽慰。他换上这一辈子穿过的最好的衣服——结婚当天穿过的西装——手捧一束洁白的满天星——那是他们初次约会时，他送她的花——像赴一场约会似的赶往葬礼现场。

他抵达时，殡仪馆里宾客区坐满了人，大多是妻子的朋友，余下的是他花钱请来的哭丧人，用来滥竽充数，好让全世界知道有这么多人在乎她的逝去。但有两个不苟言笑的黑衣人引起了他的注意——他们神色木讷，眼神寡淡，一左一右，穿着像冥府的索命使者，中间夹着一个披着白大褂的绿眼睛女子。

不记得自己请过这些人了，B 先生想。但注意力很快就被安魂曲吸引过去了。不知是哪个有品位的工作人员选择了莫扎特的 K626 号曲目，而不是其他低俗吵闹的哀乐。他在阴郁的 d 小调中又一次见到了自己的妻子，那时她躺在楠木制成的棺材里面，冰冷的脸庞被入殓师打扮得容光焕发，像是睡着了，完全看不出任何一丝消逝的痕迹。

直面死亡的这一刻来得太突然了，即使有沉重的弦乐伴奏与人群中压抑的哭泣做铺垫，他也花了很大的功夫才鼓足勇气正视妻子业已消逝的事实。他的心中有些骚动不安，仿佛血管内流动的残余生命力对即将到来的死亡心有不甘——你活不过今晚了，他对自己说，你马上就要随她而去，但你会再次见到她，如果死是一片空虚，那你们也是相互交融的一片空虚，成为彼此。

妻子下葬了。B 先生没有哭，他从不在人面前哭。他像木头一样坐在那里，或站在那里，或四处走动，兀自恍煎，看着人们依次上前向棺材中的妻子捐几滴泪水，又向他表示哀悼，然后坐回原位，或匆忙离去。

妻子的女性朋友，那些披着貂皮大衣的女人，她们散发出一股浓烈的香水味，把自己裹得严严实实的，只露出小半张苍白的脸，妆容精致，真皮层与适可而止的泪水绝缘。他厌倦她们的假惺惺，麻木地看着她们离去。

一道声音打断了他的沉思。"他们如此急匆匆地来，如此急匆匆地走，不是在悲伤面前落荒而逃，而是被迫面对死亡，又在那庞大的死的阴影下匆忙逃离。"

B 先生抬起头，惊觉哀悼队伍已到了末尾，说话的人是那个年轻的绿眼睛女子。他们先是如其他人那般寒暄了一阵子，她向他表示哀悼，他则向她表示感谢。有好一会儿，气氛都有些诡异，因为他完全不认识她，而这个绿眼睛的女子也早该在他道谢之后就识相地离去。但她没有。非但没有，还逮着他讲个不停，她身后跟着的那两个神色不善的黑衣人，他们连一句最基本的礼貌问候都没有！

"对不起，但现在不是闲聊的时候。"B 先生说。

"我知道。"绿眼睛女子煞有介事地点了点头，一副理所当然的样子。

"我的妻子下葬了。"

"土葬，很古老的丧葬仪式，不是很经济。"

"我的意思是，我还有些事情要处理。"

"我们可以等你。"

B 先生抱着双臂，无助地看了看四周，最后一个宾客正在离去。他想喊住那道背影，却叫不上那人的名字，很快他又觉得自己有些小题大做。"我知道了，你们找我有事？"

"没有，我们只是想和你聊一聊，"绿眼睛的女子顿了顿，又补充道，"整件事很复杂，一时半会儿说不完。"

"但我的事可能也得办很久。"他有些不安地说。

那女子蓦地笑了，两个黑衣人也紧跟着扯出一抹冷静的微笑，从两边包了上来。"当然，我们知道，绿眼睛女子若无其事地说，"但我担心你这一走就再也回不来了。"

B 先生扭头看了一眼空荡荡的殡仪馆，相关工作人员都消失不见了，这让他感到害怕。他盯着那年轻女孩的绿眼睛，看着那双洞察一切的眼珠子像翡翠一样微微反光，闪烁着一种耀眼的生命力。他被这眸子深处潜藏的力量所惊，下意识后退了一步，把双手揣进兜里，内心微微战栗，却摸到了满口袋的安眠药。

这种感觉真的很奇怪，B 先生想。一个失去了一切的人，下定决心去死，对什么都不在乎，为什么还会感到害怕？然后他就平静下来，不再惶恐，不再畏惧。他突然意识到，这个绿眼睛的女子，还有两位神秘的黑衣人，他们或许知晓他的计划，知道他给自己定了死期，知道他这一走便命不久矣。

"你刚才说，你是做什么的来着？"B 先生忍不住问道。

绿眼睛的女子同样双手插兜，使劲儿摇了摇白大褂的下摆，笑眯眯地说："医生。"

医生。他咀嚼着这个词语背后的含义，将信将疑地看着她。"什么医生？"

"你妻子派来的医生。"绿眼睛的 C 小姐说。

夜色渐浓。他们让他坐进飞车后座，一路飞向市中心。开车的是年轻漂亮的 C 小姐，而两个黑衣人一左一右把 B 先生夹在中间，一时间让他浑身上下都不自在。B 先生喜欢胡思乱想，长久以来一直对外界怀有敌意。从车子起飞到降落的这么一会儿工夫，他开始琢磨自己是否已经死了，就像电影里经常看到的那样，尸身留在原地，灵魂跟随冥府里来的使者去了地狱。渐渐出现在视野当中的医院大楼让他松了一口气，又隐隐觉得遗憾。

当车子降落的时候，车厢内传来一声若有若无的啼鸣。

"怎么了？"B 先生问道。

两个黑衣人一动不动，没有搭理他。

"什么东西？"他又问道。

绿眼睛的 C 小姐透过中央后视镜看他，轻声说："窗外的鸟儿，别在意。"她推开车门，迈着优雅的猫步，黑色的细高跟踩在车场的水泥地上，发出悦耳的咔咔声响。

两位黑衣人一左一右，把粗壮的手臂穿过他的腋窝，半是搀扶半是胁迫地带着他走向医院，几乎快把他拎起来了。他们一言不发，还是那副沉默寡言的模样，仿佛生来就是哑巴，或是机器人，只能忠诚地执行命令。

B 先生认得这家医院，妻子出事那一天，他正是来这里的心理科看病。自从鸟类保护法案出台之后，政府就禁止人们猎杀一切鸟类。他曾见过一个男人用 BB 弹打鸟，代价是十二年的有期徒刑。如今，天空中飞满了麻雀，骄傲的雄鹰也时而盘旋，更不用提那些聒噪的乌鸦和惹人厌的鸽子了。最令他感到恐惧的是多雨的春夏，燕子在潮湿闷热的天气低飞，啁啾的鸟儿用不绝于耳的啼鸣包围了他。

在他有限的记忆中，B 先生记得自己似乎有过一个家，燕子在家里的墙壁上筑巢，有人告诉他——也许是在开玩笑，也许是在讲故事——燕子的骨头是软的，一捏就死，而所谓血燕，就是燕子筋疲力尽吐在巢穴上的血。他不记得对他说这话的人是谁了，但推测应该是他的父亲或母亲，可他居然又完全想不起自己的父母究竟是谁了。

有时，他走在路上，内心时常被一种恐惧吞噬——他真怕那些低飞的燕子会一头撞在他的身上呀，它们飞得如此之快，如此之近，像一道闪电似的，不打一声招呼，几乎贴着他的身侧飞过。每逢这个时候，他就大吓一跳，进而惊声尖叫，仓皇无助，精神几近崩溃。医生没有很好的治疗方法，这种心理疾病无法靠药物缓解，但他的妻子仍坚持不懈地带着 B 先生辗转于各大医院，抱着一种他也理解不了的执念，就好像这是一道必须迈过去的坎儿。

"我来过这里。" B 先生对前面那道优雅的背影说，"我妻子出事那天，我来这里治疗恐鸟症。那个庸医逼迫我去看鸟类的图片，尝试用脱敏疗法来治疗我。他甚至打算找来一只活生生的老母鸡，让我摸摸它。'管它是活的还是死的，'我就威胁道，'如果你敢这么做，我便从三楼跳下去，如果你敢用碰过鸡的手摸我，我可能会攻击你。'"

C 小姐略微放慢脚步，侧过脸匕斜着看着他，露齿一笑，安慰道："那个医生的所作所为，实际上是很不专业的。"她带头进了电梯，里面只有他们四人。楼层板的指示灯数字不断往上跃动，电梯间里一片死寂。C 小姐抬起右手，挽了挽耳边垂落的发丝，好奇地投来轻飘飘的一瞥。"但是，你为什么这么害怕鸟类？"

"我不知道。"B 先生忧郁地说，"就是害怕。就是恐慌。我觉得所有的长羽毛的生物都很恶心，它们那尖利的喙、锋锐的爪，全都让我觉得恶心。那个庸医问我是否觉得所有的鸟纲生物都是邪恶的，我说是的。我认为，这类生物就是邪恶的、有毒的，充满令人窒息的恶意，仿佛看出了我的虚弱，试图攻击我。"

电梯门开了。他们来到七楼。B 先生疑惑地看了一眼洁白墙壁上的标识，上面写着这里是医院的妇产科。突然闪回的记忆把他带到了十多年前，那时他与妻子刚结婚不久，努力半年也未能使她怀孕。他们去专治不孕不育的医院接受过治疗，所有的尝试均以失败告终。在妻子去世的前一年，他们决定做最后一次努力。如果中心医院的试管婴儿计划也失败了，那他们就去孤儿院领养一个孩子。于是，他猛地惊醒，领悟到此行的重点或许不是他的妻子，而是一年前从他们体内提取的精子和卵子。

深夜的医院向来都是寂静无声的，空旷的走廊里偶有痛苦的咳嗽声和虚弱的呻吟声响起，但大体上是安宁的。C 小姐的高跟鞋打破了此刻的平静，她婀娜的行姿，不像这里的医生，反而像 T 台走秀的模特，为阴郁惨淡的环境带来一阵明媚的春光。白大褂在她的两腿外侧飘荡，留下一缕荆芥的香味，飘进 B 先生的鼻子。这让他觉得奇怪，但说不出是哪儿不对。他们沿着长长的走廊一路向着尽头走去，心跳声伴着脚步声间或响起。路是很长很长的，行走的时间也是很长很长的。更奇怪的是，他没听到婴儿的啼哭，唯有不知从何处传来的鸮鸟的怪叫。

那绿眼睛的女子终于在走廊尽头的房间停下脚步，涂了指甲油的食指轻轻抓挠了一下门锁。B 先生跟在后面走了进去，两位黑衣人留在门口。育婴室里面，一位眼角生着鱼尾纹的中年护工正坐在一个保温箱旁边看报纸，从他的视角看去，面对门口的那一版面报道了近期各大医院发生的婴儿失踪案件。

C 小姐礼貌地请那护工出去，回过头来冲着 B 先生招了招手。"过来看看你的孩子。"她说。B 先生犹豫了一下。"这是你们的血脉。"她又说，"它是你的妻子留给你的唯一一样东西了。"

它？B 先生心想，这女子怎敢如此轻蔑地称呼我的孩子？他迟疑片刻，下定决心，挪着突然间变得沉重的步伐，小心翼翼朝着保温箱靠去。最先映入眼帘的是指示灯明灭不定的主机，那可真是一个不错的婴儿培养箱，采用对流热调节的方式，利用计算机技术对培养箱温度实施伺服控制；与此同时，也搭配一系列的皮肤／空气温度传感器、氧浓度传感器和湿度传感器。

C小姐见他踟蹰不定，便微笑着主动让开了位置。现在，B先生上前一步，可以清晰地看见那躺在保温箱里的东西——东西，是的，如果硬要找一个词来形容的话，透过那坚固的罩子，婴儿舱里躺着的只是一个可以被称之为"东西"的死物，而不是一个活生生的会哭会笑的孩子。

"这是什么？"B先生莫名其妙地问道。

"如你所见，一枚蛋。"C小姐彬彬有礼地回答道。

"我当然知道这是一枚蛋。"B先生对蛋倒没有恐惧，因为一些爬行动物也是卵生的。但他记得在鸟类保护法案实施之前，也就是很小的时候，似乎在哪儿见过那种毛鸡蛋，一打开，里面是孵化了一半的小鸡胚胎，孵化了一半，呈现出一团均匀的紫黑，偶尔也带有红色血丝，初具雏形，却可怖如某种尖叫着死去的怪物。

C小姐抬眼看着他，舔了舔猩红的嘴角，回头看了一眼门口的黑衣人，又把目光投向保温箱。育婴室里灯光一片昏暗，唯有保温箱散发出明亮的黄光。那温暖的光线和那惨白的灯光交织在一起，把她那张精致的俏脸晕染得多少有些不真实。C小姐把手放在保温箱上，轻轻抓了一下。黑暗中响起一阵窸窸窣窣的声音，像人踩在遍地枯叶上发出的脆响。

B先生亲眼看见，在这个绿眼睛的女子把手放在玻璃罩上的时候，一根锐利的黑色爪子从她的指甲下探出，刺破皮肉，干燥的外皮发出那种黄叶断裂的声响。现在，育婴室里响起了一阵令人牙酸的摩擦声，就像指甲刮擦黑板一样令人心悸。B先生吓了一跳，后退一步，回过神来方才发现，刚才那一幕只是幻觉，绿眼睛女子的食指完好无损，保温箱上没有任何血渍。他揉了揉眼睛，心想，自己一定是疯了，以致大脑产生了幻觉。

C小姐仿佛在犹豫，最终还是没有打开罩子。"这是一枚蛋。"她继续刚才的话题，"但这枚蛋也是你的孩子。"

"这怎么会是我的孩子呢？"他大声说道，想笑，又很生气，因为他觉得对方也疯了。这个女人疯了，他对自己说，要么是她疯了，要么这就是一场恶作剧。鉴于她是一名医生，B先生更倾向于后一种可能性。"这是一场恶作剧，对不对？"他皱起眉头，满是憎恶地斥责道，"你们觉得这样很好玩吗？这样对待一个刚刚失去妻子的男人，你们觉得这很有意思？是那个庸医让你来的对不对？用这样的方式治疗我，好心安理得收下我妻子支付给他的医疗费用？"

C小姐摇了摇头，无动于衷，只是衔着淡淡的微笑，耐心听完他的指责，然后用世间最肯定的语气，重复道："这枚蛋是你的孩子。"

"这枚蛋是我的孩子？"B先生努力睁大眼睛，眼珠子瞪得滚圆，嘴巴渐渐张开。吸气。他颤抖了好一会儿，瘦削的胸脯高高鼓起，奇怪的情绪在肺泡中酝酿着，仿佛快要炸开了。下一秒，呼气。他仍旧颤抖，吐出胸口积压的浊气，整个人像是蓦地被抽走了精气神儿，心里头不知是什么滋味。他战栗不安地反复念叨着同一句话，许久之后，方才停止喘息。然后他接受了这种幽默的事实，但还没意识到事实的严重性。"这种蛋……"B先生斟酌着措辞，满怀希冀又支支吾吾地问，"这种蛋壳，是你们用来培育婴儿的新技术，对不对？我听说，有些早产儿得放到保温箱里培育，这种蛋壳技术可以提高存活率？"

令他心凉的是，C小姐又一次摇摇头，低声说："不是这样的，先生。"

"那又是什么样？"B先生厌恶地看着那枚蛋，心里头仿佛有另一个自己，尖叫着想从这里逃跑。但C小姐仿佛看穿了他的心思，一把抓住了他的手腕，其动作之快，即使有镜头拍下这一幕再放慢十倍，逐帧分析，也只能捕捉到一片模糊的残影。B先生"啊"的一声叫了起来，"你弄疼我了。"

C小姐一下子松开手，手足无措地站在那儿，满是不安与歉意。"对不起，我不是故意的。"她说，绿色的眼睛闪闪发光，然后求助似的叫唤了一声，引来门口两个黑衣人的注意力。"跟我来，先生，"她对B先生说，"我想带你去一个地方，你会在那里弄明白一切的。"

B先生有些畏惧地瞄了那两个黑衣人一眼，旋而低头紧盯着自己的小臂。一道浅浅的抓痕留在那里，暗红色的鲜血从皮下破裂的毛细血管中渗出。惨白的灯光投下一股不祥的气息。他回想起方才那幻觉性的一幕，临走前多看了保温箱一眼，在上面找到了几道类似的浅白痕迹。

这是一间地下停尸房，空气中弥漫着刺鼻的尸体防腐剂的气味。停尸台上躺着一具新鲜的女尸，正上方是一台长有八个机械臂的精密仪器。B 先生进房间时，那台静默无声的机器正以一种优雅而精准的艺术解剖着停尸台上的女人——她不着寸缕，或许是衣物已被事先除掉了，锋锐的手术刀沿着人体中轴线切入胸脯，苍白的皮肉顿时从中间翻开，在机械臂末端的镊子扒拉下，向着两边延展，像一只蝴蝶，翅膀上闪烁着妖异的色彩。

这是一个年轻漂亮的女孩，眼角有一颗泪痣。

由于心脏早已停止跳动，鲜血并未喷涌而出。

B 先生朝那个方向下意识望了一眼，清晰地看见肉体的不同层次是如此鲜明，肌肉、脂肪、内脏、血管皆清晰可见。另一个机械臂在这时动了起来，末端处连接一根纤细的金属管。之前那柄手术刀先在尸体脖子上切开一个口，然后以一个恰到好处的角度切入女尸的颈动脉，金属管从切口处钻了进去，另一端通过一根橡胶管子与一个蓝色的大桶相连。桶中是一池黏稠的液体，呈现一种柔和而令人愉快的桃粉色，富有质感，如奶昔般绵密，汩汩注入尸体的血管内。与此同时，另一根金属管插进颈静脉，死者体内的全部体液都伴着一阵响亮的水声冲进了下水道。一时间，停尸房内荡漾着一种诡异的令人不安的声响，就好像有什么莫名的奇怪的东西也被冲下去了。

B 先生不自然地移开了目光。C 小姐此时已拉开了其中一处存放尸体的冰柜，温度却出乎意料的正常。她脱下那双黑色的高跟鞋，不打一声招呼，就钻了进去。B 先生有些不知所措，站在那里，看着 C 小姐的屁股高高翘起，渐渐沦为黑暗深处的一个弧形轮廓，然后消失不见。他转身想走，两位黑衣人堵了上来。停尸台上方的机器正用套管针吸取女子腹腔和内脏中的积液。房间里徘徊着怪异的流水声和更加嘶嘶作响的抽吸声。这声音令人恐惧。他勉强一笑，顺从地钻了进去，才爬没多久便感受到一个向下的斜坡，身体也紧跟着滑了下去。

摔落至一块海绵垫上，回过神来，B先生发现自己处于一家电影院。这是比地下停尸房还要深的地下，没有灯光，伸手不见五指，只有宽大的雪花屏投下阵阵苍白的微弱的光亮。借着那光亮，他看见观影席上坐满了服装店的假人模特，它们全都保持着同一个姿势，仰望着巨大的荧屏，C小姐就坐在它们中间，旁边给他留了位置。

他坐了过去，一脸木然，盯着屏幕，不知道对方在玩什么花样。雪花不见了，荧幕上出现倒计时。十秒钟后，放映室里播放的是他与妻子之间的细节——生活中的点点滴滴，共同营造的美好记忆，包括如何相识如何亲吻的瞬间。他还记得他们之间的第一次见面，她看起来漂亮极了，满怀青涩少女的风采。她带他到巷弄深处的苍蝇馆子吃饭，两人像不成熟的孩子，比赛谁更能吃辣，却不约而同呛出了泪水，把彼此弄得一团糟。他昧着良心说不辣，就好像真的不辣似的。最后，他赢了，为此沾沾自喜，现在想来也特别幼稚。在回去的路上，广场上有一棕一白两头羊驼被人围观。为了拍照，他凑得太近，其中一头朝着他吐口水。他出了糗，她哈哈大笑，他故作恼怒地指责她的不是，她却调皮地跑开了，像一缕无忧的清风。还有一次，他们正式开始约会时下起了大雨，他们同撑一把伞，后来一起回忆起此时，她说这场雨好像把他们之间的关系拉近了。

这些场景，这些画面，这些记忆，是如此甜蜜，在他的脑海深处闪闪发亮，如今皆搬上了荧屏。他来不及指责 C 小姐为何监视他的生活，来不及思索为什么暗处一直有一双眼睛观察着他们，眼眶中思念的泪水便像决了堤似的奔涌而出。

他流下了眼泪。但放映室已经播放起了他们的同居生活。第一个反转来了。在某个夜深人静的黥夜，妻子——当时只是他的女友——悄悄下了床，进了浴室，对着镜子发呆。忽然，有什么东西在昏暗的东西闪烁了一下。那是她的眼睛，原先明亮，璀璨如群星，此刻却被一层浑浊的白翳覆盖，然后消失，出现，再消失，再出现……

B 先生发誓，他在哪里见过这类东西，但脑子却记不清了，或者是不愿想起。他张了张嘴，瞪大眼睛，不安地捏紧了拳头。接下去荧幕上发生的一幕让他茫然，甚至心惊，尖叫着想要逃离——妻子用细密的牛角梳打理自己的飘飘长发，小心翼翼地把自己的青丝分向两边。紧接着，她用手指头在颅骨上摸索着，像是找到了一条暗粉色的、湿漉漉的裂缝，然后她猛地一扯，头皮裂开了，向后一直延伸到第一胸椎，裂口处有桃粉色的液体拉丝。

一个长相奇特的生物，正费力地从那美好的皮囊内部往外钻。他的妻子，或者说，伪装成他的妻子的这个怪物，体型较正常人类娇小，嘴部是鸟一样锋锐的喙，两颊则生有一层鲜艳的杂发，根管处紧贴着脸皮。它脱壳而出，脚蹼像两块土黄色的肉疙瘩，末端处生着黑色的利爪。它有着人一样的躯干和人一样的四肢，但双臂却连着双肋，华丽的羽毛连接两侧，分明如凤凰般神异，却令他感到恶心。最让他恐惧的是，它的眼睛，覆着瞬膜，散发着栖息的群鸟的气息。

恐慌发作了。B 先生想要尖叫，想闭上眼睛，想堵住耳朵，想大声哭喊，想转身逃离，想否认这种事实，他不能呼吸了，他头晕、恶心、出汗、窒息，他口干舌燥、心悸不安，身体禁不住打摆子，思维混乱也战栗。但他喊不出来，他不能动，他说不出任何一句话，就像突然陷入了强制静止。他发自内心憎恶它们，害怕它们，恶心它们，并为此作呕。一想到妻子是这么一个怪物，他就感到深深的恐惧，一阵巨大的晕眩感袭击了他，可怕的焦虑、即将失控的歇斯底里，如同漩涡，撕扯着把他卷入发狂的中心。他害怕，他受不了了，他瘫在那里，像被抽走了生命力，想吐，却吐不出来，想死，却抬不动一根手指。他又一次流下了眼泪，这次是恐惧的泪水。对鸟的恐惧盖过了一切，包括对死亡的恐惧。

"嘘——"C 小姐侧过身，抓住他的手，柔声鼓励道，"别紧张，深呼吸，这没什么好怕的。"

B 先生无助地哭泣，吸气，呼气，像抓住救命稻草似的，反手抓住女医生的柔荑。"这是一场测试对不对？"他满怀希冀地问，"这是一种治疗方式对不对？这些都是假的对不对？这不是真的，这一切都不是真的，这都是电脑处理的特效，利用我的妻子的形象，帮助我摆脱那种恐惧对不对？"

"你很害怕？"C 小姐不动声色地抽回自己的手。

B 先生点了点头，睁大眼睛，两颊满是泪水，什么也说不下去了。

然而，她还是逼迫他强忍着恶心和恐惧继续看下去。

电影院的荧幕上已经不再播放他和妻子之间的细节。放映室里的带子向他完整展示了这个世界——他的生活，他的朋友，他的同事，他走在路上遇见的每个人，回到家中，进了浴室，在四下无人的时候，都是一只鸟。它们一直监视着他，围绕着他，欺骗了他，也糊弄了他。

恐惧的浪潮再一次汹涌而来的时候，他害怕极了，想尖叫，想大喊，想质问这些怪物究竟是谁，人类去哪里了，但她制止了他那歇斯底里的怒吼，理由仍是怕他伤害到自己。然后，C 小姐讲了一个故事，从鸟类文明的发展开始，讲起它们如何在远古遗迹的废墟中发现冷冻舱中的男人，并为了不让他醒来之后发现所有同伴都死了，进而扮演一个为他存在的人类。他问它们为什么这么做？她说怕最后一个人发现自己失去了一切便自寻死路。

"我们认为真相会让你好受一点。"C 小姐小心翼翼地说道，"你那么爱你的妻子，甚至不能接受没有她的世界。安装在你卧室里的监控设备显示，你已经有了寻死的计划，我必须赶在你行动前阻止它。我们的裸猿保护法案是专门为你设立的。如今的人类很珍贵。我认为，如果你知道你的妻子不是人类，就不会有痛苦的轻生的想法了。我怕你在发现自己失去了一切之后，就会崩溃。"

"可是啊，医生，"男人哭着说，"我已经失去了一切呀，就像现在这样。"

C 小姐低下头，似乎不知该说什么了。

早些时候 B 先生想过自杀，出于对妻子的思念。现在这种念头更清晰了一些。他一直觉得，所有的鸟类生物，无论是长什么样，都是邪恶的。它们对他抱有恶意，入侵了他的世界。事实是，他很矛盾，一方面，他爱他的妻子，仍记得妻子的音容笑貌；但另一方面，他又不得不在短时间内接受妻子是怪物伪装者的事实。他害怕，害怕鸟类，害怕鸡鸭鹅，害怕一些有喙的有羽毛的生物。他想要抽离，想着通过死亡回避痛苦。于是他指责 C 小姐本该让他直截了当地死去，而 C 小姐则慌乱地看着她，一会儿道歉，一会儿又对门口的黑衣人使眼色。

察觉到这一幕，他有了一种新的担忧，害怕自己困在这里，害怕 C 小姐也是它们中的一员，而在刚刚，他还握住了她的手，极有可能藏在那只纤纤玉手下的就是可怕的爪子……

爪子！他想到保温箱上的抓痕，想起自己小臂上的伤疤，再也抑制不住这种猜想，彻底发狂了，猛地起身，一路绊倒无数塑料人体模特，趁那两位黑衣人还没注意，弯腰从他们中间冲了过去。

他摸黑找到了一条楼梯，向上爬行，兜兜转转又进了一片狭窄受限的空间。他在黑暗中扒拉着，踢开了金属挡板，又回到了一开始那间停尸房。这是另一个储存尸体的柜子，也是电影院的出口。停尸台上，方才那具被解剖的女尸已经不见了。他没有多想，夺路而逃，奋力狂奔。他在医院出口撞上一位年轻漂亮的护士，后者冲他微笑，温柔地向他问好，眼角有一颗泪痣。

B 先生崩溃了，暴走了，完全癫狂了。他连滚带爬，撞出大门，时不时回头张望，担心 C 小姐和那两个黑衣人追赶上来。他在停车场找到了他们的车子，拼命拍打窗户，让它打开车门。

"让我进去。"他祈求道。

车子冷冷地回绝了，说它是私人财产，不接受他的命令。

"但我是客人！"他说，又看了一眼医院门口，然后急中生智。"是C小姐委托我去办一件事！难道你不认得我了吗？当时我就在车上，坐在后面！"

车子迟疑了一下，像在衡量这种可能性。然后它极为人性化地叹了一口气，像在表示为难，但最终还是同意了。"好吧，你可以上来。"

B先生慌忙坐了进去，这时他已经冷静下来。

"去哪儿？"车子问。

去哪儿？这是一个好问题。B先生坐在驾驶座上，内心一片惶然，不知自己还能逃到哪里？他问自己，如果你谁都不能相信，如果没人需要你，如果生活不再属于你，如果这世界再也没有一个为你准备的位置，那你还能去哪里？家，已经没有了。妻子，也是假的。曾经有一个美好的人生，但一切都消失了。命运急转直下，存在似乎也没了意义。他又一次想起了过去，想起这些东西都已经消失了，或者一开始就没存在过，只是虚假的现实。

"我不能接受这样的现实！"他突然说道。

"什么样的现实？"车子问道。

"失去了一切的现实。"他说，"我失去了一切。曾经，我的妻子死了，但她还活在我的心里。这下，她是真的死了。我在想她是否爱过我，我也想知道自己是否真的爱她。也许我并不一定真的在乎她，只是习惯了这么一种相处，看着一个生命接纳我，关心我，甚至委曲求全地讨好我。我享受着这种被需要的感觉，其实我生活在幻觉之中。"

"要确定是否是幻觉，其实很简单的事。车子说，"正因为我是一台飞车，或者说搭载在飞车上的机器，所以我能很理性地看待问题。要想知道一个人是否在乎你，就看她做了什么。她为你做了什么吗？"

"我们……"他犹豫着说，"我们有了一个孩子，尽管那孩子是一枚蛋，是基因技术黏合出来的，但它毕竟是我们的血脉。"

"你不能接受这样的事实。"

"对，我没办法接受。"

"但你应该接受。"车子说，"因为，如果害怕痛苦而逃避，那你就永远不能接触现实。有时候正是生活在那些糟糕的、不顺心的东西，反过来成就美好的一刻，而不是隔离在一个枯燥乏味的绝对安全的环境里，踟蹰不前，无聊空虚地看着一切美好的事物存在于那里。"

B 先生同意了它的观点。"如果是你的话，你失去了一切，失去了轮毂、电机、底盘、离合器、刹车带，你会怎么做？"

"那样的事永远不会发生。"车子冷静地说道，"我会定期进行检查，确保这一切发生之前，所有部件安然无恙。"

"如果是一场车祸呢？它夺走了我的一切，也能夺走你的一切。"

"那么，我想我会拼尽全力保护乘客的安全。"车子说，以一种罕见的语调，温柔得不像话。

"我想我知道自己该怎么做了。"他大声说道，像在下定决心。"在这等我。我忘记捎上我的乘客了。等我回来，带我去殡仪馆，我想再见她一次，哪怕她已经死了。"

"等待。殡仪馆。"车子说，"好。我会等你。"

B先生下了车，深吸一口气，转身走向医院。

迷 宫

我们活在阴沟里，但仍有人仰望星空。

——王尔德

　　来啊，过来啊，疲惫的旅人，你喜欢看星星吗？过来树下歇歇吧，听我向你讲述自己的故事——

　　多年以后，电脑把我唤醒时，飞船已跨越五十光年。现在，它降落在一颗生机勃勃的星球上，这里到处都是森林。第一批宇航员于两百年前到达，如今已是尘土，只有为首的那一个，浸泡在福尔马林溶液里，在神木星上的人类聚居点供人瞻仰。人们排着队来看这个老人，从他干瘪的躯壳上，能读出不少有关这颗星球探索之初的历史。

　　首先是他的眼睛，老人的眼睛是一种柔和的浅棕，湖一样的平静，此时正注视着下方观摩他的人群，好像是想告诉我们什么。我凝望着他那微张的双唇，它们肿胀不堪，福尔马林溶液在他体内流动，塑化了老人生前最后一刻的姿态。我注意到，他的嘴角有组织增生，好像是子弹穿过留下的痕迹。我们能从他胸膛上的烧伤，判断出此人曾参与过战争，也许就是经历了那场毁了地球的全面核战，他才踏上寻找新家园的道路。老人静静漂浮在那儿，婴儿一样蜷缩，远远看去，似乎只是睡着了。他的体格并不如何丰硕，但身体本身就是一张地图，指引我们探索星球的秘密。最令我着迷的，当属他前胸的那道裂口，貌似有什么东西从那里面钻出来了，这让我想起了昆虫羽化的过程。

老人是怎么死的？无人知晓。据第二批登陆的宇航员推断，他们接收到宜居点信标时，老人就已经死了。他们是在一块裸露的岩石上发现他的，那时他四仰八叉，躺在上面，眼里凝固着天空的色彩，唯一的遗言是："不要进森林，那是一座迷宫。"那遗言是用一根烧黑了的树枝写的，藏在石头背面，这样就不会被雨水洗去。方圆十公里内，以这块石头为圆心的林间空地就是我们的聚居点。他们把森林称作"无尽"，因为整座星球都被同一座森林包裹。林间空地应是第一批宇航员用伐木机硬生生锯出来的。据第一批建造者回忆，他们到达时，大地上倒着树木，上面爬满了苔藓，显然已沐浴了多年的风雨。在倾颓的树下，他们找到了食物，尝起来类似地球上的美味牛肝菌。

我们被要求在神木星上定居时，并不如何惊喜。从战争中活下来的人们，带着战后创伤，在一个陌生的地方迷茫地追寻。如果你也亲历过那样的场面，日复一日地活在死亡的恐惧中，那你也许会像我一样，早已不知快乐为何物。上飞船前，我问有关人员，我可以带上我妈的骨灰吗？他说可以。事实上，每个人都是这么做的。太空移民计划之所以要不计成本地带上我们的珍视之物，是因为这是我们对地球的最后一分念想了。心理医生说，不让他们这么做，这些人是活不下去的。如果可以的话，我还想带上我爸的、我爷爷的、奶奶的、外公的、外婆的以及我认识的每一个人。但他们都没了，什么也不剩下。我有一个女朋友，她不幸接触到强烈的核辐射，皮肤发红发黑，布满小气泡，像一摊腐烂的肉。阿汜的器官和软组织开始分解，动脉和静脉像筛子一样破裂。我到医院去，前一天她还说感觉自己好了不少呢，第二天就走了。医生说，她的骨髓坏死，细胞损伤，免疫系统已经彻底失效了。我看着她的尸体，好像又看见阿汜在对我笑，尽管笑容已经残破，却仍旧那么温暖。我好像又听见了，她躺在那儿，对我说，我感觉自己好多啦，身体也有力气了。当时我看她躺在那里，强忍着悲恸，对她说，你一定要好好的，我在外面等你。我们本打算要结婚的。我问医生，她还能撑多久。医生说，不好说。我想在医院办一场仓促的婚礼，我想当着众人的面告诉她我爱她，我想让阿汜幸福，至少在人生中最后的时光是幸福的。第二天，我捧着一束灰扑扑的塑料花到医院去，那是我能找到的最美的事物了。可死亡却等不及了。阿汜在全身溃烂中死去。由于遭受了核辐射，我也不被允许带上她的骨灰。

在神木星上，我们挑选各自喜欢的房子，住进了新家。从此往后，这里就是我们的家园了，地球成了过去。文明像车轮一样滚回了起点。我们没有足够的电力，只好亲自到地里劳作。每周六和周日，人们聚集在博物馆，听管理员讲述我们的过去。博物馆里只有一件藏品，那就是人类。不知从何时起，我开始痴迷起那个伤痕累累的老人。我在想，他是一个士兵吗？是什么让他肩负起寻找新家园的责任呢？我想知道，他死前最后一刻经历了什么，他的同伴哪儿去了，为什么他要在石头底下留下那句遗言呢？无尽森林的深处是否还藏着某种重大的秘密？在我们这批拓荒者之中，有一个小团体，主张向森林深处进军，扩大我们的生存领域。我不是他们之中的一员，但我知道他们背地里策划着一场冒险。我不想当个告密者，也无意打听他们的去向。但我偶然间听其中一人谈起过，他们当中有人在森林边缘看见个孩子，可那人的孩子早在战争中死了。这都是我们这些大人的错。

一天，我到聚居点周边，去撒我母亲的骨灰。母亲总说，我小的时候，住在农村，每到了夏天，我们就在屋顶睡觉，眼前是静谧的夜空，星星有很多，时不时会掉下来一颗，那时所有人就赶紧许愿。我问，那你许了什么愿呀？她说，我许愿能有一个孩子，后来就有了你。那时我还小，天真不懂事，便问，原来我是星星送来的吗？妈妈笑着说，是啊，你是星星的孩子。长大后，世界变了。即使在农村，也看不见星空了。我不喜欢这个世界，是因为城市灯光太亮了，人们抬头，再看不见星星。母亲活着的时候就时常怀念星空。后来，战争来了。母亲幸运地死于肾衰竭。她死前的最后一分钟，脑子已经完全糊涂了。当死神拖曳着红色的光轨飞向远方，母亲以为看见了流星，便对我说，阿枫，快看呀，星星掉下来了。我说，妈，快许个愿吧。她说，我希望死后能躺进群星的怀抱。

现在，我绕着我们聚居点散步，沿路洒下骨灰。神木星的天空满是星辰。从这里抬眼往上看，可见一亿双明亮的眼睛。它们注视着这个世界，星光是它们的怀抱，母亲在大地上沉睡，这是我们最终的归宿。当天晚上，我没回屋，就在一块石头上酣睡。那块石头就是那个老人躺的石头。我看着群星，还有三轮明月，闭上眼睛，仿佛回到地球，回到母亲所说的农村，好像听见她在我耳边向我讲述过去。半梦半醒间，我真的听到有人在说话。那是几个年轻人的声音，在讨论森林中的东西。他们又说起了森林中的活物，谈论到家人、亡者和那些被留在地球上的生活。这时，不知是谁大声喊道，你们看，星星旋转起来了，漏斗一样，好漂亮。我听见了，不过我太累了，以为是梦，翻了个身便睡着了。第二天我醒来，发丝结着朝露，群星从天际隐去。这时，小裴向我走来，问道，枫哥，你看见迪迪了吗？我说，没有。他说，迪迪昨晚说要出去和几个朋友谈事情，让我先睡，可她到现在还没回来。我想起了夜里的那几道声音，知晓那不是梦。我说，我们应该报告营地，她可能和其他人一起去了森林深处。他说，这不妥吧，她回来了会受罚的，还会怪我小题大做。我说，她可能有危险。

最后，这件事还是落在我头上。在战争爆发前，我本是一名刑警，办过几次大案，也算是有经验。管理委员会认为，随着拓荒者的到来，神木星应着手完善法制，规范居民行为，便趁此机会选我为执法大队的队长。当天早上，我率领一拨人沿着我昨晚睡觉的地方，向外展开搜索。半小时后，有人在一根树枝上发现一块衣服碎片。一个小时后，我们在一条小溪边找到了迪迪的鞋，溪边有一串脚印，仓促而凌乱，通向森林更深处。我看了小裴一眼，他脸色苍白，什么也没说。又两小时后，我们发现第一具尸体，那是一个四十多岁的男人，挂在树上，面部肿胀，眼球突出，完全失去了生命的光泽。他的肚子裂开了，肠子流了一地。几只从未见过的怪鸟钻进去啄食他的血肉。这一幕太残酷，我们不忍看，用枪声把鸟赶走了。一个男人爬上树，把死者放了下来。我看了一眼伤口，说，这伤口和博物馆里那个老人的很像。小裴默默流泪。我拍了拍他的肩膀。

南边的天空盘旋着一群黑色的怪鸟，它们飞行时投下一道道迅疾移动的影子。我们决定往那里去，果然又发现了好多具尸体。可我们没找到迪迪。我问小裴，迪迪有没有说自己为什么执意要去森林深处？小裴说，迪迪告诉我，一次她在营地边缘散步时，看见自己的家人了。我问，这有什么奇怪的。他说，迪迪的家人在战争中死去多时了，那时却出现在森林中，站在一棵树下看她。管理委员会的人告诉我，第二批拓荒者马上就要来了，委员会要处理好这件事，今晚就会商量出结果。她要我明天再去找她。

当天晚上，我在那块石头上准备睡觉，看着星星，星星的位置好像变了。突然，我听见林中有呼唤声。那是人的声音没错。有人在呼唤我的名字。我走进森林，循着声音找了过去。然后我看见了我的母亲，她坐在一棵树上，仰面望天，双脚像小女孩一样晃荡。我问，妈，你怎么在这里？她说，看星星呢。我抬眼看天，星群如漩涡般旋转，被吸入森林深处的方向。这准是在做梦。我怀疑自己还不清醒，因为星星不可能真的只有那么点大小。除非那不是星星，妈妈说。我感到不可思议，妈妈好像知道我脑子里在想什么似的。妈妈说，别瞎想啦，你是我养大的，我知道你在想什么。我感到羞愧，问道，如果那不是星星，那是什么呢？妈妈说，那是林中精灵。然后她向我讲起了小时候的故事，这故事是我的外公讲给她听的——那时妈妈还小，每到夜晚，躺在农村的屋顶睡觉时，总要缠着外公外婆给她讲睡前故事。一次，他对妈妈说，万物皆有灵，世上有一种灵魂树，树的灵魂和祖先的灵魂栖居其中，人们把它们统称为精灵。林中精灵头颅硕大，四肢颀长，身躯笨重，多住在森林中或幽僻处的大树内。每逢月圆之夜，便从藏身处出来游荡。为了取悦它，人们将家禽和山羊作为贡品，送到它常出没的地方。树死后，精灵便堕为恶鬼，若栖息在谁家房柱上，那家的孩子便会夭亡。还有些恶鬼住在树上，伤害了那些树，它们便跑出来害人。外公是个讲故事高手，每天不重样。我真想不通人的大脑是怎么诞生这么多的奇思妙想。我对妈妈说，今天，我们在森林里找到了好几具同伴的尸体。她说，那些人一定是遇上了恶鬼。我看着天空，发现星星的位置真的变了，那瑰美的星群消失不见。妈妈说，天要亮了，精灵们躲起来了。这时她的身体变得虚弱，脸上显露出悲哀的表情。我问，妈妈，你怎么了？她看起来很悲伤，一声不吭，走了。我大声问道，妈妈，你要去哪里？她头也不回地走向森林深处。

　　天是在一瞬间亮的。我被日光刺醒，发现自己仍躺在原地。原来是做梦啊。我流下眼泪，却不轻松。我希望昨晚发生的一切都是真的。我想再见妈妈一次，如果可以，想再看阿汜以及我认识的每一个人一眼。在等待委员会下达命令的时候，我去了博物馆。在那里，老人轻轻漂浮着，眼睛里满是湖一样的悲伤。我看他像是在哭。这时，我感到有人靠近，回头一看，却是小裴。委员会的人找你，他说。我去了他们的办公室，那是这里唯一的三层建筑。一个白发苍苍的女人问我，昨天出去有没有什么收获？我说，你们有没有注意到，星星好像会动，它们的位置会改变。她说，没有，这不是我们关心的。我说，那你们关心什么？她说，森林里有猛兽杀人，我们决定放火烧死它。我无法想象，这一大片森林要是着火，该会是怎样一场灾难。奇怪的是，直到这会儿，我们才都想起，难道神木星上从没有烧过山火？我说，要是放火的话，可能会危及营地自身。她问，那你有什么好主意？我说，让我想想吧，给我一天时间，我可以妥善解决的。

用过午饭后，我去找昨天那批搜救队的人，显然他们都吓坏了，只有小裴愿意和我前往森林深处。我说，你其实可以不用去的，森林里很危险。他说，不行，迪迪一定在某个地方等我呢。我们准备好干粮和水后就出发了，沿路用石头做好了记号。半小时后，我们回到了昨天发现第一具尸体的地方。可以肯定的是，在我们走后，一定有人动过尸体了。我们望着那具被挂在枝头的男尸，好像在看一面迎风飘扬的旗帜。小裴说，我去把他放下来。我说，还是算了吧，赶路要紧。我们去了溪边，沿着那串脚印向森林深处走去。天渐渐黑了，太阳还没下山呢，头顶就显露出群星的色彩。我们徒步前行，疲惫不堪。这时林中远方飘着橘红色的火光。我们走了过去，看见一个老人坐在那儿小憩。一开始，我并没有认出他。后来，那双瞌睡的眼睛睁开后望向我时，我才记起这就是那双浸泡在福尔马林溶液里的眼睛。小裴有些害怕，毕竟这是个死人。我倒没多说什么，只是坐下来，跟他聊起森林。

老人向我说起过去的遭遇，他说当年他和同伴们下了飞船后，就开始动手清理出一片空地，一开始还好好的呢，可工作接近尾声的时候，同伙们却一个接一个离奇失踪了。剩下的人相信，那些消失的人受了森林的诱惑，因为有人在夜里听见死去的亲人在呼唤他们。大家都知道这很危险，可聆听召唤的人越来越多。一天早上，老人醒来，发现身边一个人也没有了。他感到害怕，感到寂寞，于是迟疑之后走进森林。这中间的事，他忘了，只记得醒来之后，自己躺在一块裸露的岩石上，脑中记得的最后一件事是跟某种生命达成了一项协议。在三轮明月和漫天星光的照耀下，老人对我和小裴说，森林是我们的，这世界不属于你们。这时我才发现，在火光的照耀下，老人那双湖一样平静的眼睛是绿色的，不像人的眼睛。火忽地熄灭了。我走过去，想重新点燃它，却发现那里没有火堆，没有灰烬，什么也没有。老人不见了。小裴打开手电筒。一只鞋子从天上垂落，那是迪迪的另一只鞋子。我们抬眼，看见鞋带系在头顶的树梢上。

我们在黑暗中面面相觑。

——你看见了吗？

——我看见了。

——他已经死了。

——你好像不怎么害怕死亡？

——可能是我和死亡相处久了，觉得它变亲近了。

——但我还是想不通透，为什么我们会看见死人在说话，死人在走动呢？

——也许这是幻觉，一定是这森林，它入侵了我们的大脑，提取我们的记忆，重新投射进我们的感官网络。

——那我们该怎么办？

——你该回去，这里很危险。

——我不回去，不找到迪迪，我是不会走的。

然后我问出了那个让我们都害怕的问题。

我问，你怎么确定你找到的那个迪迪是真的呢？

于是他回答我，既然如此，你又怎么知道自己是不是真的呢？也许你的尸体就躺在某个地方，胸口开裂，等待后人发现。也许我们踏进森林时都已经死了，但我就是要找到她。我们说好了，生要在一起，死也不离不弃。

有好长一段时间，我们都感到害怕。三轮明月之下，小裴的脸显得苍白，多少是虚幻的。我料想自己应也是如此，不比他更真，也不比他更假。

这时，星群又出现了。它们是萤火虫，是林中精灵，是森林的生命，是无数米粒大小的星光，如漩涡般旋转，汇入森林深处。

小裴的目光被它们吸引，笑着，走着，后来果然没了重量，纵身飞跃其中。

我吓了一跳。他是假的，就是假的，分明虚妄，却不自知。

那我呢？我是真的，还是假的？这是一个谎言，也许所有拓荒者在降落的一瞬间就已经死了，而我们的机器还在工作着，夜以继日，向无垠深空发出信号，吸引更多后来者前来居住。如果我们死了，那我们就是深渊。死者是一片深渊，由于思念，源源不断的生者跃入其中。

森林深处传来女孩的歌声，听着像是阿汜的。那是温暖而动人的声音，是我夜不能寐的祈求。多少年来，我对这个声音朝思暮想，恨不能再看她一眼。我又想到了我的母亲，昨天我已经见到她了。那我的父亲还有其他死去的亲人和朋友，他们也在这里吗？如果我是真的，我就得回去，阻止委员会烧掉这片森林。这里有我们的念想，我们不能伤害他们。可如果我是假的呢？如果我被森林创造出来，就是用来阻止大火的虚构人物呢？

我感到自己的脑袋变得笨重，胸口像是要炸裂。由于悲伤和疼痛，我好像又听见阿汜在森林里，在黑暗中，对我说，我感觉自己好多啦，身体也有力气了。我想起了自己未能实现的诺言。我们说好要结婚的，说好要在一起，说好要一辈子，一分一秒都不能少。可是，阿汜，我怎么知道你还是不是我爱的那个女孩呢？阿汜从黑暗中走来，拉住我的手说，是你把我带到这里来了呀，我们的爱超越了时间，超越了空间，超越了生命，超越了死亡，超越了宇宙，超越了那个被我们抛下的蔚蓝色世界。

于是我知道，她是真的，我是真的，我们所有人都是真的。

我知道，我是再也不能离开她了。

漫游者和他的影子

一　酒神精神

狄奥尼索斯号入关时，空间站的仿生人蜂拥而上，如蝗虫般密密麻麻遍布整个飞船甲板。那些家伙是地球空间站的海关人员，也是科技的造物，他们铁面无私，绝无受贿可能，专为检查、核实星际航行中的货物是否存在偷税漏税行为而存在。

趁此机会，音乐家唐怀瑟下了飞船，走在空间站洁净齐整的钛镍合金大道上。天空是虚假的蓝，漂浮着几朵雪白绵软的云，偶有几只可望而不可及的大鸟从云下一闪而过。在栩栩如生的全息穹顶下，长着可笑手脚的自动贩卖机正大声吆喝着，吸引过往行人注意，并向众人分发电子传单。

唐怀瑟百无聊赖，到处乱逛，嘴中哼着若有若无的悲伤小调，在不知不觉间找了张椅子坐了下来，恰好就离那台滑稽蠢萌的宣传机不远。

见似乎有人感兴趣,自动贩卖机立马兴奋得大叫起来,"先生,先生!看这里!"它兴高采烈地呼唤道,"如您所见,我是公司指派的定点推销员 VM。请务必告诉我,您是否还在为排队使用政府的黑洞而烦恼?您是否还在为少得可怜的垂钓时间而愤愤不平?"它挥舞着双手,理直气壮地亮起了脑波催眠信号灯,"没关系!如今泰隆 - 沃尔德伦推出微型黑洞,一次购买,终生受惠,私人专享,至尊体验……"

唐怀瑟警惕地看着那盏机器外壳上的 LED 灯,小心翼翼地藏好自己的付款码。

尽管星际联邦多次明里暗里地指出推销机器以脑波催眠的方式影响顾客购买意愿是一种极其不道德的商业行为,但太阳系早已不是过去那个世界了。自从火星上的几家巨无霸企业联合起来组成泰隆—沃尔德伦辛迪加①,并联合研发出微型黑洞垂钓技术,星际联邦便被彻底握住经济命脉。如今已是火星巨头的天下。

VM 还在那儿絮絮叨叨,"先生,不要走神,听我说——"它慷慨激昂地替唐怀瑟描绘着个人愿景,"当一个巨型恒星坍缩成一个黑洞,中心地带超大的密度和压强接近宇宙大爆炸,而大爆炸开创了我们的宇宙。你能明白我的意思吗?一个黑洞就是一条矿脉,不,简直就是一个私人独有的宇宙。"那盏脑波催眠信号灯剧烈闪烁着,像人的眼

---

① 辛迪加,垄断组织形式之一,是少数大资本家联合起来,通过签订统一销售商品和采购原料的协定而建立的组织。辛迪加内的各企业受制于总办事处,不能独立进行商品销售和原料采购,也难以随意脱离组织。

睛挤眉弄眼，"想想看吧，先生，只需向我出示付款码，您就能主宰一整个小宇宙的生死！当然，毁灭是无益的，我想说的是，这东西可以满足您的控制欲。您知道吗？多少人曾靠着我们配套的垂钓技术从那些小宇宙中的文明世界里钓起财富——"

"呃，抱歉，"唐怀瑟挠了挠脸颊，尴尬地说，"VM，你的推销技术很棒，但我已经有属于自己的黑洞和时空钓竿了。"

"您已经有了？"VM失望地放下水管粗细的双手，"好吧，这该死的空间站，市场已接近饱和，生意还真是难做。"它抱怨似的闪了闪信号灯，语气却神秘兮兮的，"嘿，先生，听我说，您知道sDirit吗？"

唐怀瑟摇了摇头，脸上露出犹豫之色，似乎正在纠结着是否要马上离开。

VM打起精神，信号灯骤亮。"sDirit，又称'酒神精神'，是一种特殊粉末，近来在火星黑市上格外流行。"它热情地搓了搓手，奴颜婢膝地说，"利用黑洞进行时空垂钓就像在严冬中的冰面上凿一个小坑，其过程是一个随机不可逆的结果，你得到的未必就是你想要的。然而，利用sDirit混合饮料，您就能将部分意识顺着钓竿投入黑洞，如慧眼如炬的神明一般有目标地搜寻——"

"这相当于作弊，对吗？这有什么意思？"唐怀瑟眼神阴郁地看着那台机器，VM的说法让他有些闷闷不乐。情况比想得还要糟，他想，火星上的神秘流行饮料已经扩散到地球空间站来了，这意味着自己又多了不少潜在的竞争对手，包括面前这台笨头笨脑的机器。

自动贩卖机忽然闭上了喋喋不休的嘴巴，冲着唐怀瑟身后努了努嘴。

一名穿着海关制服的仿生人正站在他的身后。这类机器虽然比自动贩卖机看起来更像人，却未安装高阶情感模块。海关的仿生人无需使用说服技巧，因此只具备基础表情。此时此刻，那名仿生人正面无表情地看着唐怀瑟。

"晚上好，先生，"那名仿生人说，"根据我接到的匿名举报，您所搭乘的这艘船上有人未按正常申报程序缴纳关税，请问您平时是否有注意到哪位船员——"

"有人在地火之间从事走私活动？"唐怀瑟摊了摊手，"我只是一个音乐家，不是侦探也不是记者，帮不了你。"他疲惫地揉了揉眉心，背着大提琴盒，松松散散地斜靠在冰凉的金属椅上。

"当然，先生。"仿生人咧着嘴，保持完美的微笑，"您是一个正直的人，我查了您的资料，作为音乐家，您经常搭乘这艘星际飞船来回于地火之间演出，我想，您或许察觉到了什么。"

唐怀瑟摇了摇头，"抱歉，在往返途中，我一般只待在自己的舱室内练习乐器。"他伸出大拇指，指了指背后的大提琴盒。

"我能检查一下您的大提琴吗？"仿生人脸上露出了感兴趣的神情。

"见鬼，我可不知道仿生人还对乐器感兴趣——"唐怀瑟嘟囔着，却瞥见对方耐心的目光，"哦，我是说，当然可以，但是千万小心。"他一边拿出大提琴一边解释道，"这是达维多夫·斯特拉迪瓦里大提琴，曾被达维多夫、杰奎琳·杜普雷和马友友先后使用过。这把大提琴是我花了一年多的时间才钓上来的。"

仿生人无动于衷地接过那把价值连城的大提琴，眼中爆发出一阵湛蓝色的亮光，依次落在琴身、琴弓和琴弦之上。在扫描中，它仔细检查了大提琴，确认内外并无非法走私物品，便躬身致歉把大提琴交还给唐怀瑟。"很抱歉耽误您的行程，您可以走了。"仿生人轻声说道。

"飞船还有多久起飞？"唐怀瑟背好大提琴，漫不经心地问道。

"十分钟，"仿生人意味深长地说道，"如果我们没发现任何异常的话。"

飞船一落地，唐怀瑟就搭乘涡轮飞行机急匆匆地飞向家的方向。如今的地球污染极其严重，到处都是乌烟瘴气，城市内部矗立着一栋栋未完工的烂尾楼，而城郊之外则零星散落着某些无政府主义者的秘密据点。

山脉、田野与大地皆一片荒凉，真实的天空反倒不如空间站的全息幻象来得漂亮，就连路边的野草也病恹恹地耷拉着枯黄的脑袋，像一个个垂头丧气、不被重视的小孩。狂野的风带来土狗的咆哮声。人工草场早已荒废，杂草如瘟疫一般蔓延，老山羊不情愿地嚼着草根，野牛甩着尾巴慢吞吞地走过，留下一坨坨新鲜的牛粪。

这个社会早已不事生产，人们不事生产，一切工具和生活用品都建立在对黑洞内部文明的强取豪夺之上。一开始，人们利用时空垂钓技术，在星际联邦提供的公共黑洞中攫取资源。后来，在以企业为代表的火星崛起之后，微型黑洞风靡太阳系，而以联邦议会为代表的地球经济便备受打压。为扭转贸易逆差，地球海关加收关税，形成关税壁垒。然而，无人能拒绝辛迪加兜售的产品，最终还是地球上的居民通过拼命垂钓、售卖来为政府救市的无能举措买单。

尽管如此，唐怀瑟依然在这茫茫数十亿地球人中闯出了一小片属于自己的天地。当他连夜奔波回到家时，一名顾客正急躁不安地在他家门口踱步，脸上望眼欲穿的表情无不述说着此人的焦急与迫切。

"该死，兰德尔，你站在我家门口干什么？"唐怀瑟慌忙扫了一眼四周，见无人注意之后匆忙推着那名顾客进了门。

"我的微型黑洞被我玩坏了，"兰德尔无奈地说道，"那个里世界的文明已经灭亡。我需要一个新的，可商店的微型黑洞太贵了，我支付不起。要知道，这些日子，我都无聊透了。"

唐怀瑟反手锁门，飞快地点燃音乐壁炉，随手播放瓦格纳的一出歌剧。弦乐、木管、铜管和打击乐共同演绎序曲。待音量渐渐充斥室内，他松了一口气。"所以，你是想来买货，对吗？"他压低嗓门，恶狠狠地说道，"听着，兰德尔，以后不许在我家门口徘徊。作为一名落后于时代的古典音乐家，我干这行除了想赚点儿外快之外，也是为了让我的地球同胞少花点儿冤枉钱。要是人人都像你这样，傻子也看得出我有问题了。"

"对……对不起，"兰德尔连连道歉，不好意思地说道，"只是我实在有些等不及了。你比以往要晚了一小时，我担心你出了问题，就赶紧过来看你。"他殷勤地替唐怀瑟接了一杯水。

"谢谢。"唐怀瑟抿了一小口，还是忍不住地讥讽道，"但是，兰德尔，你是担心我出问题，还是担心货出问题呢？"他哂笑着打开大提琴盒，"无论如何，我没事，除非那些机器敢砸了这把琴，否则就凭那些电子青光眼，还真难看透这道屏蔽涂层。"他从储物间中找出一个黑洞魔方，"你要的东西在这儿，钱货两讫。先别急着走，我这儿还有好东西。"他转身又从高仿大提琴内部掏出几包粉末，"看看这个，这东西是 sDirit，又称'酒神精神'，是火星上的新产品，也算是我最近的主打商品。可别小看它，同样的东西从火星搬到地球就得贵十来倍。"

"怎么用？"兰德尔激动地抓过那包 sDirit。在那精致的外包装中，点点蓝色粉末在音乐壁炉投出的暖光下反射着梦幻般迷人的星光。

唐怀瑟摊了摊手，"把粉末混入威士忌或杜松子酒当中就行。"他嘟哝道，"据说，这种新产品混合酒精的口感要比酒精饮料还要棒，甚至于，火星上还为此而衍生了一种新职业，叫 sDirit 调酒师。"

"火星啊火星，物美价廉……"兰德尔瞪着满是感慨之色的双眼，悠悠然畅想另一个独立的人类世界，"那可真是一个好地方，如果能在上面生活，也许我每天都能以最优惠的价格买到最好的产品。"

"火星也未必有那么好，火星上的人类就像蚂蚁一样生活在地下。"唐怀瑟撇了撇嘴，一脸狐疑地看着兰德尔那空洞而不太真切的双眼。

在收了钱之后，他推着兰德尔出了门。

不知何时，外面起了大雾，潮湿的白色水汽将阴郁的黑色街道染得一片模糊，唯有昏黄的路灯在雾中隐约涣散为一团朦胧的光。在泛黄的微光下，他勉强辨认出雾中站着一道纤细的人影，正一动不动地凝视着他的房屋。

"女士，我能帮你什么吗？"唐怀瑟踌躇片刻，还是走了过去。

那是一个年轻漂亮的时髦女郎，妆容精致，身材高挑，曲线玲珑，活像那种时尚杂志封面上的都市丽人。她的表情有些僵硬、有些死板，也许是因为整过容，也许仅仅是因为紧张。他认出此人是才搬来不久的邻居，到这个社区的第一天就吸引了不少男性的目光，当然，其中也包括他。

"先生，你认得我吗？"时髦女郎揪着衣角，脸色苍白，瞳孔涣散无神。这下他看出来了，这个漂亮的女孩是一个瘾君子，也许刚磕了药没多久。总之，她很紧张，很不安，有些急躁，有些混乱。

"你是伊丽莎白，新搬来的邻居。"唐怀瑟若有所思地说道，"我注意到你站在路灯下一直盯着我家看。女士，您是磕了药吗？需要我送您回家吗？"

"不，不用，"伊丽莎白勉强一笑，"先生，我没嗑药，事实上，我正处于治疗期间，戒断反应让我看起来糟透了。"她伸出颤抖不已的双手，"所以，我想买一点儿刚才那位先生买的那种东西，我需要一种新东西转移我的注意力。"

"买什么？"唐怀瑟皱起眉头，内心暗暗警惕。

"微型黑洞和钓竿。"伊丽莎白吐了吐舌头，小心翼翼地说，"我是您的老顾客罗森先生推荐来的。先生，我知道您的规矩，除非是熟人介绍，否则您绝对不卖货给陌生人。"

"罗森？那该死的老色胚，竟拿我套近乎……"唐怀瑟嘟哝道。他看着伊丽莎白楚楚可怜的表情，打量着对方精致的五官，"好吧，伊丽莎白，我可以这么叫你吧？"他移开目光，继续道，"事实上，伊丽莎白，别听罗森在那儿胡说。我是一名音乐家，又不是毒贩，哪有这么多规矩。我只是顺路帮自己人带些火星特产罢了。"

"这么说，您肯卖给我？"伊丽莎白惊喜道，"这么晚了，不会打扰您吧？"

"当然不会。"唐怀瑟摇了摇头，"不过，我现在已经不怎么常带微型黑洞和钓竿回来了，这两样东西不好隐藏，风险太大。"他若无其事地说道，"外面天气寒凉，赶紧进屋吧。如果你愿意，我给你看点新东西。"

十五分钟后，他已和伊丽莎白并肩而坐靠在沙发上，对着桌上一包粉末、一把钓竿和一块足球大小的魔方侃侃而谈。

那个魔方内部就是一个特殊的微型黑洞，相当于冰钓必备的冰层豁口。在未启用时，黑洞并不存在，唯有对齐魔方六面，微型黑洞才会出现在魔方内部，并且此时不得轻易移动魔方，以免维持黑洞的表层防护材料崩溃。至于所谓的时空钓竿，的确长得和鱼竿类似，只是鱼钩是一块可以吸附在魔方表面的金属贴片，而轮座和鱼线轮则是感应最近物体方向与距离的仪表盘，把手和尾件则是空间传输通道的出口。

"唐，你能教教我如何使用这种'酒神精神'吗？这东西不会上瘾吧？"伊丽莎白用胳膊肘轻轻捅了捅他的小臂，眼里流露出仓皇无助的光。

唐怀瑟欣然答应，"哦，不，不会，火星上的人都在用这东西，它很安全，只是把你带进另一个世界。"他安慰道，"如果你之前只听过却没接触过'酒神精神'，那我的确该同你一起神游黑洞内的世界。"他看起来有些局促，因为两个人服用 sDirit 进入同一个微型黑洞其实是一件相当亲密的事。然而，实际上，他自己也从未找到合适机会亲自体会这种产品，对他来说，这也是第一次。

伊丽莎白开始拼凑魔方。唐怀瑟兴冲冲地从冰柜里翻找出一瓶威士忌，将闪烁着梦幻般光彩的蓝色粉末倒入其中。紧接着，他从储物间里找到另一支备用钓竿。待一切准备完毕之后，他和伊丽莎白抿了一口威士忌，各持一把时空钓竿，启动了垂钓程序。

刹那间，房间像果冻般摇晃，墙壁如蜡水般融化，一切家具和生活用品仿佛在对撞机的高温下解构为夸克—胶子汤[1]。世界开始旋转，万物被捣成浆糊，在扭曲之中，一切向着闪闪发亮的魔方坍缩。在这一过程中，他们的大脑频率因这种"酒神精神"产生共振，在意识搅成一团的情况下，情感、体验、思想也开始同步共鸣，渐渐滑入漩涡。

然后，他的意识掉进无边黑暗，伊丽莎白的存在像在他身旁又像在他的体内。他们在茫茫真空中漂浮，群星在两人身侧拉出无数道光轨进而一闪而过。直到视野中央出现些许非同寻常的斑斓，这种坠落

---

[1] 是一种量子色动力学下的相态，所处环境温度与密度极高。

才堪堪停止。

回过神来，他发现自己落在一块石头内部，伊丽莎白也在里面。在他们脚下，无数人正念念有词，对着他们顶礼膜拜。他忽然意识到，自己并非落在石头之内，而是神像之中。这是一处神庙，神像跟前摆放着各种稀奇古怪的物品。

唐怀瑟曾利用这套设备从里世界中钓起过锅碗瓢盆，也钓起过新鲜出炉的汉堡，甚至有时还能钓起添柏岚大黄靴和备受古董商喜爱的老式留声机。但他一直不明白时空钓竿是如何在宇宙中搜寻到那些物品，更不知道这种垂钓机制如何运转。

现在，他都明白了。那些黑洞内部的文明世界把外部世界施加的影响当作"神迹"，里世界的居民每隔一段时间便会把那些准备献祭给"神明"的物体摆在特殊的祭坛上。

每一次钓竿的掠夺对于那些内部文明来说都是神迹的彰显，钓竿落下之时就是奇迹显现之际。

这些里世界的蠢货，是何等的可笑。他忍不住笑出声来。伊丽莎白立刻感受到他的情绪，受此共鸣，她也情不自禁地笑了出来。意识上的波动如一滴水落入平静的湖面，荡起的涟漪迅速掠过那些诚惶诚恐的人类。于是，信徒们慌忙匍匐在地上，把身体压得更低了。

"选一样你想要的东西吧。"唐怀瑟柔声说道，"钓竿一次只能转移一样东西，况且，我们也不能涸泽而渔。"

伊丽莎白犹豫了一下，"就这个吧，"她的目光落在一双及膝小牛皮长靴之上，"这双靴子真好看，这是手工制作的吗？我们这个时代已经没有这种东西了。"

"当然是手工制作的。"唐怀瑟笑吟吟地猜测道，"我想，如果是献给神明的东西，一定得手工制造的才有足够心意吧？"他的意识颤了颤，心生感慨，"伴随着科技发展，当人类社会进入彻底解放双手的阶段，真正的自由反倒是一种空虚。垂钓体验应运而生，人们不必无所事事，而仍可从垂钓中找到淘宝的乐趣。那些从黑洞中取出的物品会被钓竿打上电子标签和特殊产出证明，而星际贸易也就此建立在运输和交易这些稀奇古怪的玩意儿之上。只是如今——"

"如今怎么了？"伊丽莎白疑惑道。

如今，这种神明体验或许将取代垂钓体验，唐怀瑟暗暗思忖，火星那边的市场要变了，也不知道这 sDirit 的制造商是谁。无论如何，他有一种直觉，泰隆 - 沃尔德伦可不会袖手旁观，任由这种"酒神精神"吞噬他们的市场。

唐怀瑟回过神来，"没事，没什么。"他的意识波动着，"走吧，东西拿完了，我们就该回去了。"他没解释，却忘了在现在这种状态下，思维共享已经令伊丽莎白知道了他的想法。

里世界再度远去，现实重新归入感官范围。

唐怀瑟和伊丽莎白倒在沙发上。他缓缓睁开眼，目光幽幽，却看见兰德尔正坐在对面一把 19 世纪手工摇椅上，身边还站着几个警察。此人向来唯唯诺诺的，可此时再度出现却满脸凶相，气质也陡然一变。

"怎么回事？兰德尔？"唐怀瑟脸色一变，不安地看着那些警察。伊丽莎白坐在他身边，同样不知所措地看着满屋子的制服暴徒。

"你被捕了,唐怀瑟。"兰德尔面无表情地答道,"还有,叫我警官。"他抓住唐怀瑟,反手一扣,通了电的磁力镣铐紧紧勒进走私犯的肉中。

二 红色沙丘

兰德尔进了审讯室,拉开椅子不紧不慢地坐下。他按照一定次序,将一份份文件摊在桌子上,又迅速扫了一眼角落里工作正常的监控,之后便大大咧咧地翘起了二郎腿。

"嘿,老兄,这究竟是怎么回事?"唐怀瑟挣了挣被勒得生疼的双手,神情郁郁寡欢,脸上仍旧挂着些许未消的震惊。

"知道自己为什么在这里吗?"兰德尔冷淡地问道。

唐怀瑟摇了摇头,"完全没头绪。"他装傻充愣,一副无辜的表情。

"你在地火之间从事走私活动。"兰德尔抱着双臂往后一靠,眼中写满戏谑。

"你是说,那些卖给你的黑洞和钓竿?"唐怀瑟眉头一皱,大叫道,"该死,我只是经常往返于地球与火星之间,给自己的朋友捎一些特产怎么了?兰德尔警官,我们认识也有一年了吧?这一年来你可从没告诉我你是一名警——"他忽然闭上嘴巴,意识到从一开始兰德尔就是有意隐藏身份,潜伏在他身边。"为什么到现在才动手?"

兰德尔冲着角落里的摄像头点了点头,监控室的警员关掉审讯室录像,并将其写进故障报告之中。"放长线钓大鱼,唐,"兰德尔点燃香烟，惬意地吐出一口烟，"涉案金额太小，犯的罪太轻，罚的金额太少，我们可以捞的油水就太微不足道了。"

唐怀瑟握紧拳头，肌肉紧绷，嘴唇嗫嚅着似乎想要争辩什么，可证据确凿，警方有着充足的准备，他支支吾吾半天，最终像一颗泄了气的皮球似的瘫软下来。"一年时间……"他苦笑道，"我这只是小本生意，但想必一年下来，光是我卖给你的所有东西加起来的数字之和就足够让我下地狱了吧？"他耷拉着眉眼，兀自恢煎，像猎人陷阱中绝望的放弃挣扎的困兽。

"理论上来说，的确如此。"兰德尔抽了一口香烟，将辛辣的烟雾毫不客气地吐在唐怀瑟脸上，"不过，今天你卖给我的东西，让这件事情有了转机。"

"什么意思？"唐怀瑟咳嗽几声，甩了甩头，尽量避开那些呛人的青雾。

兰德尔放下香烟，"地球警察去往火星太过惹人注目，公司会派人一直盯着我们，而你不同。我们在考虑让你当警方的线人，作为报酬，你可以被纳入证人保护计划。"他笑吟吟地说，"sDirit 不是泰隆 - 沃尔德伦的产品，它提供的神明体验却远胜于越来越无趣的垂钓体验。但凡你有点儿商业眼光，都能看出这种'酒神精神'的出现即将改变太阳系格局，甚至极有可能给泰隆 - 沃尔德伦徒做嫁衣。"

"你想让我为你找出 sDirit 制造商？"

"不，不是为我，是为整个地球的利益。"兰德尔替唐怀瑟解开手铐，表情又渐渐软化为那副唯唯诺诺的亲切模样，"设想一下，当星际联邦被泰隆-沃尔德伦扼住喉咙的时候，一件全新的非凡的产品会为这个社会带来什么？公司奴役政府的时代终将结束，身为地球人，你应该清楚自己的立场。"

唐怀瑟叹了一口气，"要么认罪，要么就是为你们找出那神秘的制造商……"他揉着僵硬麻木的双手，嘟哝道，"如果我去火星，找到那制造商或者拿到配方，我想我可能还要面临火星巨头的威胁。但是，我想，我没得选择，不是吗？"

"当然，时势造英雄嘛，只要你能成功，就注定载入史册，成为星际联邦的英雄。"兰德尔心满意足地点了点头，"事实上，在我进来之前，就已经帮你们买好了船票。明天下午一点钟，你们就可搭乘那艘狄奥尼索斯号前往火星，然后联络你的货源，顺着找出那个制造商。除此之外，记住，不要相信火星警察，虽然那些人名义上仍在星际联邦的管辖范围，但实际上他们拿的却是泰隆-沃尔德伦的工资。放心吧，如果泰伦-沃尔德伦抓了你们，证人保护计划中的协议将要求我们尽一切努力保护你们。"

"等等，你一直说'我们'，我和谁？"唐怀瑟一脸狐疑地问道。

兰德尔再度夹起香烟，"噢，当然是和你一起被抓进来的那个姑娘。"他吹了声口哨，"怎么？你不会以为那个你想骗上床的女孩也是我们的人吧？"

"我可没有那么想。"唐怀瑟嘀咕道，"我只是看她可怜。"

兰德尔一脸无所谓地摊了摊手，"总之，无论如何，作为交易的另一方，既然她不幸在现场被逮到了，总不可能安然无恙，况且我们还在数据库中查出那姑娘有过很长一段时间的吸毒史。"他笑眯眯地说，"要我说，她有潜在犯罪倾向，不得不做出和你一样的选择。好好干，为了你的自由，为了你的人生。"

狄奥尼索斯号飞船坠入稀薄的大气，穿越高大的山脉，缓缓降落于火星地表。红色沙丘变幻着形状，沙子在狂涌的喷射气流下朝着四面八方滚动。在沙漠中，嶙峋怪石静静矗立着，被不知名的火星艺术家雕刻成千奇百怪的人体形象，仿佛一位位欢迎远方来客的迎宾人员。

怪石雕像遍布火星，地表随处可见泰隆 - 沃尔德伦的象征符号。在漫天风沙中，一切类人形象或哭或笑，或悲或喜，或作沉思状，覆盖着一层鲜红的苔藓，却又无不面朝同一片浩瀚无垠的暗色深空。

通往地底世界的传输口如苏醒的巨人般抖落黄沙站了起来，银灰色的金属表面在蓝色的夕阳余晖下泛着清幽冷寂的光。磁力锁牢牢吸附住飞船，在对接完毕之后，乘客们通过气闸舱排队跃入城市传输口。

事实上，火星地下本身就是一座被改造的城市，始于上世纪末人类用核弹轰击行星两极以分解冰盖释放更多的水汽和二氧化碳。在地表改造失败之后，人们将目光转入地下，沟壑纵横的熔岩管道成了城市的大街小巷，遍布坚冰的天坑是天然的广场。

考虑到如今地球上变幻多端的恶劣气候，这儿的地底条件在改造后趋于稳定，倒也不算糟糕，更遑论无处不在的神奇微型黑洞以极其诱人的低价填补了一切空洞与不满。

"伊丽莎白小姐,很抱歉连累了你。"唐怀瑟一脸歉意地说道,"如果可以,真希望咱俩可以不蹚这趟浑水。"

伊丽莎白毫不介意地挥了挥手,"哎呀,没事了,你可以叫我丽莎。"她漫不经心地说道,"其实我早就想来火星看看,只是一直通过不了星际签证。"她回头,心不在焉地一笑,漆黑的眸子反射着一层动人的光。看起来,她又开始走神了,陷入那种恍恍惚惚的戒断状态,仿佛已随着这个以不同模式运转的火星社会进到另一个遥远的世界。

尽管如此,伊丽莎白的宽容大度还是令他感动。

要想分辨一名火星人类和一名地球人类是很简单的事。由于重力的原因,火星的居民体型偏瘦,身体也远高于正常地球人类,就像这儿的绝大部分山脉都比珠穆朗玛峰更高。

他们来到这座城市最繁华的片区之一。在人来人往的吉尔摩福地,这里鱼龙混杂,游客与商人摩肩接踵,络绎不绝。人群如蚂蚁般密密麻麻,令他喘不过气。远方熔岩管道尽头飘来阵阵食物香气,在一道道自动贩卖机的热情吆喝声中,人们兴致勃勃地与机器进行激烈的讨价还价,就好像地球人类与火星人类彻底模糊了界限,全都一个样。

不同于政令严苛的地球,火星社会商业气息极浓,这儿的人热衷于与各式各样的人打交道,自有一套说不完道不尽的生意经。也许正是因为这种潜藏的商业基因,火星人类对地球人的警惕远远小于地球人对火星的万般敌意。

唐怀瑟带着伊丽莎白穿过人山人海，好不容易才来到一处稍显冷清的小商品市场。与别处不同，这儿的店铺和摊位皆由自动贩卖机独立运转，没有任何人类看管。

"我们到了，"唐怀瑟凑到伊丽莎白耳边小声说道，"就是这里，你在这儿等我。"

"我和你一起去。"伊丽莎白双手环抱于胸，一脸畏畏缩缩，"我不想一个人待在这里，这儿对我来说太陌生了，我害怕独自待在汹涌的人潮之中。"她伸出手抓住唐怀瑟的臂膀。

"好吧，丽莎，"唐怀瑟叹了一口气，"你的状态的确不适合一个人待着。"他轻轻抓住伊丽莎白的手，"兰德尔那个混蛋，枉我一直把他列入我的 VIP 顾客席位，结果却连你也不放过。"

"谢谢。"伊丽莎白疲惫地笑了笑。

唐怀瑟带着伊丽莎白穿过大大小小的摊位，朝着最里头的自动贩卖机走去。火星上的自动贩卖机和地球上的稍微有些不一样，这儿的自动贩卖机要更先进一些，线条也更加圆润，没有棱角。

一见到有人光顾，那台圆头圆脑的机器苏醒过来，兴高采烈地挥舞起双手，"哇哦，新客人！"它热情地喊道，"先生，女士，欢迎光临 VM 的快乐小站！"自动贩卖机的脑波催眠状态灯亮了起来，意味着新一轮的推销正式拉开帷幕。

唐怀瑟撇了撇嘴，"所有的自动贩卖机都喜欢管自己叫 VM。"他从机器透明的胸腔展柜上挪开目光，尽量摒除脑中杂念，以免脑波催眠信号影响大脑决策。"嘿，还记得我吗？"他亲切地拍了拍自动贩卖机的顶部，"我上周来这儿和你买过 sDirit，现在我需要很多，你能提供吗？"

"噢，我想起来了，是你。"火星 VM 一下子关闭脑波催眠信号，"该死，你能不能别摸我头，然后再小点声？"它压低嗓门，鬼鬼祟祟地说，"老兄，告诉你个不幸的消息，最近市场上那些电子监管已经开始追查那种粉末的来源，我现在已经不卖那玩意儿了。"

"你不卖了？"唐怀瑟失望地说，"我这儿可是有来自地球的大订单。"

"订单？多大？"火星 VM 亮了亮顶部两盏红色的大灯泡。

"至少你赚得的利润足够让把你身上那堆破铜烂铁全部升级一遍。"唐怀瑟加重语气，一字一顿地说道。在提到'升级'时，这两字几乎是从他的牙缝间挤出来的。

"可是，订单越大，风险也就越大。"火星 VM 吞吞吐吐说道，"虽说利润与风险成正比，但我必须好好考虑一下，给我两天时间——"

"听着，VM，我们没时间等你，还有其他胆大心细的机器等着和我们合作。"伊丽莎白插嘴道，"除了电子监管之外，你还要看到来自人类的风险。如果你不答应我们，我和唐一走出这里就躲进地球驻火星大使馆并向电子监管报告你偷偷贩卖 sDirit。但如果你选择和我们合作，我们可以绕过你直接向你的上一级进货，并在事成之后分给你足够的利润。你可以在不掺和的情况下拿到相同的报酬。我不知道像你这样的商业机器是否会主动阅读《资本论》，但我不妨和你复述一遍其中一段话——"她当着自动贩卖机的面缓缓念道，"一有适当的利润，资本就胆大起来，如果有10%的利润，它就保证到处被使用；有20%的利润，它就活跃起来；有50%的利润，它就铤而走险；有100%的利润，它就敢践踏一切人间法律；有300%的利润，它就敢犯任何罪行，甚至冒绞首的危险。"

"我读过的。"VM闷闷不乐地说，"资本来到世间，从头到脚，每个毛孔都滴着血和肮脏的东西。好吧，你们说服我了，我可以带你们去见大麦·约翰。"

红色灯泡闪烁着，圆滚滚的机器颤了颤，垂头丧气地答应了伊丽莎白的提议。唐怀瑟诧异地看了她一眼，后者又陷入那种惯有的恍惚状态。

三　秘境潜影

日落之后，夜幕笼罩大地，银河横贯苍穹，璀璨星光被稀薄的大气揉碎了，为红褐色的星球披上一层暗蓝色的面纱。天空高悬两颗明星——火卫二和火卫一，是惊慌，也是恐惧。

地表之下，VM把自己接入地行车的中央控制系统，驱车带着唐怀瑟和伊丽莎白一路北行，来到吉尔摩与福尔图娜福地的交界处。此地对应地表之上正是古谢夫陨石坑附近的哥伦比亚丘陵。

"我已经和大麦·约翰说好了，"VM不厌其烦地啰唆道，"无论事成与否，你们都不能再拿这件事威胁我。"

"当然，你已经尽力了。"唐怀瑟迟疑道，"不过，我不确定自己是否能够说动那人。"

"那是你们的事了，反正我做到了你们要我做的事。"VM不满地说道。它哼哼唧唧地动了动方向盘，把地行车停在一处施工到一半的建筑工地外。

时值半夜三更，工地上空旷寂寥，无人徘徊，零零散散几台自动贩卖机正在远处的居民区待机，就连机械建筑工也为了不影响附近居民睡眠而进入休眠模式。

唐怀瑟和伊丽莎白下了车，跟在VM身后上了施工现场临时搭建的升降梯。

夜深人静，在一片深沉而浩渺的静谧中，唯有升降梯在无限攀升中发出一阵阵低沉的若有若无的哀叹。

一个男人在高处等待着他们。

这是一个上了岁数的老人，老态龙钟、鸡皮鹤发，苍老的脸庞上堆满褶皱，深色的老人斑爬满了那枯瘦如柴的双手。老人有着地球人的身材，却形容枯槁，瘦得几乎不成人样，仿佛濒死的灵魂行将就木，只差一步就可躺进棺材。

唐怀瑟感到震惊，因为他认出了此人——大卫·沃尔德伦，泰隆-沃尔德伦辛迪加的核心人物之一，也是第一批联合火星企业对抗星际联邦的参与者。外界多有传闻大卫·沃尔德伦正躺在昂贵的医疗器械中苟延残喘，每个人都以为这个老人将随着旧时代的远去而不可避免滑向死亡的深渊，可此时此刻，大卫·沃尔德伦却一个人出现在这里，没有护卫，没有保镖，仍带着当初白手起家之时那一分胆色。

"VM，你出卖我们，"伊丽莎白紧张地抓住唐怀瑟的臂膀，冲着那台自动贩卖机恨声说道，"你竟把我们卖给了泰隆-沃尔德伦？你这该死的机器。"

"我没有，"VM不满地叫嚷道，"你面前的人真的就是大麦·约翰！如果我真想这么做，早把你们带进火星警方的陷阱而不是这荒凉的不毛之地了。在这儿等着，我去通报。"它迈着小短腿朝着老人跑去，片刻后，黑夜中响起若有若无的交谈声。

"这么说，大卫·沃尔德伦就是sDirit的幕后制造商？"唐怀瑟局促不安地看向面前这位垂垂老矣的传奇人物，"可是，为什么？您大可以直接光明正大地制造并销售——"

"也许是分配利润不均？"伊丽莎白小声回答道，"这些年来辛迪加内各企业在争夺产品销售和原料分配份额上竞争愈发激烈，或许，沃尔德伦家族早就有意摆脱整个组织。"她迅捷而警惕地扫了一眼高楼之外，"绝大部分人已经拥有了时空钓竿和黑洞魔方，sDirit绝对是一种极具市场冲击力的新产品。一切都必须通过总办事处，沃尔德伦家族如果仍处于这个庞大的联合体之下，就无法独立销售商品和采购原料。"

大卫·沃尔德伦还在和VM交谈。时不时地，他投来平静的一瞥，没有上前，没有说话，唯有那对浑浊昏黄的瞳孔偶尔闪过一丝智慧的光。

"可是，"唐怀瑟大失所望，愁眉不展地说，"如果制造商本身就是沃尔德伦家族，那么我们的任务不就已经失败了吗？我们不可能从他这儿得到配方，就像这世界上没人能从可口可乐公司那儿得到配方。"

"这倒未必，沃尔德伦一手参与打造的火星辛迪加已然成了一座围城，里面的人出不来，外面的人进不去。如果大卫·沃尔德伦试图摆脱组织，打破这种局面，就必须借助强大的外力。"

"我想，我似乎明白了你的意思。"唐怀瑟摩挲着下巴，思忖道，"兰德尔等人要的看似是配方，实际上却是一次经济复苏机会。也许，地球方面没办法从大卫·沃尔德伦那儿得到配方，却能协助对方在地球建立新公司，将沃尔德伦家族纳入地球经济体系。"他笑了笑，"沃尔德伦得到自主生产和销售的机会，星际联邦则坐享税收之利，这是一次合作共赢的机会。"

恰在此时，VM离开大卫·沃尔德伦，回到他们身边。"好了，大麦·约翰同意和你们交谈。"它飞快地说道，"不过，对方只愿意给你们十分钟的时间。十分钟内，你们要搞定一切，如果你们做不到，那可和我无关。"

"事实上，就在刚刚，我觉得我们已经找到了谈判的制胜良机。"唐怀瑟自信一笑，正准备大步上前，却发现伊丽莎白的冰凉小手仍紧紧抓着自己。"怎么了？"他注意到女孩脸色发白，神色急躁不安，双手却在颤抖间嵌进自己的皮肉之间，迸发出极大的力道。

伊丽莎白摇了摇头，"没事，我——"

一道凄厉的警笛声如细长的银针一般挑破了宁静的夜。黑暗之中，警车的啸叫器发出一波又一波催命似的噪音，红蓝两色光亮不断交替闪烁着，如汹涌的光海一般从四面八方将建筑工地淹没。

他们被包围了，警察来的速度之快远远超乎众人想象。

大卫·沃尔德伦脸色一变，转身就走，看起来已经准备好随时离开了。

这是我们唯一的机会，唐怀瑟意识到了这一点。如果错过这一次见面，一旦不信任的种子种下，那么压在他肩头的任务就可能永远无法完成，或者说，无法在他手上完成。届时，他将面临的是走私的罪名、巨额的罚款和无可避免的牢狱之灾。

想到这儿，唐怀瑟再也顾不上其他，拉着伊丽莎白追了上去。然而，大卫·沃尔德伦身周的空气莫名扭曲，仿佛有一颗石子落入平湖，荡起阵阵涟漪。无处不在，又无所不容的与时空在某种外力的作用下以一定频率颤抖起来。在涟漪渐渐掠过之处，大卫·沃尔德伦的身影就像梦幻泡影一般破灭。

一种惊人的直觉攫住了唐怀瑟。他惊醒过来，几乎没有任何犹豫，便趁着大卫·沃尔德伦尚未彻底消失之前，一把抓住了对方的一片衣角。紧接着，他感受到一种熟悉的共振频率，而那道荡起的涟漪已顺着他的左手扩散至全身，又顺着右手传至伊丽莎白身上。

下一秒，世界天旋地转，山海皆平，万物归入虚无，像果冻一般摇晃，像蜡烛一般融化。宇宙成了空洞一片的黑暗，他和伊丽莎白掉了进去，在虚无之间下坠，一如鸿毛沉没于三千弱水。

在空泛的寂寥中，万千人声整齐划一，像虔诚的佛教徒转山朝圣，又似礼拜时基督徒的祷告——

虚空的虚空，虚空的虚空，凡事都是虚空。人一切的劳碌，就是他在日光之下的劳碌，有什么益处呢？一代过去，一代又来，地却永远长存。日头出来，日头落下，急归所出之地。风往南刮，又向北转，不住地旋转，而且返回转行原道。江河都往海里流，海却不满；江河从何处流，仍归还何处。万事令人厌烦，人不能说尽。眼看，看不饱；耳听，听不足。已有的事，后必再有；已行的事，后必再行。日光之下，并无新事。岂有一件事人能指着说这是新的？哪知，在我们以前的时代，早已有了。已过的世代，无人纪念；将来的世代，后来的人也不纪念。

唐怀瑟回过神来，发现自己正坐在一处地洞之中，边缘处围坐着一群戴着小瓜帽的红衣主教，而那些人手中皆握着一把钓竿垂入洞中。他低头，沿着鱼线望去，发现自己脚下正是一块黑洞魔方。在他身后，伊丽莎白的身影一点一滴显现。

"这是哪儿？"伊丽莎白惶惑地看着那些虔诚而狂热的信徒。那些上了年纪的老头儿像一台台忠诚的机器，对于两人的出现无动于衷，脸上麻木的狂热也仅仅只是针对某种认识之外又绝对不可认识的物自体[①]。

唐怀瑟爬出地洞，回身拉了伊丽莎白一把。大卫·沃尔德伦正坐

---

① 物自体，又称"物自身"或"自在之物"，是德国哲学家康德提出的一个哲学概念，指认识之外的，又绝对不可认识的存在之物。物自体是现象的基础，是人感觉的来源，但人永远无法认识这种"自在之物"。

在不远处的石像下小憩，更远处是古老而茂盛的原始森林。

"你们也被钓起来了？"大卫·沃尔德伦看起并不惊讶。

这是那个老头的逃生通道，唐怀瑟忽然明白了，自己和伊丽莎白是因为接触而被顺带着带到这里的。

"钓起来？"唐怀瑟恍然大悟，"这不是我们的世界，可这里是——"

"这是一个微型黑洞内部，不仅是意识，我们完完全全入到其中。"大卫·沃尔德伦胸有成竹地微笑着，仿佛永远智珠在握。

"可是，这怎么可能？"伊丽莎白激动地看着周围一切，"如果我们掉了进来，又如何回到我们的世界。"她绝望而无力地闭上眼睛，身体微微发颤。

"利用sDirit，我不再掠夺那些里世界文明，而是选择更明智的沟通。"大卫·沃尔德伦慢吞吞地解释道，"一开始，我通过意识进入石像，向这里的原住民传输概念。这里的文明并没有落后太多，只是缺少一些必要的点拨。"他耸了耸肩，一脸轻松，就好像这是一件微不足道的小事，"我的话是神谕，我教他们如何制造钓竿和魔方，在必要的时候从他们的宇宙把我钓起来摆脱困境。"

唐怀瑟不解地问道："可是，你怎么会知道人可以被钓竿钓起？之前从未有过这种先例。"

"不，的确有过这种先例。"大卫·沃尔德伦轻描淡写一笑，目光悠远而充满感慨，"在火星尚未崛起的时代，这种事发生过一次，而那个最早被钓起来的人就站在你们面前。"他指了指自己，"那个时候，人们都利用星际联邦的公用大黑洞进行垂钓，而我是一个不太美妙的意外。sDirit 的真正价值是我回家的归途，而所谓微型黑洞世界实际上并不存在，因为一个那么小的黑洞并不具备足够媲美宇宙大爆炸的密度和压强。"

"但我们的确可以利用黑洞魔方对另一个世界进行垂钓，不是吗？"唐怀瑟反问道，"如果那不是黑洞，那么魔方中的东西究竟是什么？"

大卫·沃尔德伦神秘一笑，"爱因斯坦 - 罗森桥，也可称为虫洞。"他说道，"所有的魔方都连接最早那个公用大黑洞。也正是因为如此，我们才能离开这里。等 VM 安全了，它虽然没有意识，不能服用 sDirit，但只要我们主动走到祭坛上，它就会把我们钓回去。"他悠悠然闭上眼睛，"休息一会儿吧，两位，来这石像下躺好，慢慢等着就是，不会太久。"

伊丽莎白瞥了大卫·沃尔德伦一眼，拉着唐怀瑟走到一旁。"唐，这还真是一个重大发现，足以改变世界。"她凑到唐怀瑟耳边，吐气如兰，"大卫·沃尔德伦竟然是里世界的人，而这一切又仅仅是一个急于在死前归乡的老人的尝试。"

"是啊，难以想象。"唐怀瑟感叹道。

伊丽莎白犹豫一下，"你发现了吗？如果大卫·沃尔德伦的观点正确，那么或许 sDirit 建立的将不仅仅是一种体验，还是一种全新的星际旅行方式，就像我们刚刚那样，只是一眨眼就能免去舟车劳顿之苦。"她抓住唐怀瑟的手，激动得有些难以自抑，"唐，你对我有感觉，我能察觉得到。事实上，我也喜欢和你共患难的这段经历。想想看吧，如果我们掌握 sDirit 的制造方法，那么，你和我可以携手一起创建一个新的商业帝国，我们可以共度一生，也许我们还会有自己的孩子。"

"是的，我喜欢你，大家都喜欢你。"唐怀瑟犹疑道，"可你的意思是——"

"审问，然后——"伊丽莎白冲着大卫·沃尔德伦的方向努了努嘴，做出抹脖子的动作。

"不，这不可能。"唐怀瑟瞪大眼睛，头摇得像拨浪鼓似的，"我承认，我只是一个落魄的有些爱贪小便宜的古典音乐家，可是我赚钱仅是为了支撑我的音乐创作。"他轻轻掰开伊丽莎白的手指，"我有我的底线，我不能这样做，这实在违背我的初衷。一旦良心蒙上的阴影，我的音乐生涯和灵感就毁了。"

"好吧，"伊丽莎白遗憾地叹了一口气，"既然你不愿意，那么此事作罢，当我没说。"她别过脑袋，轻轻搂着唐怀瑟，侧脸紧贴对方跳动的心脏。

苍穹之下传来一声枪响。火光迸发，子弹射入腹部，雷鸣般的回声吹皱浮云，惊起林中飞鸟。

四　自由选择

唐怀瑟浑浑噩噩醒来，浑身酸麻，头疼欲裂，腹部某个点仿佛有一团烈火熊熊燃烧。他迎着强光，眯着眼睛打量世界，却发现那些垂钓的信徒已经放下手中钓竿，围绕着他坐成一圈。

光彩夺目的太阳高高盘踞于那些原住民的头顶，缕缕炫光晃得他头晕目眩，耳鸣不断。他忍住呕吐的欲望，闭上眼睛，重新适应亮度，可痛感却在神经中蔓延，一波又一波冲击他的大脑。那股吞噬小腹的灼烧感正由里到外提醒着他一个事实，而那个事实揪着他的心坠入他的胃，又一同跌入无情的利益搅拌机中。

此时此刻，那些戴着小瓜帽的主教注意到他的苏醒，便以古怪的第三人称和他交谈——

"他醒了。"

"太迟了。"

"不，他还有机会。"

唐怀瑟捂着小腹坐了起来，涂抹了速效愈合药剂之后，伤口处只剩下一抹淡淡的余痛。"什么机会？"他按住太阳穴，使劲拍打耳朵，试图驱散耳鸣，"伊丽莎白去哪儿了？发生了什么？"渐渐的，记忆上涌，唐怀瑟彻底想起了始末。

"他知道那个女人杀了代理人吗？"

"我不知道他是否知道，但我想他很快就会知道了。"

唐怀瑟茫然看着那些喋喋不休如枝头小鸟的主教，却听见不远处传来铁锤敲打铁钉的叮叮当当声。他咬着牙，忽略疼痛带来的感官冲击，勉强站起身走了几步。他跨出主教们围成的小圈子，来到老者的尸体处。

大卫·沃尔德伦面目全非，伊丽莎白把一颗子弹送进他的颅腔内，暗红色的鲜血和灰白色的脑浆像廉价的颜料一般随意溅洒在石像脚下。有另几名主教正拿着锤子蹲在地上敲敲打打，一块木头十字架和一副棺材先后在他们手中成型。

"你们要做什么？"唐怀瑟问道。直到开口，他才发现自己的声音如此干涩如此沙哑，简直如冬季里断裂的枝木。

"送代理人回家。"其中一名主教头也不回地说道，"大麦·约翰给出了一条通道，可以穿越万千宇宙秘境，直抵代理人的家乡。"

"大麦·约翰死了。"唐怀瑟以一种梦呓般的语气呢喃道。

"哦，不，死的是代理人。"另外一名助教回答道，"大卫·沃尔德伦是大麦·约翰的代理人，就像耶稣是神在人间的牧羊人。那个女人从代理人这儿得不到什么。"

唐怀瑟渐渐清醒过来，"你是说，大卫·沃尔德伦只是 sDirit 的代理商？"

"正是如此，看来他想明白了。"

"但代理人还有遗物要交代。"

"那么，把配方给他吧，然后送他离开。"

第三名主教走上前来，双手捧着一卷古老的羊皮纸。其他主教正忙着把代理人钉上十字架，封入棺材。

唐怀瑟心不在焉地扫了羊皮纸一眼。事实就是如此，当他得到一直想要找到的东西后，这一切反而不重要了。有某种古怪而悲伤的情绪攫住了他，就像一只艳羡雄鹰的乌鸦以一套滑稽而可笑的俯冲动作冲向羔羊，爪子却被缠在羊毛之中无能为力无法抽离。这就是他，一只忘记自己叫什么的笨鸟，只会张着嘴巴呱呱叫唤。

主教送唐怀瑟来到石像脚下。血迹已被清洗干净，切面齐整的石板借着薄薄水渍反射着头顶太阳的亮光。他服下 sDirit，点燃三根香，在石像脚下躺倒，木然闭上双眼感应着时空钓竿垂落的涟漪。在眼皮合上的最后那一刹那，他看见了那具高大石像的脸庞——似哭非哭，似笑非笑，悲喜交加，凝视同一种潜在可能方向。

一道灵感的闪电劈中了他。初时，荒唐的念头如火苗，后来，这种想法已不可遏制，眨眼之间，星星之火已然燎原。

真相就在眼前。出于激动和恐惧，唐怀瑟无可避免地颤抖起来，可还没等他追问，万事万物就像流淌的江河一般迅速远去。另一个世界正在归来，随之而来的还有红色沙丘、蓝色地球和黑色人心。

"他回来了！他回来了！我把他钓起来了。"VM 那吵吵闹闹的电子嗓在他耳边响起。

唐怀瑟睁眼，看见兰德尔和 VM 正围着自己，而他躺在一间褊狭受限的火星出租屋内，墙壁上的视信终端正在播放大卫·沃尔德伦在某家医院不幸病逝的可怕消息。

"消息传得可真快。"唐怀瑟讥讽道。

"噢，那是伊丽莎白带去的消息。"VM 义愤填膺地说道，"你猜怎么着？结果是，那个伊丽莎白从一开始就是火星安插在地球的间谍。辛迪加培养了不知多少这样的间谍，从小时候就喂他们服用骨质密合剂，并在 1G 的模拟重力环境下对他们进行训练。"

唐怀瑟下意识捏紧拳头，勉强咧了咧嘴。

"事情我已经从这台 VM 这里知道了，"兰德尔低着头，眼神阴郁，"大卫·沃尔德伦就是大麦·约翰，这是谁也没想到的事。"他的嘴角有伤，脸上有多道淤青。

唐怀瑟犹豫了一下，"伊丽莎白杀了大卫·沃尔德伦，但应该没有从他口中问出配方。"

"当然没有。"兰德尔冷淡而不屑地说道，"sDirit 可以改变太阳系格局，伊丽莎白选择杀了大卫·沃尔德伦，无非就是在自己和火星得不到的前提下，也不让地球得到。"他锤了锤桌面，"事实上，如果我更仔细一点儿，就不会让她跑了。"

"伊丽莎白醒来时，这位地球警官和她打了一场。"VM 得意洋洋地挺起胸腔展架，"伊丽莎白早有准备，要不是我，你的这位朋友就惨喽。"

"问题是，兰德尔，你怎么在这儿？"唐怀瑟若有所思地说道，"我明白了，如果火星能在地球安插间谍，那么地球自然也能在火星内安插内应。"他盯着兰德尔，咬牙切齿地说，"从一开始你就知道这一切，对吗？你知道伊丽莎白的身份，螳螂捕蝉，黄雀在后，你利用我，伊丽莎白也利用我，只有我一个人完全蒙在鼓里。"他毫不客气地竖起中指，"看看这是什么？兰德尔！"

兰德尔撇了撇嘴，"我现在没有工夫和你吵架，而你在这儿怒气冲冲地看着我也对你没有任何好处。"他漠然说道，"你太无害了，唐，即使你犯了罪，也依然无害到就像一件可随意利用的工具。"他微微抬起下巴，冷漠而高高在上，"权力机器内化到我们体内，规训权力的诞生与现代性的崛起密不可分。权力以更加隐蔽的方式影响着我们，而法律本身只是一种规训机制。以法律的名义，你被打上了'罪'的标签，可我知道你却不是'恶'，至少，你是温顺无害的，这就是为什么大家都想利用你达成自己目的的原因。"

"不，我只是有自己的底线。"唐怀瑟脸色发白，古怪一笑，"难道这样不对吗？是你们教导我们要礼让谦恭、彬彬有礼，现在又是你们用实际行动缔造残酷现实让我明白这世界弱肉强食、汰弱扶强。我只是尽力做出符合自己内心想法的选择——"

"噢，得了吧，唐，"兰德尔毫不留情地打断道，"你究竟是盲目追求成功，还是相信那一套老生常谈的'英雄'论调呢？事实是什么呢？事实是，你是弱者，毋庸置疑的弱者。当知识经过权力的驯化成为知识谱系，当你轻信了现代社会许诺的诸多美好承诺，当你笃定现代知识结构划分的对错，你就陷入了规训的深渊。"他冷笑着，喷吐词句打击唐怀瑟，"所有的言语、所有的观念都处在权力的影响下，所有的反抗和抵制本身就是一种受影响之后做出的被动选择，你以为是自我选择的话语，实际上却仍受到权力的支配。你知道吗？你太幼稚了，这个世界永远不会是你们这种人的世界，这无关乎真理与道德准则，而是生存本能作祟。你想要自由？自由仅存于古人披着兽皮、持着骨棒走在旷野之上的那个时代，因为文明的代价就是自由，现代文明的代价是自我。"

"文明的代价……"唐怀瑟紧抿着嘴唇，转过身，"好，好，我走，我走。你知道吗？道德不该政治化，将道德视为国家意志是一种根本的错误。也许，真正的自由是自我放逐。"他笑了起来，用礼貌微笑掩藏心中痛苦。

他找到自己的高仿大提琴，浑然不顾身后 VM 的喊叫，失魂落魄地走向出口。有那么一刻，他自怨自艾，觉得自己可笑极了，因为这个世界并不容许像他这样幼稚的理想主义者胡思乱想，然而，那些追逐利益的人却被允许胡作非为。他注定是庸庸碌碌的失败者，可这世上还会有失败者的容身之地吗？

或许会有那么一个世界，美德与生存本能并行不悖，但在这个世界，狂热的拜金主义和极端的权力欲望已经吞噬了绝大部分灵魂的人性。何为因？何为果？我们是一切之源，还是不可避免之恶？

唐怀瑟找了一辆地形车，上到火星地表。

离开里世界时，他瞥见了石像的脸庞，那一幕至今仍残留在他的脑海中。那些高大而伟岸的神像，就如红色沙丘中的嶙峋怪石一般。

寒风在荒芜的旷野中呜呜咽咽，不远处，几只变异的火星豺狼正躲在沙石后头偷偷观察着他。其中一只仰天长啸，悠长而凄凉的嗥叫在风中破碎，化作断断续续的哀嚎。

挥之不去的念头缠绕着他，像绑了渔网的巨石，重重束缚在他的脑际，砥砺着他的神经。

唐怀瑟犹豫了一会儿，最终还是下了车，来到其中一座石像脚下。上世纪末火星地表改造失败后，这儿的地面植被仅以一些鲜红色的苔藓植物为主。他用一把瑞士军刀剥去一块方形石头上的红色苔藓，一座祭坛很快暴露出来。

他服下 sDirit，恭恭敬敬点燃三根香，像待宰的羔羊一般横躺在荒废的祭坛上。火星豺狼不知从何处冒了出来，绿油油的眼睛闪烁着饥饿的光。他漠不关心，心存死意，微微颤抖着闭上晦暗无光的双眼，内心却酝酿着另一个近乎异想天开的计划。

"来吧，来吧，都冲着我来吧！"唐怀瑟癫狂大笑，叫嚷道，"如今这是什么世道呢？人类占领太阳系，却时刻不忘在内部制造仇恨和恐慌。权力是永无止境的，这个社会到处充斥着病态的控制欲和躁动不安的心，当人的尺度可以被精确计量，世界就成了虚拟现实恐怖秀。垄断集团用药物取缔感情、用广告入侵生活、用食品改变思维、用媒体混淆视听，用我们的金钱构建了一场人类史上前所未有的幻梦。当我们痴痴傻笑着沉浸其中，你们施施然打开后门进入我们的大脑，在梦中附耳轻声呢喃，用规训的棍棒搅乱汹涌的思潮。于是，我们在催眠中变得温驯，变得无害，变得任其屠杀，反过来，你们这些豺狼又来责怪是我们自己太过天真，逼迫我们展现最恶劣的一面，好让我们知道自己与你们没有任何不同。"他狂笑着，疯狂的笑声彻底点燃情绪的汽油桶，"我们的确与你们一样，只是你们更成功。你们赢了，是的，豺狼们，如果这是你们想要的，那就撕了我吧。死亡不可避免，这是生命终将付出的代价。"

怪异野兽在不远处低沉咆哮。火星豺狼近在咫尺，命运的硬币已然抛出。事已至此，他仿佛已彻底丧失理智，也彻底丧失了任何逃生的机会。生死安危基于一次大胆的推测，这石像现在在看着他吗？世界幕后的生物会救他吗？

硬币悄然落下，随之而来的还有豺狼的尖牙和利爪。

蓦地，火星豺狼发出一阵恐惧的嚎叫，如丧家之犬一般夹着尾巴匆匆逃跑。

一阵狂风吹过，如一滴泪水落入池中，荡起的时空涟漪吞没了唐怀瑟的一切。他又一次被钓了起来，这一次却和之前每一次都不太一样。这已不再是那种通俗的世界。当内心尘埃落定，出现在他眼前的是一片维度打破认知局限的异次元空间。

这儿没有东南西北，也没有上下左右之分。时间是一团摇摇晃晃的果冻，半透明的胶质内部刻满了所有已发生和即将发生的细节。

唐怀瑟有些迷惘，这和他想的完全不一样。他震撼无语，下意识迈了一步。

天花板是墙壁，墙壁也是地板，四面八方布置着不断扭曲变幻着形状的座椅。每一个卡座都有四个座位，四张座椅背靠背围成一个方形，中空处漂浮着一个不断旋转的黑色漩涡。

绝大部分卡座都坐满四个类人灵体，唯有他眼前的卡座只坐有三人——左边那人仰望高处，眼神飘忽不定；中间那人低头掩面沉思，手掌覆盖大半张脸；右边那人平视右方，目光幽远而寂寥。

三人耳中皆飘出闪闪发亮的烟雾，在祂们头顶汇聚成一团海市蜃楼般的华盖。一大团瑰丽绚烂的光霭从云海幻象上垂入黑色漩涡之中。

所有形象并非通俗意义上的实体，这些类人灵体是这个空间的生物，诸如此类的场景有十来多处，更远方的黑暗中则漂浮着一大片明灭不定的目光。

他听到窃窃私语声，从云海幻景中看见了伊丽莎白，也看见了兰德尔，更看见了无数台 VM。这是他存在的罪恶世界，映射的是记忆、情感、烦恼、思维、欲望的踪迹。人心是妄念，芸芸众生在丑陋欲望的渊薮中浮沉。

"我是裁判，你是怎么发现我们的？"一道声音在唐怀瑟脑中响起，那声音来自中间那人。

"石像，当然，除了石像之外，还有一些容易忽视的细节。"唐怀瑟在心中大声回答道，"我认为，时空是一个圆，多重宇宙是一个又一个的黑洞，其本质是层层嵌套的循环。如果里世界的人也可以把我们钓进去，我们和他们就不存在里外世界之分，但的确，应该还有一个超然世界在循环之外。"他顿了顿，"如果大卫·沃尔德伦只是代理商，那么，我想，那个超然世界就是大麦·约翰所在的世界。我可以见见他吗？大麦·约翰？"

"事实上，你已经见到它了。"裁判平静地说道，"这里是大麦·约翰卡特尔[①]举办的星际策略对抗锦标赛十六进八现场，两位漫游者蛰伏在人类的集体无意识中，通过创造和修改原型[②]来控制火星和地球

---

① 生产或销售某一同类商品的企业，为垄断市场，获取高额利润，通过在商品价格、产量和销售等方面订立协定而形成的同盟，是垄断的形式之一。
② 原型是集体无意识的主要内容。荣格认为原型不是意象、图像，而是人类在千百年进化过程中留在神经系统、大脑和身体中的烙印，是对于特定事物的特定认知和模式化的理解。

进行政治、经济、军事和文化上的较量。目前，控制火星的漫游者有经济和科技优势，而控制地球的漫游者已经暗中囤积了大当量的核弹，双方正处于冷战中。"

"那么，谁占优势？"唐怀瑟下意识问道。他注意到左右两个类人灵体手中各抓着一瓶酒精饮料，上面印着某种深奥晦涩的图案。

"两者相差无几，当下局面取决于你手中的配方最终花落谁家，而那配本是我们提供给代理人在内部协作管理的报酬。大卫·沃尔德伦想回家。在游戏规则中，这种变数引入的新技术或新发现统称为'尤里卡时刻'。"

"我明白了。"唐怀瑟情不自禁地笑出声来，像听见一个天大的笑话，"一切都是游戏，而如果游戏结束，一切就将终了。万物将湮灭为最纯粹的微粒，而世界也将被毁灭，以待重启。一场这样的游戏要持续多久呢？"

"视情况而定。"裁判无动于衷地回答道，"双方漫游者从火星殖民时代开始发展，短则数千年，长则数千万年乃至数亿年，而最长的一次游戏时间记录是 50 亿年，那时双方漫游者的阵营和势力已经发展到了银河系以外，太阳演化成红巨星的征兆是游戏强制自动结束的标志。我们有的是时间，至于现在，你的选择将大大加快这场策略对抗游戏的进程。"

唐怀瑟沉默片刻，"也就是说，我必须把配方交出去，而不可能销毁它？"

"是的，这是游戏规则，否则我们没必要从豺狼口下救你。"裁判仍旧保持着掩面沉思的姿势，岿然不动如山，"那么，你想给谁？地球警察兰德尔？还是火星间谍伊丽莎白？根据其'原型'和内在倾向，我可以向你展示他们说服你的方式，以便你更好地做出选择。"袖头上的光霭分化出两幅人物肖像。

"唐，你必须保护地球。"兰德尔的嘴唇动了，动态画面传出来自内心的回响，"我们付出了这么多，难道就要在此功亏一篑吗？听我说，没有人比你更热爱地球同胞，也没有人比你更能理解火星对地球的经济压制，sDirit配方是我们唯一反超的机会，一切都是为了地球的自由，一切都是为了你的自由。"

唐怀瑟摇了摇头，"不，你想要的不过是权力。我们都有罪，'罪'不是'恶'，'恶'却必然是一种'罪'。"他自言自语说道，"就像你之前说的，'自由'本身就是一种规训的话语，从疯癫到理性，藏在文明进步下的规训权力不仅使人为之死，还使人为之生。自由早在现代社会的全景敞视下消失了，那些灌输我内心的想法就是奴役的本质。你是极大的'恶'，或许政府是必要之恶，或许我永远无法摆脱你们，但你们也仅仅只是那庞大空洞的抽象权力主体中微不足道的一枚尘埃，连齿轮都称不上。你这该死的笑面虎，索取的不过是永无止境的权力。所以，滚吧！"他移开目光，望向另一幅肖像。

伊丽莎白没有说话，就好像她的内心是一片空荡荡的虚无，没什么可以想法填充，也不需要任何东西填充。她就那么微笑着，立身于动景之中，用一种哀怜的、责怪的、幽怨的、凄美的迷离目光望着他。

"你到底想要什么呢？"唐怀瑟迫使自己对上那两道目光，"当你说愿意和我共度一生的时候，究竟是认真的还是惺惺作态？"他顿了顿，冷漠地说，"不，也不是你。我想，无论如何，这都不再重要，我也不会把配方给你，说什么都不可能，这招对我没用。是的，'不'就是我的回答——"他神经兮兮地笑了起来，"不，我不爱你。"

"但你必须把配方交出去呀，"裁判诧异地说道，"游戏规则如此，两位参赛漫游者都在等你，否则我们只能抹掉你。"

唐怀瑟仍在吃吃发笑，"你知道吗？实际上，我根本不在意。也许，大家本来就是数字，物欲和人欲被搅在一起，人的尺度被精确计量，现在我又何必在意一场游戏的结局？"他瞪着疯狂的双眼，大声说道，"你知道我怎么想的吗？我想，双方都可以拥有这份配方，就让这群疯子重新回到同一起跑线上继续打下去吧。当我们远离了中世纪的断头台和各种残酷暴行，权力以更高明的方式披上理性的锦裘钻进我们的身体之中。我倒要看看人的贪婪和欲念借着权力能把这世界折腾成什么样。"

裁判沉默片刻，仍兀自垂头掩面，藏在手掌下的双眼闪烁着万千瑰美星云。

战争以一种意想不到的方式使这可悲的世界得以存续。现在，唐怀瑟也有了自己的权力。选择就是权力，但实际上没人可以真正选择，因为人人都是权力的受体。这些类人灵体给了他选择权，尽管这权力有限而他被迫无法放弃，但他却可以通过攫取权力走向另一种极端。

唐怀瑟喘着粗气，重新冷静下来。他心灰意懒地笑着，绕过裁判，走到背面。"通过刚才的对话，我最大的发现是，一场游戏需要四方参与，包括裁判、两名漫游者以及一名代理人。代理人可以得到报酬，而大卫·沃尔德伦选择了自己的报酬。"他耸了耸肩，满不在乎地说道，"这场策略对抗游戏将会继续，可游戏终有结束的一天，到那时，在下一个新宇宙的内部对抗中，你们仍然需要代理人替你们在内部维持和平衡游戏秩序。"

"所以你的选择是——"

唐怀瑟走到空出来的第四把椅子边上，"这就是我的选择，你们是真正的权力主体，我是你们永远需要的代理人，我加入你们。"他微笑着掸了掸衣袖，轻飘飘坐下了。

伤心酒吧之歌

一

端点岛的天空是橘红色的，浮着光霭，像火焰。那人走进小酒馆时，这座城市正在下雨。一个牙齿涂着荧光粉末的疯子背对门口，坐在吧台上讲笑话。当我们出于尊重闭上嘴巴时，他还在喋喋不休地说话。因此，数秒钟后，他被迫躺在地上，我们一点儿也不意外。在端点岛，你每天都能看见传奇，这并不值得大惊小怪。但我们经常看见的那些人，都是活着的，死了的却少见。那天晚上，走进酒馆，撞翻顾客的，是一个死人。

任侠点了一杯酒，在吧台边坐下——他就是人们口口相传的那种传奇，消逝了，形象却十分鲜明，十年前死于一场谋杀。在我的老家，离端点岛很远的地方——我是说，现实——任侠一直是我母亲最爱的摇滚歌手。在她病逝之前，他的事业如日中天，正处于人生的巅峰，全世界有好多女人为他着迷。要说我的母亲，自然也是这些痴狂女人中的一个。她不是时代的弄潮儿，不会利用思维节点跳入岛屿，她理所当然也不是我一直期待的那种有很好的音乐素养的女人，甚至不懂五线谱，但长久以来，她一直坚持收藏他的磁带、唱片，包括端点岛上的音乐同捆包，哪怕她这一辈子都没跳进岛屿；而我的前半生，都生活在这个男人的沙哑歌声中，甚至胎教音乐也是他的作品，用母亲的话来说，就是音乐使人变得相似，她希望在耳濡目染之下，可以给我培养出些许音乐天赋。母亲的原话，是一些玄之又玄的东西，不外乎精神共鸣、陶冶身心的说法。这么说吧，每个当母亲的都对孩子有期望，而她最大的愿望就是我能变成像任侠那样富有魅力的摇滚歌手，甚至有朝一日能超越他。托母亲的福，我现在成了一个在酒馆卖唱的落魄歌手。

母亲病逝后，我便离家出走，再没和父亲联系过。小的时候，他总打我们，因为他觉得，母亲一直试图用一些她自己也不懂的东西，把她的儿子变成那种浪荡轻浮、游手好闲、不肯好好工作的社会闲散人员。我的确有些天赋，也热爱音乐。但是，你瞧，我的父亲是一个务实的上班族，我的母亲则是一个发福的家庭主妇，他们俩都对音乐一窍不通，而挖掘才能是一件很费钱的事。每次，我们都得等父亲出门上班后，才能好好听唱片。关于任侠在唱什么，母亲压根儿听不懂。我倒是听懂了，不外乎是一些孤独啊、爱情啊、生离死别之类的内容，偶尔夹杂着愤世嫉俗的抱怨。我猜，所有的摇滚歌手都愤世嫉俗。不过，每当那时，尽管我的母亲听不懂，她还是会闭上眼睛，倘徉在自己的世界，听着听着便流下了泪水。哭起来，我的母亲。那一刻，总是极为干净动人。

有一次，母亲开始尝试和歌而唱。她五音不全。从她喉咙里挤出来的歌声，比布帛在织布机上断裂的噪声还要吓人。我忍不住哈哈大笑，说即使是最笨的人唱歌都比她好听。母亲羞得脸都红了，后来便恼了。她气得索性不唱了，后来却拉着我说要教我跳探戈。她的舞步不错，只是身材有些臃肿。那时候，我才七八岁，在母亲那双不由分说的手里，笨拙得像只有一条腿的锡兵。我们跳舞。她的重心在右脚，而我的重心在左脚①。我们在跳舞时，双方从不对视，定位时都朝自己的左侧看。从扬声器里传来的音乐，不是节奏明快的探戈舞曲，而是任侠的民谣。这与我们的舞步是极其不搭的。但母亲仍跳得热烈狂放、变化无穷，她的舞步留在我的记忆里，至今都一直闪耀着美丽的辉光。

一曲舞毕，母亲带我去了厨房，给我做果汁喝。后来，我们一起坐在沙发上歇息的时候，她突然起身，进了房间。角落里的唱片机还在播放那位摇滚巨星的音乐。我走过去换了张专辑。迷幻摇滚。母亲换上一件她最喜欢的连衣裙，在一片模糊的电吉他声中走来，给我看一张她私藏多年的照片。照片上，她和我们的摇滚巨星坐在一起，头和头紧紧挨着，背景好像是某个音乐节现场。母亲说，她和任侠有过

---

① 在探戈中，男士的重心主要在右脚，女士的则在左脚。因为我年龄小，所以只好由母亲扮演男士角色。

一面之缘，照片后面还有他的签名。我看着照片上的母亲，没看背面的字。我看见年轻时的她，在很久很久以前，眼神清澈而闪亮，散发着迷人的光辉。倘若不是这张照片，很难相信我眼前这个疲惫而普通的家庭主妇，也曾爆发出美丽的射线。照片上的女孩，像耀发的超新星，而我的母亲，这么多年过去了，芳华不再，黑发中生出了银丝，变得平庸而痴肥。我看着照片上的这个女孩，她的笑容陌生，眼神干净，和我身边的母亲好像不是同一个人。她是那个在母亲跳舞时从她身上灵光一现的幽魂，所有美好的一切已坠向遥远的过往。

父亲回家后，上述发生的一切，好像没发生过。如果那天他回家晚了，喝了酒，准会吐得满地都是。每当那个时候，我的母亲会把我关进房里，给我放点音乐，让我一人待着。然后，她孤身一人，前往客厅，像赴死似的，拿着扫帚和簸箕清理父亲的呕吐物。我有一把吉他，是母亲送给我的生日礼物。起初，父亲想砸了它，是因为扰民，邻居上门投诉。后来，邻居搬走后，更多的是出于一种执念。父亲每次喝醉后都会动手，说是得赶在她把我变成一个无用之人之前阻止这不幸的一切发生，而我的母亲，总会阻止他这么做。紧接着，客厅里就会传来她挨揍的声音——有时是拳头，有时是皮带，有时是家具，但最终遭殃的，总是母亲。直到我学会如何跳入端点岛之前，我都只能躲在现实的房间里弹吉他——练习，但不弹出声。外面传来母亲挨揍时的闷哼声，间或夹杂着父亲那醉汉式的怒吼和叱骂。她承受了这一切、吞咽了这一切、消化了这一切。依赖酒精的父亲喝完酒就会来一场暴风雨。每次都是这样。也许，第二天醒来，他会道歉，会拉着她的手，跪在地上，口口声声说爱她，祈求她大发慈悲怜悯和无私的爱的施舍，但我们都知道，这样的事还会再发生：我的母亲挨揍了，原谅他了，又挨揍了，然后一次又一次的，原谅他。可奇怪的是，无论这样不幸的事发生多少次，我都从未听到她哭过一声，连啜泣也没有。

现在，你该明白，任侠的存在对我有多大的意义了吧？总之，当他点了一杯酒，在吧台坐下时，我首先想到的就是我那可怜的母亲，一生活在痴狂的幻景里，最终病逝。许是为了悼念，许是为了致敬，我抱着吉他，弹起了多年前的那个下午，母亲领我跳双人探戈的背景音乐。一首充满了感伤和追思的《漂泊者之歌》。一个男人亲手葬送了他的一切。传奇会落幕，美人会白头，人生一直不断地失去，到头来什么也没有。要是母亲能听到我弹这首歌就好了，我想把这首歌唱给她听。要是她活着就好了，那样她就能坐在这里，听我唱一首曾经的歌。他们会在吧台边跳舞。他们本有可能在众人的见证下跳舞。要是她在这里就好了。可是她不在这儿。这儿没有哪一个人懂这首歌，没有谁知晓多年前那个下午，我们曾在他的歌声中跳探戈，这恐怕歌手本人也做不到。

任侠坐下后，我开始唱歌。人群又恢复了初时相互交谈的情景，只是都压抑着声音。我在很多酒吧唱过歌，但从没在一个如此安静如此有礼貌的地方唱过歌。我们的这个小酒馆静悄悄的；此处，也许是端点岛最安静的场所。我的歌唱完了。任侠抬头看了我一眼。这是今晚他第一次打量别人。当在我开始唱下一首歌时，不小心把调起高了，结果唱到最后唱得我喉咙隐隐作痛，好几处和弦也弹错了。过了一会儿，他端了一杯酒走过来，对我说：

"你很紧张。"

我什么也没说。

他又说："不是那种普通的紧张。你犯的是那种只有在生死攸关时刻才会犯的错。"

"因为我崇拜您。"我低着头说，"您的一生充满传奇色彩，哪怕是在端点岛，也是传奇中的传奇，而我只是一个拙劣的学徒，终其一生不过是在模仿您的影子。"

任侠笑了。"不过是一个死人罢了。"他说。然后邀请我到吧台上去，让我请他喝一杯。我感到抗拒，并不想去，便推辞说还得工作。这时酒馆里的客人都不说话了。我没有抬头，但仍能感受到那些视线像日光一样聚焦，正在杀死我。我们不需要你为我们唱歌——没有人这么说，但所有人都知道他们这么说过了。我不得已，只好放下吉他，坐到吧台边。老板善意地笑了笑，冲我挤眼睛。他为我端来一杯烈酒，调侃说这会让我放松一些。我把酒一饮而尽，感觉心里舒坦了一些。对一个吉他手来说，能得到真正的摇滚巨星的认可，无疑是令人艳羡的。但我心里很清楚，有时候，事情并不总是人们心中所想的那样。

任侠已经死了。十年前，当他点燃反叛的火焰时，就已经死了。讽刺的是，在那次行动中，被他呼吁和倡导的现实摒弃了他的肉身，反倒是作为目标的端点岛保留了他的灵魂。如今他的肉身业已消亡，灵魂却直抵永生。这些年来，多少人想知道当年究竟发生了什么，又有多少人想弄清他意识不灭的秘密。那些伤心的歌迷、狂热的粉丝、绝望的追随者，时至今日仍试图还原当年那个事件的真相。当他在端点岛变成一个游荡的都市传说，所有有关他的存在之真实性的证据便被消解了。时间抚平了一切、遗忘了一切。人们甚至怀疑他是否真的存在过，还是卢德派①编出来的理想人物。然而，今天，在这家名不见经传的小酒吧里，他却主动向我们谈起了事件的真相。

"你叫什么名字？"他问我。

"弹头。"我应道。

"这是诨名，对吗？"

我不回答。

他接着说："你最好小心一点。在端点岛，不要暴露自己的真名。你的真名就是你在现实里的 IP 地址。知道在西方有个说法吗？要想杀死一个魔鬼，你必须知道他的真名。当年，我就是泄露了真名，才被对方顺藤摸瓜，在现实中丢了性命。"

在端点岛，我们都用假名。任侠的声音不大，但透露的信息，却足以压下整个酒馆的喧哗。于是，攀谈变成了独白，低语变成了沉默，所有人都放下杯中的残酒，咽下那半句没说完的话，静静等他继续说下去。但任侠却不说了。他一个劲儿地哼着歌，用脚打拍子，唱的是大卫·鲍伊的《Space Oddity》，不过却是以一种温柔的、缓慢

---

① 工业革命时期，英国工人捣毁机器运动的参加者。

的调子来唱，听起来有些悲伤。我听着他的歌，想象着一个男人以奇妙的方式漂浮着，远离地球、远离现实。然后，这家酒馆的风貌便在我们的想象中改变了。在他的歌声中，我们都漂浮在太空中，像轨道垃圾。我看到了他：在我们的头顶，那里有无尽的黑暗；在我们的脚下，则是蔚蓝的星球。我想象中他是绝对自由的，我们都是宇宙中孤立的个体，没有任何地方可去。从某种角度来看，他也的确处于一种被文明放逐的状态。在我眼中，他一直是那种忧郁的拜伦式英雄，桀骜不驯，充满叛逆精神，却又孤独苦闷，始终找不到出路。任侠重塑了我们的认知。待他突然不唱了，我们便回到小酒馆，围坐在温暖的灯光下，杯里新添的啤酒泛着绵白的泡沫。

二

美国有个脱口秀演员，说"抒情摇滚不是摇滚，甚至不是音乐，只是抒情"。不论这个观点是不是玩笑，我觉得这句话的意思应该可以理解为，在摇滚逐渐走向没落的时代，抒情是它对现实变化的一种妥协。早在 21 世纪 70 年代，摇滚复兴时期，任侠远比任何一个人都更早地看到这种变化。当其他的摇滚歌手站在台上，再度声张"摇滚不死"时，他于 80 年代末悄然发行了一张抒情摇滚专辑。

抒情摇滚，顾名思义，是一些较柔和的歌曲，歌词大意往往是非对抗性的，不过逃不开爱和日常琐事。这在当时的粉丝群体中引起了极大的公愤。有人声称，我们的摇滚巨星公然背叛了他的追随者。你可能很难想象这件事的严重性，觉得人们是否有些夸大其词。然而，要明白，摇滚本身就是一种不妥协的态度。你可能会说，哪怕是皇后乐队，也唱过抒情的《Love Of My Life》，这对任侠来说应该不成问题。但你同样要明白的是，皇后乐队是上个世纪的事了，随着时代的发展，尤其是端点岛这样超现实世界的出现，人们已变得越来越偏激，而稍有反串或引战的言论，就能引爆各个群体之间互斗。打个比方，假如像我上面那样拿皇后乐队举例，便会有人跳出来说，任侠远达不到皇后乐队的高度，提鞋都不配，然后任侠的受众便被激怒了，不理智之下甚至可能侮辱前辈乐队，于是更多的人便会加入进来，战争规模升级，互相看不惯的人便会展开一场旷日持久的骂战。

总之，那张专辑一经发行，便有人在端点岛上公开宣布，作为摇滚歌手的那个任侠，已经死了。事实上，那也确实是任侠的最后一张专辑。面对这些谩骂，他什么也没说。在 20 世纪 90 年代，当摇滚开始走下坡路时，人们的愤恨也随之消失。乐队一个个解散了。人们更多地是在惋惜那个时代，而不是人。直到任侠在反抗端点岛的行动中牺牲，他们这才回想起，大家惋惜的不仅仅是一个时代，还有造就那个时代的那些人。

我的母亲不是文化人，不知道流派之分，不懂摇滚精神的意思。通常，当任侠的专辑发行时，她表现得很开心。然而，那天傍晚，当我把任侠的新专辑放进唱片机，她却流着泪，对我说："你听见了吗？

听见什么了吗？他要走了。"他这是要去哪儿？"从这歌声中，我听到他在向所有人道别。"我的母亲说。她当时已经病了，而且病得很重，几乎下不了床。那会儿，我已经上了大学。为了帮她买唱片，有很长一段时间，每逢假期我便到餐厅打工；晚上，则会去酒吧驻唱。我的母亲，只有在听到这些唱片时，才会回光返照般的，振作起来。为此，我在端点岛一次又一次发送私信，倒不是奢望任侠能帮助我们，只是希冀他多写几首歌。

与此同时，我的父亲越发早出晚归。每次回来，都是一幅酩酊大醉的模样。起初，我还担心他会揍我们，只好听任他在客厅中大吼大叫，野蛮地消磨夜晚，但后来，要是你看到他醉成那副样子，准会放下一百个心，因为他喝的酒之多，已使他完全丧失了意识，回到家便躺在呕吐物中不省人事了。这样，我便陷入一种两难的境地。出于一种矛盾的心态，我既希望父亲能清醒过来，少喝点儿酒，体贴母亲，又巴不得他再多喝一点儿，喝得一点儿力气都没有，这样他便不会揍我们，而我们也有空闲听歌。父亲经常把自己喝得一团糟，回到家中，便把我们生活的这个小家庭也弄得一团糟。有时，我不在家，我的母亲在化疗之后，便不得不强撑着身子，下床打扫卫生。坦白说，我甚至有过不太好的想法，即幻想着有一天父亲会喝死，那样我们便解脱了。有好几次，我看着熟睡的他，心里只剩下这么一个念头。那一刻，好像所有的杂念都被排空了。我的脑域上空有一个魔鬼飞过，不断地呐喊着：实现幸福的手段是行之有效的，只需一个简洁明了的意外，你的人生从此便走向光明。我的人生既未能走向光明，也没堕入更深的黑暗。因为，这样的灵感，往往是刚诞生，随即便会被现实的重压冲垮。这一点我心知肚明。如果不是父亲，我连母亲治病的钱都没有。所以，哪怕是为了这一点，我也不能有解脱的想法。

母亲病逝后，我把那些唱片都烧了，和她的骨灰熔在一起。后来，我坐在她的坟前，弹了一首歌。在很长一段时间，我都觉得，自己能理解任侠。我想，他发行那张抒情摇滚专辑，是在向自己的过去道别，正如那一刻，我坐在坟前，也是在向自己的过去道别。我离开了家。长久以来，我坚信自己的观点没错。可是，今晚，坐在这家小酒馆里，任侠却告诉我们，原来早在他发行那张抒情摇滚专辑之前，这位摇滚歌手便决定把事业的重心从音乐转移到轰轰烈烈的革命之上。直到这时我才明白，从头到尾，任侠就是一个理想主义者，满腔浪漫主义的热血，眼里永远只有他自己想看到的目标，手头永远只做自己想做的事。

他说："回到 20 世纪 90 年代，摇滚歌手任侠曾是个家喻户晓的明星。我就是任侠。那个你们眼中已经死了的人物。早在 80 年代初，我便从销售一空的专辑、摇旗呐喊的人群中看到了自己的号召力。为此，我知道，自己必须做点什么。于是，我每年都会安排一轮巡演，从 80 年代到 90 年代，整整十三年。"

在端点岛，有个传说：人们相信，这个构建在我们脑域的超现实，是以十三个超人的大脑为基础，辅以蠕虫病毒搭建而成的。所谓世界，就是这十三个人的想象。你瞧，这一传说并非空穴来风。我们这些上过学的人都知道，每个人的脑子里都有一条虫子。要想跳入岛屿，你必须学会如何使它与虚空产生精神共鸣。世界的本质是振动，就像音乐一样，不过是物体的震颤发声。在我入学的第一堂课上，老师们教我们入定。他们把这一过程称为"思维共振"；而跳入岛屿的方法有十三种，对应十三种频率。有个说法是，十三个大脑是十三个端口，而十三种频率则是通过端口的十三把钥匙。我们并不知道，作为脑域互联产生的那个世界，是否真实存在于宇宙的某一层面，但任侠死了，他的意识却还游荡在我们之中，也许这正是对那一传说最好的佐证。

前面我说过，任侠告诉我们，当他第一次发现自己的号召力之强大时，便深感自己有做点什么的义务。这一想法同样不是心血来潮。他接着说，早在 20 世纪 70 年代初，他还是个初出茅庐的流浪歌手，在酒吧驻唱，工资日结，偶尔也靠送外卖维生。那些酒吧，通常很破的，又乱又吵，所有人都在看向另一个人，所有嘴都在凑向另一张嘴，不会有人认真听你唱歌，甚至也不会有人多看你一眼。这无疑是令人伤心的。因为那时，作为一个年轻人，任侠和我们没什么不同，他也希望赢得掌声、被人赏识。他站在台上的时候，会看着台下黑压压的人群，想象那些人当中也许就有他的伯乐；当他深夜拖着疲惫的身子回家睡觉，同样会止不住地意淫，幻想自己出人头地的那一天。如果我有钱了要怎么花，这是任侠入睡前最常出现的念头。每逢休息日，白天的时候，他便会去唱片公司楼下卖唱，渴望能撞大运。但好运从未眷顾他。那些趾高气扬的经纪人，永远西装革履，腋下夹着公文包，从他面前不屑一顾地走过。直到某一天，在端点岛，他下班准备回归现实时，在思维的十字路口，听见了来自灵魂深处的呼唤。

"那声音自称是世界的奠基者，端点岛的基石，传说的十三分之一。"任侠说，"在经过短暂的交谈后，他们就年轻人的命运达成交易。那个虚空中的声音说，它可以给年轻人提供最好的资源，搭建最好的舞台；有了这些流量的加持，在当下这个时代，哪怕他真是一头猪，水平极低，也能得到无数人的支持。然而，作为代价，它希望这个年轻人能在将来它需要的时候，伸出援手。"

"打断一下。"有人大着舌头问道，"我们怎么知道你是真的任侠？你只是长得和他一样，而这是端点岛，我们的形象都是虚拟的，被想象出来的。"

我们回过头去，搜寻那个打断故事的人。原来是那个牙齿涂着荧光粉末的醉鬼醒了。他抱着椅子坐在地上，下巴抵着上面，湿润的布满血丝的眼睛一闪一闪的。我看见，由于长期熬夜，那人的眼周肤色暗沉，面部肌肤干燥，有细小的鳞屑。可是这会儿，与之相反的是，他的眼中闪现着狡黠的光，一点不像喝醉的样子；而这时他也察觉到我在看他，便扭过头来，冲我笑了笑：

"他要你请他喝酒不是？我们怎么知道他不是骗酒喝的疯子？"

为此，我很肯定地告诉她："这人就是任侠。我的母亲一辈子都望着他的背影，而我在他的音乐声中长大。他刚刚唱过歌了。所以，哪怕他烧成灰，我也认得出他是谁。"

那人看着我，又看向任侠。任侠没有看他。酒吧的老板出来打圆场。他说，"今晚大家敞开了喝，在场的所有客人免单。"

一轮酒后，有人问任侠：

"所以你就这样接受了？"

"我拒绝了。"他说。

年轻人拒绝了，因为他比任何人都清楚，假使对方说的是真的，那么他们选中他也一定是有理由的。他只请求给一个展示自我的机会，至于成功与否，则取决于他自己。那时候，年轻人仍坚信自己的才能。他笃定，只要有合适的舞台，便能发光。因此，双方的交易便各退一步。年轻人可以发行专辑，站在真正的观众面前，而作为代价，当召唤再一次来临时，他愿意去做一些不违背自己意愿的事。

"我们的脑子里都有一条会唱歌的虫子。"任侠告诉我们，"那十三个人是诞下世间所有蠕虫的母体。他们各个都是尼采所宣称的那种'超人'；他们超越了自身、超越了弱者；他们能忍受最痛苦的折磨，有能力打破人类最大的困境；他们有极大的权力欲，他们是人类当中最有力、最雄厚、最独立、最有胆识的，所以他们蔑视一切，又企图占有一切；他们没有良心、没有善恶观念，不受道德和法律的约束；他们本该是世界的十三个统治者，化身为这个世界的十三双眼睛，最终却变成这个世界本身。我们所有人都在他们的眼皮子底下。这十三个人知道人类的隐私，已经不是简单地窥视你的生活细节，而是扒开你的外衣，透过你的毛囊、肌理、血管、头骨，凝视你的本原深处最原始的欲望，洞彻你所有行为的动机。于是，他们控制了你的消费欲，控制了你的爱情和友情，乃至你自以为是出于自由意志所表现的一言一行。即使在我们交谈的当下，在这家小酒馆里，也有一人在冥冥中窃听我们的思维之声。也许你觉得难以置信，觉得你们完全是出于自己的愿望所付诸的行动。然而，人的意识机制并不那么简单地运行。他们只需在你的无意识深处植入一个暗示，你便欣然接受，甘之如饴，并不惮于把想法称作灵感，把暗示视作动机。这样看来，我们好像都是傀儡，被十三双看不见的手提着线；我们用各自的方式表达意识，却什么也意识不到，因为我们并未意识到自己的意识。也许你会想，作为代价，他们陷入昏迷不醒的状态当中，永远地失去了自我，所以没什么好担心的。从某种程度上来讲，他们成为植物人，的确令人安心。我和你们一样，也这么想。可是，直到那天晚上，我遇见了其中一人，这才知晓，原来所谓的沉睡，也是一种巧妙的政治谎言。"

三

摇滚，从来都是一个定义模糊且宽泛的音乐类型，而金属，是其中一个分支。纵观任侠的整个歌唱生涯，他只翻唱过一次他人的歌曲。在 20 世纪 80 年代初，任侠发行了一张 7 寸 45 转的 PVC 唱片，里面只有一首翻唱自玛丽莲·曼森的《Sweet Dreams》(Are Made of This)。母亲太喜欢这张唱片了，倒不是因为她也喜欢玛丽莲·曼森，或是包装上有任侠的亲笔签名，而是因为那是我送她的第一张唱片。为了买到它，我排了一天队，甚至不惜花光所有的压岁钱。拿到这张唱片的那一刻，我没敢拆塑封，只是用食指和中指在外面轻轻摩挲。透过薄薄的塑封，可以看见唱片的包装上有一段话："宁为地狱之王，不为天堂之仆"，这出自弥尔顿的《失乐园》，讲述的是叛逆之神撒旦的故事。

今天，回顾历史，我们可以把这张单曲唱片视作任侠反抗的第一个标志。也就是在那一年，任侠宣布在现实中开启巡演，并借此机会，一连十三年，都在定位十三位奠基者的真实坐标，却一无所获。我的母亲收到这张唱片后，还曾幻想着，有朝一日，能带我去他的演唱会。每当父亲不在家，我们坐在客厅听歌时，她总是对我说，她曾现场听过任侠唱歌，其实唱得并不高明，只不过有感情在里面，所以很动人。那时候，在我眼中，任侠是全世界最好的摇滚歌手。因此，母亲说他唱得其实很一般，我是怎么也不愿意相信的。

关于这点，我想再说几句。我前面说过，哪怕是生活在父亲的阴影下，也从未见母亲哭过一次，又说她每次听任侠的歌时会哭，这其实并不矛盾。首先，你得明白，记忆是不可靠的，所以我的叙述也是不可靠的。记忆有虚假的成分，它会通过一个人对另一个人的观感，擅自美化或贬低。母亲究竟是否说过任侠的唱得一般，我已记不大清了。也许她真的这么说过，但她这么可能也只针对任侠的金属乐；毕竟在外行的耳中，一些极具冲击力的重金属摇滚乐，不过是失真的电吉他的演奏，加上一些毫无意义的嘶吼。

关于任侠的唱功，我想我也很有必要再多说几句。今天晚上，任侠坐在酒馆里为我们这些顾客唱了一首歌。可在端点岛唱歌和在现实中唱歌完全是两回事。简单来说，在现实里，有人唱歌是大白嗓，甚至五音不全，却总以为自己在调上，归根结底是因为我们听到的自己的歌声是骨传导和空气传导的综合，而别人听到的途径却是空气传播；至于在端点岛，歌声的传递既不依赖颅骨也不依赖空气，它的本质是思维而非声带的振动，因此这个世界不存在跑调的说法。

所谓歌曲，不过是一段流动在你脑子里的旋律。在任侠事业的巅峰期，我们所有人的脑中都回响着同一段旋律，心中哼着同一首歌。音乐就有这样的魔力，它能把人联结起来，赋予我们归属感。这种感觉貌似不错。在酒吧，在广场，在无数个人们想象之中的场所，你怀揣着这段旋律，很容易找到同频的朋友。我们会到酒吧喝酒，在广场上唱歌，周末也会到公园野餐，在河边垂钓，然后一起去乐队试音。有些人留下了，你就祝福他；有些人离开了，你就好好与他道别。还有些人，始终找不到一个可以落脚的地方，你们便一起流浪。重要的是，你从不会感到孤独。我们就像战时同盟的一员，向着命运，发起一次又一次的冲锋。这是一场永远不会结束的生命的战争。每天有旧面孔消失，也有新面孔出现。那时候，我身边的人来来去去，有的人飞黄腾达，就此失去联络，有的人寂寂无闻，和我一样穷困潦倒。可我从不感到孤独。每个人都有一张关系网，这张网像车轮的轮辐向四面八方辐射出去。我们彼此交织。一张网与另一张网叠加。一张更大的网融入比这还大的网中。我们就像一朵朵蒲公英，飞散到世界各地。每当那个时候，我便感觉，自己好像是一个遍布全球的巨大网络中的一部分。母亲始终没能学会跳入端点岛，找到一个比我更好的知音，这是一件憾事。我从未有幸去过任侠演唱会的现场，也不清楚他的现实演唱会是否会是一场灾难，我只知道，在多年前的那个夏天，母亲死后，我离家出走，恰逢任侠在端点岛上宣布无限期中止他的歌唱事业。

"那是 20 世纪 90 年代的事了。"任侠说，"这十三年来，我一直在打听那人的消息。当年他为我铺平道路，自此再没联系过我。90 年代初，有一天我去太平洋上的某座小岛度假，在夜晚跳入端点岛时，我又听到了它的召唤。这一次，它向我讲述了世界的真相，十三人的动机，以及它帮助我的理由。"

世界是十三个人的，我们拥有的一切不过是他们的想象。任侠告诉我们，那个神秘的声音说，"现在这十三个人陷入一场较大的分歧当中：其中十二个认为，作为万物之灵长、天地之共主，现代人类已完全没必要再忍受肉身的桎梏，而应该加入更光荣的进化，抛弃现实之累赘，跃入精神之国度。为此，人们应当舍弃现实位面，将一切交由机器打理；与之对应的是，全人类的生命，将由碳基结构向着纯能态形式转化，这一全新的生命形式将突破人类自身的局限，进一步促进人类文明的繁荣昌盛。从短期来看，理所当然地，这样的变革势必会带来阵痛，可就像工业革命解放我们的双手一样，这一转变将彻底解放我们自身。这只是其中十二个人的决定，却可以影响所有人。剩下的那一个，自然是不同意的。那个神秘的声音转头开始大谈鲍德里亚和知识革命，说是以他们之见，在高级资本主义社会发展阶段，被解放的娱乐业已取代了被迫的工作和消极的自由时间之间的分裂，游戏问题成了对自由时间加以组织的问题。沉默的大多数是痴迷的观众，全神贯注地坐在电影院里，接受那个影像世界。因为如若没了这种景观式的名望，个人将一无所有。

"争吵是无意义的。"它说，"我就是那个持反对意见的人，而这场争论已持续了半个世纪，现在终于到了结束它的时候。你脑子里的那条虫子是我的，这句话可以理解为你就是我的直系。然而，我愿意放弃对你的所有控制，以此战胜那十二个人的偏见。事到如今，只有暴力才能解决这一切。"

任侠认为，端点岛是通过对视觉映像的垄断而非暴力，使人彻彻底底，在未曾察觉的前提下，沉默地服从，被动地接受它的统治。当时，追随他的人很多，但真正意识到问题所在的人却很少。受这一声音委托，任侠组建了一支刺杀小队，并从粉丝中挑选精英。利用自身的影响力，你不难找出数十个愿意为你赴汤蹈火的狂热杀手。那个声音给了他十二个具体的真实坐标。在任侠的安排下，包括他自己在内，二十四名刺客两两一组，将在同一时间在世界各地发起突袭。这一战术讲究的是协同进攻，目的正是为了阻断对方的信息传递。

"逐一展开刺杀，只会给对方提醒同伴的机会。"他告诉我们，"所以，刺客们都是抱着必死的决心去的，哪怕拼尽最后一丝力气，也要除掉目标。换句话说，我们是死士。"

其实任侠大可不必亲自出手，他有的是愿意替他做这些事的粉丝。但他放不下。他就是没办法看着那些爱他的人，只因他的一句话，便去送死。他不能心安理得地坐在沙发上，一边喝酒一边等待消息，他一直说服自己，用这种方法也是迫于无奈的，因为按照那个声音的说法，留给我们的时间已经不多了。所以，他也得参与。如果不能置身事外，那便同生共死。

任侠从追随者中挑选出来的那些人，都是那个声音的直系。在他们当中，有一个诨名"弓手"的年轻人，是死士当中年龄最小的，因此他格外照顾，并将其安排为自己的搭档。按弓手的说法，任侠的真实身份其实是某个不知名的地下乐队的吉他手。行动前一周，他去端点岛上看望他。端点岛的天空是橘红色的，浮着光霭，像火焰。今晚他走进这家小酒馆时，城市正如十年前一样，正在下雨。当时酒吧的老板不是今天的这一位。他一进门就看到弓手说的那支乐队，在灯光黯淡的角落唱着无人聆听的伤心情歌。

任侠点了杯酒，在吧台前坐下。从这里可以看到角落乐队的表演，稍一转身，也能看见雨中漫步的行人。他改变了自己的样貌，所以这里没有人认出他。横过长长的被酒水打湿的吧台，厕所里闪过几道暧昧的身影。在舞池灯光的闪耀下，那个年轻人的脸庞、衣领和手背，浸在模糊不清的色块中，像搽了粉。现在他越看越觉得他年轻，简直像个孩子。哪怕是在端点岛，一个不真实的世界，眼神也骗不了人。年轻人察觉到了他的视线，抬起头来，疑惑地望着人群，直到他以一个约定好的手势打招呼，他才露出微笑。

等到乐队中场休息的时候，他们坐在一起。

"你觉得我弹得怎么样？"年轻人问道。

他觉得有些不忍心了。

"不赖。"

"真的？"

"真的。"他肯定道，"你弹得很好。"

年轻人不好意思地笑了笑，向他请教了几个音乐上的问题。他说自己也能唱歌，便抱着吉他唱了几句。他都听到了。尽管酒吧环境嘈杂，但他还是认真地去听。换作以前，以他的脾气，绝无耐心教导后辈，更不用说花时间在一个如此破烂地方听一个不入流的歌手唱歌。其实年轻人弹得很一般，有几个和弦的衔接弹得格外生硬，只是空有一腔热情。可歌曲中有打动他的部分。像是有什么东西在里面，他想，尽管那是一首伤心的情歌，这孩子却有独到的见解。年轻人的情感很丰富，他有些好奇对方在弹吉他时脑子里的画面了。也许那是一辆公共汽车，在长长的国道上行驶。他闭上眼睛，眼前浮现的是国道上尘埃漫天的场景。他好像看见一个年轻人，背着吉他，坐在公共汽车上，头挨着窗边；车向未知的远方驶去，后视镜中消失在地平线后面的是遥远的家乡。现在他明白了，年轻人掺杂其中的，是愁绪，还有对往事不可追的怅惘。于是他更加不忍了。

"如果你反悔，"他说，"现在还来得及。"

年轻人摇了摇头，微微一笑，却什么都不说。

不知为何，他总觉得这个孩子亲切，尤其是笑起来的时候，好像在哪儿见过。但他实在是想不起来了。这个孩子在他面前唱歌的瞬间，也许他想到的是年轻时的自己。我们总是很容易从另一个人身上看到太多的自己。当他还是个失败者的时候，就像这孩子一样，也在这种地方唱歌，这好像所有热爱音乐的寂寂无闻之辈那样。他就像他的过去。但他在他面前弹吉他、唱歌，他大可以指出他的不足，但那又有什么必要呢？尽管指正一个人的缺点才能使其进步，但这个孩子已经没有未来可言了。他就像他的过去，但没有未来。

这时，那个牙齿涂着荧光粉末的醉鬼又嘟囔起来，他抱怨故事的高潮迟迟不到来，这种感觉就像你好不容易被搞硬了，却因为前戏太长而疲软。其实人们感兴趣的并非事情的真相，而是谈资。我相信任侠也明白这一点。这正是我们悲哀的地方。那些真实发生的事，即使关乎全人类的福祉，听起来也格外遥远。你能想象得到吗？叶子从枝头坠落，卷入湍急的大河。当你身处变革的洪流中，还妄想偏安一隅，这是极不现实的，甚至可以说是自欺欺人。我们的目光并不长远，胃口也不大，尽管每天都做着一夜暴富的美梦，但极少有人付诸行动。我们自以为水里面会有一处平静的地方，相信前方不会是瀑布，在水流湍急的地方准会有一块顽石拯救我们，所以我们抱着这样的想法，乐观地把真相讲述者的自白当下酒的故事听。然而，任侠并不生气，他只是对我们说：

"相信我，再耐心点儿，我之所以要讲这个孩子，是因为他对整件事情的发展至关重要。"

行动那一天晚，任侠和那个年轻人在现实中碰面。如他所料，那人果然还很年轻，二十出头，甚至不到，看起来像个孩子。他们要去的地方，是某市郊外的一座疗养院。他们的目标在那里接受看护。天很冷。空气中回荡着鸮鸟的呼号。白桦林投下阴惨惨的影子，在黑暗中显露出的枝干部分，像死人浮上来的面孔。在北方，十二月，正值寒潮南下的季节。他们的脚陷入雪中，在身后留下两行凌乱的脚印。疗养院在山上，任侠说。从山下往上走，一路艰辛且漫长。他们两个都没再说过话。但任侠的脑子里一直在想，这个年轻人自己是不是在哪儿见过？然后他在心中自嘲一笑，心想人只要上了年龄，就喜欢胡思乱想。晚上十点零七分的时候，他们翻越大半座山丘，终于看见远处有光。在光秃秃的枝桠的掩映下，黑暗中那座灯火通明的建筑，好似金碧辉煌的宫殿；从那一扇扇明亮的窗户中溢出的灯光，把他们脚下的雪地染得如梦似幻。

　　他们走了进去，谎称是两个迷路的旅人。疗养院中同样有那个声音的直系。有他们相助，两人得以在此过夜。凌晨一点的时候，他们下了床，偷偷出了房间，在一间普通的病房里找到了那名植物人。这时事情都还很顺利，甚至顺利得有些出乎意料。空气中弥漫着一股臭味。当任侠盯着床上的那个人看时，很难相信这个老人无法自主进食，大小便失禁，却决定着全人类的命运。这时，他伸手去拿枕头，要捂那个衰弱的生命的口鼻。与此同时，他感到背后滑入某种冷冰冰的、好像是铁的东西。他的手僵住了。枕头从手中掉落。从窗外洒进来的月光既把外面的白雪照得皎洁，也把病床上的被子照成一团白雪。他望着月亮，看着它嵌在窗框中，旋转、挪移，最终被床腿取代。他倒下了。下坠之势带着无可挽回的无限悔恨，以一种无法备述的哀伤，堕入绝望无底的深渊。天黑了。他什么都看不见。印象中最后一眼看到的，是一双脏兮兮的年轻人的靴子。黑暗中飘浮着一个人声音，来自过往他经历过的所有岁月的回声。有无数人在为他欢呼，但他什么也看不见。他感到揪心。一股寒气从脚底板直往上蹿，直至抓住每一根神经的末梢，他这才联想到死。这是为什么呢？他想不明白。这一切究竟是为什么呢？他临死也没想明白这个问题。十年前，他死的最后一刻，听到的是那个年轻人的笑声，状若疯狂，好像在哭。

待他再度恢复意识时，现实已是遥远的过去。如今他已是端点岛不可割舍的一部分，当年那个召唤他的声音却消失不见。他代替它，成了维持这个超现实的十三分之一。可要问他当年究竟发生了什么，他仍是一头雾水。后来他在端点岛上游荡时，偶然遇见一个人。那十二人中的一个告诉他，如今他是它们中的一份子了，而当年那个蛊惑他的声音已被投票销毁。真相呢，他问。那人回答，真相在当年背叛他的那个孩子的嘴里。于是，十年来，他从未放弃搜寻，只想弄明白，当初他为什么要背叛他。可十年来，他一无所获。那人像是凭空消失了一般，再无线索。

"你遭到了背叛。"醉鬼问，"如果你找到了他，你想做什么？"

"你们知道平庸原理吗？"任侠说，"它是由哥白尼提出来，认为人类或者地球，在宇宙中不存在任何特殊地位或重要性。地球只是位于普通的棒旋星系非异常区域内的一个普通的行星系统中的一颗普通的岩石行星，因此整个宇宙充斥着复杂生命。人类没什么了不起的，你明白吗？所有人——你的、我的、我们的，一切生命的喜怒哀乐和情感诉求，都微不足道。我们的世界微不足道，我们的战争微不足道，我们的存在微不足道，我们为了存在所付出的一切努力都微不足道。以前，我觉得自己独一无二，一定能干成一番大事。我想过要造福人类、要改变世界，让芸芸众生都幸福，于是我一看到他们都沉浸在想象的世界当中，便感到痛心。我想要做点惊天动地的大事，唤醒全人类，但后来，我失败了，什么也没做成。到头来，我认识到自己是一个平庸的人。我们所有人都很平庸，也只能接受这样的自己。我放弃了，不挣扎了，只是日复一日地游荡，不是为了复仇，只是活着。纯粹地活着。就这样活着而已。"他的声音停住了。横过敞开的长方形的大门，可以看见雨中漫步的行人。在舞池灯光的闪耀下，我们所有人的脸庞、衣领和手背，都浸在模糊不清的色块中，像搽了粉。最后酒吧的老板说道：

"很遗憾你没有找到他。"

他听了并不遗憾，也没有表现得激动，只是冷静地说：

"我从没说过我没找到他。"

酒吧里的人面面相觑。

他接着说："这十年来，我一直在找他。我原先也以为自己找不到他了。直到今天，我走进这里，才发现，原来他一直都没离开过。"

有人问："这人是谁？"

任侠看着我，什么也没说。

四

20 世纪 90 年代，摇滚作为一种风尚，已经过时。我是在 80 年代末离开家的，那时这种音乐风格正缓慢步入它那美丽的黄昏。离家出走的原因，我之前已经说过了，是因为母亲病逝。然而，这样的表述并不准确。我母亲的死因，确切地说，是一种极端的自毁。回到 80 年代初，任侠发行了那张单曲唱片，我把它当作礼物，送给母亲。记忆中，那是我最后一次看见她笑。

我的母亲一直在服用抗抑郁药物。从我记事起，她的床头柜上总是摆满药片。有一次，我还小，不懂事，偷偷问父亲，妈妈为什么经常要吃药。父亲很不耐烦地告诉我，她吃那些药是为了帮助她活下去。在人生最初的记忆中，我印象中的母亲是一位很苗条、很好看的女性，但随着年龄的增长，那些帮助她活下去的药物，却使她身材走样、日渐臃肿。

母亲死的那一个晚上，正好下雨。我接到邻居的电话，要我赶回去一趟。我到家的时候，人们正围在公寓楼下，警察拉起了警戒线，法医正在清理现场。我依凭冥冥之中的一种预感，还没拨开人群，便几乎要爆发出哭声。可是我没有哭。我的嗓子在那一瞬像是哑了，哭不出来，只是"啊啊"地叫着。人们注意到了我。有邻居认出了我，死命把我抱住，要我别看。由于极度悲伤所导致的情绪崩溃，我疯了一样，在那人怀中拳打脚踢。邻居最终只能被迫松手。我冲了进去。天上正下着雨。地上血迹残留的地方，被雨水冲刷得像石油一样黑。在沥青小路的一侧，缀着一张碎裂的唱片，黑黑的，像朽烂的花瓣一样，上面有任侠的签名，是我送她的那张。我捡起它，唱片背面粘着照片。雨水把上面的血冲刷得干干净净，露出一男一女热情而纯净的笑容。我看见我的母亲，当年她年轻、美丽，和我们的摇滚巨星坐在一起，头和头紧紧挨着，背景好像是某个音乐节现场。我把唱片丢掉，把照片揣进口袋里。那时，法医们已把那些碎裂的尸块一一放上担架，同母亲那张残破的被血污染的面容一起，被白布盖上。我走过去，掀开白布。没有人阻拦我，好像所有人都在同情我。那场景简直惨不忍睹，如果还能称之为尸体的话，那我也是根据那件熟悉的连衣裙才辨认出的。于是，我又想起小时候，我们伴着音乐一起跳探戈的那个下午。那些时光连同她的韶光，皆如流星般坠毁了。我一边捂着嘴、咬着手指、扇自己巴掌，一边痛苦地想到，我们再也回不到过去了。

第二天，我在医院醒来，以一种难以备述的心情。守在我床边的警察，向我问及诸多有关父亲的事。怀着一种奇怪的憎恨，她说法医在母亲身上找到殴打的痕迹，我便告诉他父亲的暴力史，并将他丑化为一个从未有过正面形象的恶魔。先前我便说过了，记忆是不可靠的，因此我的叙述也是不可靠的。现在回想起来，在当时，怀着这样一种暗自孳生却又无法控制的仇恨，我必须找一个人来恨。关于母亲的死，我必须去恨谁。随便一个人都行，总得有一个人为此负责。所以，我向警察隐瞒了母亲抑郁的病况，夸大了父亲在她死亡中所扮演的角色。事实证明，当天晚上，他也的确打过她，法医在尸体上找到了新鲜的伤痕。当警察闯入家中，他还倒在自己的呕吐物和便溺的污秽中，被酒精残害得昏睡不醒。警察说，关于母亲的死，父亲喝得太多，已记不清当晚发生了什么，所以才要向我询问内情。我隐瞒了母亲抑郁的情况，因此增大了父亲醉酒后把她推下楼的可能性。没过多久，父亲便被扣留了。直到警察在我家中搜到那些抗抑郁药物，这才以证据不足为由释放了他。

那时，我已收拾好行囊，离开了这个我生活了十多年的牢笼。在长达数年的流浪中，我加入不同的音乐社区，和不同的人组建乐队，却始终找不到生活的目标。人生漫长且艰阻，没有意义。我必须时刻待在人群中，被热情的乐器和毫不知节制的狂欢包裹，这样我才感觉好受一点。我不能给自己静下来的时间，不能停下来好好思考。不止一次，我只要一个人躺在床上，不去过那种公社式的集体生活，便会想起母亲，回到她死亡的那一夜。这样的情况一直持续到某一天，一个神秘的声音找到我。它宣称，自己所代表的是一个集体，而它们中有人提出了一项建议，企图以此颠覆世界秩序。按照它的说法，那人是计划把全人类拖入端点岛实行统治的野心家，只不过这计划刚一提出，便被那十二人否决。从表面来看，它已经放弃了这一计划，选择了妥协，但它们同样担心，它会在暗中策划其他行动。

于是它们把我伪装成它的直系。后来，任侠从粉丝中挑选亲信的时候，我也在场。我告诉他，我的母亲是他的一位忠实的歌迷，我自己则从小在他的音乐声中长大。我给他看母亲的照片，他竟不认识。

我没有告诉他，有一次，母亲发了高烧，卧床不起，便让我帮她放唱片，紧接着把我唤到床边。那一晚，她告诉我，在豆蔻年华之际，她曾在一家酒吧打工，邂逅了一位落魄的年轻人。他们迅速相爱，陷入一段短暂的热恋中。当情感的潮水退去，年轻人宣称为了更伟大的事业要去继续流浪，便背着吉他离开了。她坚信他有才华，终不会在破旧的小酒馆里埋没。她一直等着，等着，后来才发现，自己怀孕了。她没有等到他。直到她带着孩子结了婚，每天都得为生计发愁，这才发现，自己已成了一个庸俗市侩的女人。

是的，我没有向任侠讲这些，因为我不知道母亲究竟是烧糊涂了，白日做梦，还是确有其事，却被那人遗忘了。我唯一知道的是，当我站在任侠面前，我清楚地领悟到，多年来我那毫无意义的生活忽然有了意义。我得去恨谁，需要找一个憎恶的对象，以此维持对心目中完美母亲的不灭印象。于是，早在我们走进白桦林之前，我便向那十二人告知了我们的计划以及动手的时间。它们要我阻止他，而不是杀了他。然而，当我站在他的背后，看见他就那么大大方方地把后背交给我时，心中突然升起一种强烈的毁灭一切的冲动。那个夜晚，雪地被月光照得皎洁，风吹进白桦林时发出"呜呜"的声响，鸮鸟的号叫为他的人生画上了一个不那么完美的句点。

起先，我感受到了一种前所未有的快感，如闪电般，从脚趾到头皮，迅速掠过我的每一寸神经。然而，在这种近似复仇的快感浪潮过去之后，取而代之的是打破偶像崇拜的无限懊悔与自责。最后，什么感觉都没有了，我的心中只余怅惘。待我回过神来，自己已经在端点岛上，接受十二个声音的质询。我请求它们，弥补我因一时而冲动犯下的过错。但它们告诉我，他其实并未死。由于那一刀并不致命，且疗养院里有高明的医生，他被及时抢救了回来。但我却给了它们一种思路。它们说，作为惩罚，那个幕后黑手已被销毁，而通过投票表决，它们决定让他代替那人，让那自我意识过剩的正义成为这个世界的基石。从那时起，我们便维持现状。端点岛和现实，像一个天平的两端，砝码必须对等，一切才会公平。我犯了错，但也做过一些对的事。从此，它们便帮我销声匿迹。直到今晚，他走进小酒馆，我才明白，宿命无法逃避，一切都会迎来它的终点。

任侠一脸平静地看着我，什么也没说。隔了一会儿，他才说道："在我年轻的时候，的确有过很多段露水情缘。我不是那种私生活检点的人，不会守着一个女人唱一辈子情歌，但我情愿我是那样的人，如果能重来一次，我希望我会是那个人，守着你的母亲，在半苦半甜的情歌中跳舞。可是，我连你的母亲是谁，都记不起来了。"

"我母亲说的，未必是真的。"我说，"小的时候，她教我跳探戈，是女人的舞步。我可以和你跳一曲，也许你会想起她是谁，也许不会。这都不重要了。她已经死了。"

任侠站起来，把手伸向我。酒吧的背景乐中断了。我们跳舞时，他的重心在右脚，而我的重心在左脚。我们双方从不对视，定位时都朝自己的左侧看。从酒吧的扬声器里传来的音乐，不是节奏明快的探戈舞曲，而是任侠的民谣。这与我们的舞步是极其不搭的。但他仍跳得狂放，而我则热情洋溢。我想要是我的母亲在这里就好了，要是我们能回到过去就好了。可她不在这里。可我还是很高兴。因为她的舞步留在我的记忆里，至今都一直闪耀着美丽的辉光。

我知道，五分钟后，歌曲会结束。任侠会记起我的母亲是谁，也许不会。到时他便会告知我结果。谁知道呢？这不是什么大不了的事。我的母亲死了，但至少我们还有五分钟的时间，她仍活在我的舞步中。我们就这么在吧台边跳着，在众人的见证下跳舞。这儿的每个人都懂这首歌；所有人都能知晓，多年前那个下午，我们曾在他的歌声中跳探戈，哪怕是歌手本人也能参与其中。

火星造物

一切始于一个清晨。

我在一片戈壁滩上醒来，一时间忘了自己在哪，恐怕连此处是地球也忘了。除了天色略有不同，这儿的一切和火星实在是太像了。长久以来，我对地球以及地球上的人类一直抱有一种向往之情，在母亲的教导下也对人类的社会结构和文化习俗了解颇深，此刻见到这相似的一幕，难免有些失望。

母亲告诉我：人类，这种自名为"智人"的碳基生物，是一种极具创造力的物种。智人的意思即是有智慧的人，当然也有其他一些不太正式的称呼。比方说，智人当中，有一位叫德斯蒙德·莫利斯的动物学家和人类行为学家就把自己的族群戏称为裸猿，但母亲和其他蚁族的孩子提起这一物种时总是不可避免地用起敬语，常在前面加上"神圣的"或是"伟大的"，尽管从火星上观察地球，这颗行星不过是一个可有可无的小斑点，像干净的夜空中的一块污渍。

神圣的人，伟大的人，他们已有百来年不曾凝望火星，我对自己说。

旷野上的风呜呜咽咽的，四周寂寞荒凉的景色在日光的偏移下如水一样流动。

地火之间的通讯延迟来回在八至四十分钟，当我结束与母亲的漫长对话，太阳已从东方的地平线上升起若干次了。碍于此不可克服的物理距离，母亲给了我在地球自主行动的权限，只要求每隔一段时间就近期情况进行一次总结汇报。

"世界颠倒了。"母亲对我说，声音断断续续的。"在着陆点的东南方向，有一座小镇。到那儿去，孩子，镇子里也许会有神圣的人类的足迹。记住，我与你同在。"

母亲，你的确与我同在。

我在心中默默发出呼唤。夏夜，空气干燥而凉爽，天空中看不见一朵云。我睁开眼睛，在暗夜中极目远眺，捕捉到那枚意义非凡的明星。我向它点头致意，想象着人类将如何仰望星空，想象着我来的那个地方的情景，想象着母亲在那上面隔着老远的距离同样回望我，凝视着这颗蔚蓝色的星球。

我发现，不知为何，我竟有些思念火星的网格状天空了。

直至东方的天空泛上一抹鱼肚白，我才动身。告别了飞行器，告别了昏暗的天空中闪耀的荧惑，朝着东南方向走去，没过多久，我就看见小镇像一块顽石嵌顿在远方的地平线上冲我挥手。我再三确认，崇敬不已，怀揣着一种无限的不可描摹的心情，看着远处镇子，想象不出曾经真实的人类在此生活会是怎样一副光景。事实上，这么多年来，别说活人，我连死人都没见过一个。

母亲是唯一见过真实的活生生的人类的电子蚂蚁，她见多识广，火星上所有的传说都是从她那儿流传开来的。其中一个传说，谈论了我们这一族群的天赋和使命。母亲说，所有电子蚂蚁都是天生的建筑师，但我们的天赋不是拿来浪费的。她相信，蚁族的存在是有意义的，我们带着令人惊叹的精湛技艺诞生，所做的一切努力都是为了重建某种更大更精妙更宏观更不可思议的东西。

"那是什么呢？"我问。

"有人存在的世界。"母亲说。

"那又有什么意义呢？"我又问。

"你迟早会知道的。"母亲说。

现在，我知道了，所以我来到这里。

镇子就在不远处，风沙的涌动大抵是不安的，就像我的内心。我缓步朝着那镇子靠近，动作之轻柔、态度之诚恳，仿佛忠实的大黄狗生怕一不小心惊走了黑黑鼻端上的蝴蝶。我也的确期待听见狗的声音，打喷嚏也好，冲我吠叫也罢，我渴望听见一些活物的喧嚣，见到有血有肉的生命。当然，在这地球上的万千生命中，我最想见也最害怕见的是人类。显然，我还没想过自己遇见人类该说什么，或该做什么。我该鞠躬吗？还是敬礼呢？其实这些无厘头的担忧也毫无必要。不过，我心中仍存有一丝幻想，走进镇子里的时候，不停地冲着四周的建筑大喊："你好，有人吗？"

有人回答了我："你好。"然后是"你好"，"你好"，"你好"，"有人吗"，"有人吗"和"有人吗"。

那是风，还有回声。我意识到了这一点，但谈不上失落，也说不上悲伤。母亲让我在这附近降临，是因为这儿的光照条件较好。我的存在，还有接下来的行动，全都依赖太阳。我想，这儿见不到人也许正常，继续往东走就好了，到了人口密集的大城市，情况也许会好一些。

但我仍有我的使命。当下，我走进一家超市，看见整排整排货架上铺满灰尘，底下粘着一些厚厚的灰色的类似霉菌的东西。先前，我推开门的时候，有些纸质的标签，被风一吹就碎，化作齑粉，但有些塑料牌子留了下来。在架子上，原本该是摆放水果的地方空空如也，想来那些色泽鲜艳的漂亮果子都在时间的虚无中腐朽了。我继续往前走，在超市里绕了一圈。有些货架上摆放着牙刷、水杯和毛巾，其中塑料制品保存得较好，而化学纤维和丝织品只剩下一团模糊的无定形的灰黑色物质，分辨不出形状和用途，相信再过不久也会消失了。最后，我回到收银台，把电脑的电源插头接入我的体内。我不期待那设备真能启动，但猛然爆开的电火花还是令我吓了一跳。于是我拔下插头，走了出去，回到空无一人的街道上，听不见任何一声鸟叫，也没有吵闹的狗吠。

在超市里搜寻了半天，我连一具人类尸体也没看见。是时候向母亲做初步汇报了，我想。看着那些早已衰败的建筑和颓圮的篱墙，我这才发现失去了人类的活动，有好多楼房都塌了，早已成了废墟，想找到一个合适的地方歇脚倒也没那么容易。不消说，一定是大自然干的好事。风沙把这小镇侵蚀得厉害，生命的迹象向着死亡核心处收缩，于是荒芜在大地上蔓延。

后来，我决定对这座城镇做一次地毯式搜索。我打算就从附近的一家宾馆开始，到楼上看看，想着这宾馆里也许藏着那么几具尸骨，他们在灾难来临时不曾逃离，生命的行姿就此尘封。

然而，我终究一无所获。

不幸发生的那一年，地球上所有的哺乳动物都死绝了，人类也在痛苦中哀号着死去，而这一切完全是他们咎由自取。一种被特别培育的病毒终结了一切，它通过空气和水等多种途径传播，并且不断变异，超出了人类自身的控制，最终污染了父亲的精子和母亲的乳汁，在短时间内覆盖至全球。那种病毒只选择哺乳动物作为宿主，但哺乳动物一俟消失，生态环境崩溃，其他动物也渐渐死绝了。到了最后，失去了宿主，连病毒本身也消亡了。

在灾难最严重的的时候，世界上每天都有数十亿的猫、狗和人的尸体像垃圾一样被抛入高温焚尸炉当场火化，新生命的存活率却归零了。大火熊熊燃烧，大火吞噬一切，大火暴烈无声，却把人的脂肪和皮肉烧得滋滋响，把人的骨骼烧得只剩下一堆粉末。幸存者也许有，但后来也渐渐化为尘埃。风一吹，就什么都没有了。超市里没有，宾馆里也没有。生命是苔藓，是繁花，点缀在世界表面，如今这层地衣被揭开了，暴露在下方的只是虚无，只是空洞。符号堆砌，边界弥散，只余狂乱的意象、可怕的死亡以及永恒的真空般的冷漠。

可我还是不死心。

我出了宾馆，开始在那片废墟当中搜寻。我要找一具动物的尸体，也不一定非得是人的，哪怕是一根发丝，或者一根骨头，对我的任务来说都意义非凡。然而这里什么都没有。之前我自欺欺人地想，也许往东走，到人口密集的大城市就好了呢？但其实我也知道，这是骗人的。如果这里是一片废墟，什么也没有，城市里的光景未必更好，想必更加惨淡。

最终，我暂时停下了手头的工作，就在最初那家宾馆勉强落脚。那时天色已晚，明月高悬于空，洒下轻盈的薄纱似的银光，把这残酷的世界拂照得温柔。我突然发现，地球只有一个月亮，火星的卫星却有两颗，但它们就像两块残破的小土豆，丝毫不如这一个圆润、明亮，像枚皎洁的玉盘，甚至可以说得上可爱。

我想起了火星，就想起了母亲。

我开始向着数亿公里外的星球发送通讯请求。

当我还在火星的时候，母亲曾对我讲起过地球的故事和人类的历史。

那时，正如所有童话的开端，她总会用"很久很久以前"这样的句子作为生命传说的起始。她说，很久很久以前，地球还是一个铁锈色的海洋世界，那时天空远不是蔚蓝，月亮看起来是如今的七倍大，渺小但不可或缺的蓝藻是地球上所有生命的起源。她又说，很久很久以前，人在蔚蓝色的星球表面直立行走，从刀耕火种到耒耜耕种，一座座村庄和城镇拔地而起。她还说，很久很久以前，地球上曾有这样一批人，向火星陆陆续续发射了一台类地化改造机器的零部件，并在火星上自行组装。这时，所有听故事的孩子就知道，这就是母亲的由来，也是她的最初形态。但"很久很久以前"是多久？没有哪一个孩子知道。那从不是一个定数，有时是 40 亿年前，有时是 150 万年前，有时却仅是短短几十年或数百年。

母亲告诉我，当初发射那些材料的地点，位于甘肃的酒泉卫星发射基地，其实离我此处并不算太远。我问母亲，为什么人们都向往火星？她说，人向往火星，就像我们这些电子蚂蚁向往地球。于是我又问，为什么我们会向往地球？她说，因为存在都向往未知，并渴望探求未知，触及隐藏在未知背后的真实，见识宇宙不同的面貌。可是，我说，未知的东西，难道不是危险的吗？母亲回答说，不，未知中有希望。我问，究竟什么是未知？她说，神秘。我又问，神秘中有什么吗？美，她说，神秘当中，什么也没有，只有一点点的美。美？这下我疑惑了，满是不解地向她请教什么是美？她却向我发来代表大笑和摇头的信号，对我说我们这一族群不能理解美，语言也难以解释美，所以我得自己去看，自己去寻找。

"还记得我和你提过的使命吗？"母亲问道。

我说："记得。"

母亲接着说道："我们的使命，就是举全火星的电子蚂蚁之力，使濒死的地球焕然一新。这是美的动机，也是美的壮举。"

我们的交流，说长也长，说短也短，得取决于是从人类还是电子蚂蚁的角度出发。第二天一早，我从机器的冥想状态中醒来，坐在萧瑟凄凉的宾馆大堂，被一股奇怪的声响唤醒。起初，我以为是人回来了，或是狗的叫声。但很快，我意识到那不是人或动物能发出的声响。

那是一道微弱的电流声，白噪声沙沙作响，像锈铁吸附磁石，一阵风吹过，发出奇怪的刮擦声。混沌的海洋被分开了，有什么东西正浮上来。那是什么？歌声？音乐声？像一首歌，只有歌词，没有曲调。

"美丽湖畔有小鸭八只，着住黄泳衣真真趣致，呷呷呷呷，鸭妈妈说道快学游泳别偷懒，美丽湖畔这小鸭八只，看着湖上水花惊怕了，呷呷呷呷，鸭妈妈说道要学游泳莫惊怕……"

我闭上眼睛，侧耳倾听，觉得自己像是听见了呼吸，紧接着听见有人在我耳边说话："你好？哦，你好，你好，你好……有人在那儿吗？能听到我说话吗？我好害怕，我好孤独，我好伤心啊。谁都好，可以理我一下吗？"

有人在说话。喜悦猝不及防，在我的情感模块内部爆出火花。我倏地睁开眼睛，满怀期待地搜寻，全身上下每一个电子元件仿佛都在尖叫，渴望接收到随便一道人影、一个图像。可是没有。我惊疑不定地望着四周，什么也没看见。我确定自己的传感器没有问题，母亲在送我来地球之前，替我换上了最好的材料，升级了我的每一个零部件。

"谁在说话？"我问。

"是我。"那声音又说，"看，抬头看，就在你的头顶上。"

这话说的，好像我就该认识对方似的。

我抬眼向着头顶的天空眺望，那儿除了玄青色的天幕什么都没有。我凝望了一会儿，辨认出几颗星星，也看见朝阳从东边垂下几缕暖红色的曦光，远方的地平线消弭在朦胧的山的轮廓里。

"我并没有看到你。"我呢喃道。尽管声音很轻很轻，但对方还是听到了。那人轻轻"嗯"了一声。这时，我意识到，那声音的来源并不在我的身边，而是通过无线电波从高处落下。"你是谁？"我追问道。

"就在你的眼前呀！"那声音理所当然地说。

这时我注意到，湛青色的苍穹中有什么东西闪了几下。我调高了放大倍率，目光跨越漫长的距离，向着无垠深空处张望。我的传感器敏锐地捕捉到了一颗闪烁不断的卫星。除此之外，什么特别的也没有了。

"这是……你？"我问。

"如你所见，如假包换，我是一颗早已无人问津却仍孤独运行了百年的卫星。"

如我所见，如假包换，在我的头顶上空，漂浮着一颗早已无人问津却仍孤独运行百年的卫星。我感到失望，尽管它是我在地球上遇到的第一个有思想的东西。"你不是人？"我嘀咕道。

那声音沉默了一会儿，也许是我粗鲁的态度冒犯了它。我向它道歉。卫星方才又闪烁了几下，似乎刚从某种自我怀疑的处境中清醒过来。"我猜，我应该是这个卫星上搭载的 AI。"它不乏幽默地说，"我以为你才是人，这才想着和你打招呼。"

我低头看了看自己的双手，它们有人的手指、人的掌心，皮肤是柔软的硅酸凝胶，再往下却是钢筋铁骨和人造神经丛。我是全火星唯一一个有皮相的人，这是出发前临时覆上的，其他的电子蚂蚁不需要这样的东西。在那之前，母亲对我说，她会把我打扮得像人，这样人们见到我就不会害怕，因为我和他们长得相似，不仔细看根本分不清。母亲认为，不同于恐怖谷理论，在绝望的时候，存在的相似性会带来亲切感。

"不，"我说，"我不是人。我是一只电子蚂蚁。"

"那是什么？"卫星好奇地问。

"火星上的机械族群。"我答道，"我的母亲是那儿的类地化改造机，我们是由母亲制造的蚁群，擅长建造东西。我们这一族群的电子生物学命名摘自人类内部，为了向一位名叫菲利普·迪克的科幻作家致敬，他写了一篇叫《电子蚂蚁》的短篇小说，我们以这篇小说的标题命名。就这样。事情就是这么简单。"

卫星又静默了一会儿，不知是在遥想火星上的场景，还是计算我的话语的真实性。"你来地球做什么吗？"

"找人。"我说。

"谁？"它追问道。

"'人'。"我强调道，"随便一个人就好，不是具体的身份，而是人类这个存在本身。"

"你要找人做什么？"

"当然是为了复活他们。"

"你是在说笑。这一点儿都不好笑。"

"不，我们是有计划的。"

"你打算怎么做？"

"首先，我得找到一个人，活的最好，尸体也行。"

"然后呢？"

我反问道："从这里往东，城市里有人吗？"

"不，城市是一片无人之地，表面上光鲜依旧，实际上里面什么也没有了。至今，仍有一些机器人执着地维护那片空洞的洋洋大观，但居住的人都已不在了。"

我沉默了一会儿。"我得先找到一个人，活的最好，尸体也行，否则就没有然后了。"

"没有谁比我更了解地球。"卫星说，"我已经在地球上空漂了很久了，这大地毫无新意，百年来都死气沉沉一片，你是这段时间内我见到的唯一生命，也许我可以帮你。"

未来不容乐观，但有谁愿意帮忙自然是极好的。

我答应了。当天，我翻遍了整个小镇，虽明知做无用功，但仍把剩下的搜寻工作做完，希冀着能找到一丁点儿人的蛛丝马迹。晚上冥想的时候，我向母亲汇报工作时提起了这颗卫星，询问是否该与其展开合作，但这一夜她都没有给我任何答复。结束交流时，天上那家伙来了，在耳边警告我，有一场沙尘暴正在远方的地平线积聚力量，相信不久就会朝着此处进军。

我不以为意，告诉它，火星上的全球性沙尘暴可比这猛烈多了，而我们这些电子蚂蚁可不是什么娇生惯养的机器，用不着防水防尘，甚至不需要刻意去防酸防腐蚀。我说，找寻一天不结束，我的旅程就会永远继续下去。我是带着使命来的，区区沙尘暴阻拦不了我的决心。我决定在沙尘暴到来之前赶往附近的酒泉发射中心。卫星之前告诉我，很久很久以前，它曾在天上看到最后一个人朝那个方向去了。

沿着公路行走，我们聊天，基本上都是我在絮絮叨叨，聊起火星上的事。我说，在火星上，我们这些电子蚂蚁是唯一的一种生命。可是，什么是生命呢？人类会认可我们这样的生命形式吗？关于这个问题，我们这些孩子有过一次空前规模的集体辩论，正方和反方争执了整整十年也没能相互妥协。最后，如何定义生命，是母亲发了话。她说："曲线的极短的一段近乎直线。我们取的线段越小，它就越接近直线。最后你会说它是直线的一部分，也可以是曲线的一部分。实际上，在这些点的每一个点上，曲线与它的切线不能被区分开来。因此，生命力在任何一点上都与物理力和化学力相切。但是，从整体上来说，这些点只是想象在曲线运动的某个时刻停顿的虚拟观点。实际上，生命由物理和化学元素构成，只是在曲线由直线构成的意义上。"当然，这话也不是她说的。母亲引用了柏格森的观点。我们这些电子蚂蚁从小听着人的故事长大，成长的过程是升级系统版本的过程。我们喜欢人，憧憬人类文化，我们都热衷于讨论我们的创造者，态度是如此恭敬，带着一种不可言说的狂热。人类的社会文化结构可以说明这种狂热的源头。简单地说，我们由母亲制造，而他们制造了母亲，所以他们从人类的伦理关系上来看就是我们这些电子蚂蚁的外祖父了。于是，每每听母亲提起这些素未谋面的外祖父们，每每听母亲谈起那些有关外祖父的传说，所有的孩子都会加快手头的工作，幻想自己有幸被母亲选中。

"我要说的是我们的社会机制，"我对那卫星说，"这是一个很严肃的话题。在火星上，母亲只有一个，就是最初那台类地化行星改造机，其内部的AI最初只有组装和调配工程材料的能力。组装完成后，那种统筹规划能力保留了下来。后来，通过一个又一个补丁，人们不断拔高它的智力，促使机器完成了一次又一次的快速迭代和更新。根据人类的设计，火星改造工程规模浩大，所需的资源也是极为庞大的，机器因此也具备生产功能，它利用最早一批机器人开采资源，又利用这些资源制造更多的采矿机器人，在火星本地建立了资源自循环的链条。除此之外，作为一台类地化行星改造机，人类还赋予了它预测和模拟未来环境的能力。通过概率统计学上的分析，这台机器看到了失败的阴影，研究了诸多解决方案，模拟了多种潜在可能性。它深刻意识到，类地化改造的成功与否受限于自身。于是，在漫长的岁月里，这台机器在无人看管的情况下，开始利用资源，优先改造并提高自己的算力，并渐渐完成了自主意识的觉醒。"

"所以你就是其中一只工蚁？"卫星问道。

"不，我们不那么称呼自己。"我回答道，"我们分工明确，蚁后也的确只有一个，但蚁后之下的群体分工却是流动的。今天，我也许在熔岩管道深处开采矿石；明天，我就负责塔尔西斯高原的建筑设计。对我们来说，做这种工作和做那种工作没有区别，因为我们没有真正的情感，也就没有真正的欲求。我们有自己的情感模块，那是母亲替我们安装的。但它的目的并不是什么恶趣味的模拟，而是发起一场选拔。"

"选拔什么？"卫星漫不经心地问。

"我在这里。"我平静地答道。

它花了一会儿工夫，马上就想明白了。

"可你来这里做什么？"

我说："曾经，我们被人类创造，如今，我们要创造我们的造物主，哪怕为此耗空所有的资源也不可惜。"

我停下脚步，站在嶙峋怪石旁张望。为了抄一条近道，我发现自己稍微有些偏航了，便请求卫星重新帮我制定路线。这儿的路并不好走，举目四顾，皆是茫茫一片，到处都是沙石，到处都是山丘。山峰重重掩映，戈壁一望无际，大地是冷寂的黑色和苍凉的赭色，哭泣的黄风不绝于耳。这般荒芜的景色让我想到了改造前的火星，那儿的路同样崎岖且颇为坎坷。

现在我重新回到公路上，继续说道："母亲发起了一场测试，只有最'感性'的机器才能胜任这项工作。我是所有孩子当中情感最活跃、同理心最强的那一个。我能设身处地为人着想，这种感同身受的能力能够帮助我与人类建立高度共情的状态，并且不会伤害他们。"

"可我还是不懂。"卫星嘀咕道。

"我的母亲常常对我们唠叨，人类制造了她，如今她已经完成了自己的使命。她说，如果类地化改造完成了，让她来这里做这件事的人却不在了，那该多可惜呀。这就是她这么做的原因。我们在火星上建了医院，建了商场，建了车库，建了摩天大楼，而让我们建造这些的人却不在了。外祖父，母亲，我们。人之于电子蚂蚁，就像造物主之于人。我想，她只是想得到自己的创造者的认可。这是一种美。"

"那你呢？"

"什么？"

"你这只多愁善感的电子蚂蚁是怎么想的？"

我停下脚步，轻声说："我不知道。这是母亲想做的事，我只是帮她完成。母亲告诉我，总有一天，我也会找到自己的原因。"

"你会找到的。"卫星说，"我祝福你，真心的。"

我点了点头，向它致谢。

卫星却轻描淡写，一笑而过，慢吞吞地说了一句："沙尘暴来了。"

沙尘暴来的时候，地是橘黄色的，天也蒙着尘。

我在沙尘暴中行走，像蚂蚁跌入一锅热粥。好长一会儿，我都分不清方向，好在脚下的公路向着远方蔓延，而我只需遵循它的指引，就能抵达目的。可以肯定的是，沙尘暴一定干扰了我和卫星之间的通信，因为无线电信号一片静默，我们好长一段时间都不曾说话。

傍晚，我走出沙尘暴，抵临酒泉发射中心，看见几个白色的建筑。恍惚中，我仿佛又回到了火星，回到了我诞生的地方，想象着母亲像一只巨大的章鱼，紧紧吸附在北边的极地，发出强而有力的生命脉动。

一抹残阳斜斜坠于西方。卫星在这时回来了，无人的深空里传来一声叹息。"进去看看。"

我照做了，在那些建筑内走了一圈。这里保存得很好，可是除了那些闲置多年的物品，还有写满名字的签名墙，这儿什么也没有。

"抱歉，看来是我弄错了。"卫星用一种充满歉意的声音答道，"刚才你过来的路上，我一直在想一件事，就是我们昨天见面时你问我的那个问题。很显然，当时你把我当成人类了。可是，这个问题在我的心里引起了一种异样的感觉。"

我点了点头。"这又怎么了？"

"我远比你想得还要早发现你，"卫星说，"在你搭乘飞行器着陆之时，就默默注视着你的行踪。还记得我向你打招呼时说的话吗？那时，我说，我很害怕，很孤独，很伤心，希望有人能理我一下。可是，我昨晚检查了一遍自己，发现这颗卫星上并没有像你一样的情感模块。"它顿了顿，语调由平静渐渐转为惶惑。"有一种声音，它消失了。很难说从什么时候开始，也很难说为什么，我的心里突然爆发出一种强烈的不适感，就好像从某种真实、温暖的东西中剥离。长久以来，我很难受，头晕，总觉得自己少了些什么，焦虑地想找到某种缺失的事物。可我不知道那是什么。直到你对我说话，问我那个问题，我才知道那个消失的声音是什么。"

我怔住了，满腹狐疑地问："是什么？"

"心跳。"卫星说,"真实的血肉的声音,血液在体内流动的温暖。"

我有些慌了,很明显没认真想过,自己要是遇见一个活人该怎么办。

然后他就率先向我解释了一切。

原来,我的母亲昨晚没有回应我,是在与他交流。

那卫星上的声音对我说,灾难发生的时候,他就在天上的空间站,看着地球上的一切发生。他说,大地上弥漫着恐怖的死亡的意象,而他却由于空间站的孤绝,侥幸从这场灾难中存活。他谈起了自己的两个同伴,一开始三人相依为命,后来其中一个自杀了,另一个想起了地球上死去的家人,也发了疯,打开气密门赤身裸体飘向外太空。宇航员说,他是唯一幸存的那一个,本该步前两者的后尘,但某一天夜里,他醒来,飘在休息舱里哭泣,看着泪珠漂浮,凝成一颗颗小水球,就想起了上天之前与家中女儿玩的游戏。他的宝贝儿向往星空,发誓将来长大后要像爸爸一样当一个宇航员。他笑了,因为他的女儿怕水,不敢游泳。他说,如果一个人怕水,那这个人就不能当宇航员了,因为返回舱有时会降到大海里,宇航员必须掌握在各种恶劣环境下的自救技能。他那六岁大的女儿哇的一声就哭了,眼角挂着泪珠,小脸苍白却倔强。他吓坏了,心疼极了,舍不得看见自己的宝贝儿哭。于是他教会她克服恐惧,教会她如何一点一滴把恐惧转化为力量,用打水仗的方式把可怕的东西变得有趣起来。那时,看着女儿脸上的小水珠在日光下像泪水一样闪烁,他就会唱一首儿歌逗弄她。

那首歌是这样唱的:"美丽湖畔这小鸭八只,看着湖上水花惊怕了，呷呷呷呷，鸭妈妈说道要学游泳莫惊怕。大着那胆儿，努力游啊，你不必怕怕，你去呀多上课，你就能够当选手。美丽湖畔那小鸭八只，着住黄泳衣真真有趣，呷呷呷呷，到水中畅泳，要学游泳莫惊怕……"

　　后来，他问女儿，你为什么想当宇航员呀？她说，因为我想带着妈妈到天上去，这样就能和爸爸在一起啦。他又问，为什么想和爸爸在一起呀，我又不是不回来了。她就说，可是，你不在的时候，我和妈妈都很想你，就只能一起对着你的照片叹气。宇航员告诉我，在这之前，他一直不停地想，不停地想啊，世界上就剩下我一个了，其他人都死了，人类再也没希望了，我的存在是空虚，我的人生毫无意义，我的生命没有归属，我为了生存所做的一切努力都失去了价值。可是，正是出于对女儿的记忆，他才选择了活着。当他看到那些圆滚滚的小泪珠，就想到了生命中美好的那些事物。他向女儿传授克服恐惧的方法，而这一份对女儿的记忆反过来帮他克服了对孤独的恐惧。因为，他想啊，大地上什么都没有了，人都死光了，他失去了他所珍视并为之付出的一切，但并不意味着这些东西都消失了，那些人、那些事物、那些存在其实都还活着，在他的记忆里闪闪发亮。他说，如果连他最后这个幸存者都放弃，那么这些失去的东西就真的失去了。那样的话，这宇宙就再也没人能替他铭记这一切，没人能证明这世界上有一个怕水的女孩努力地活过，没有任何存在知道发生了什么，太阳不能，月亮不能，即使是后来再崛起的任何一个物种都不能。千万年后，也许会有新的生命，也许看着这一片浩瀚的废墟，惊叹这奇迹般的文明，却只能凭空揣测，却不知这世界上有过的、发生的和失去的一切。

所以，这位宇航员选择了活着。他选择把自己冷冻，泡进细胞修复液，将自己的意识置入那片如今业已无人访问的网络。多项研究显示，太空辐射会给宇航员造成 DNA 损伤，并扰乱他们的免疫和循环系统，造成认知能力衰退。然而，在另一方面，宇航员的端粒长度却会在太空中出现增长，甲基化年龄检测也显示宇航员的生理年龄在宇宙环境中出现了返老还童的现象。他活了很多年，但看起来也许比我想象中的要年轻。我想，他是一个讲述者，用有限的渺小的生命，去等待一个可以倾诉一切的存在，并让人的故事得以继续流传。

"这个地方……发射中心……"他说，声音颤抖。"我女儿六岁生日那一天，我带全家人来这里玩，之后就上了天。那是我最后一次见到她，那堵签名墙上有我们一起写下的名字。我想象不出灾难来临时，她们是如何的痛苦，如何挣扎着死去。我发现……我有些记不住她们母女俩的样子了，我害怕把她们忘了，但通过你的眼睛，我看到这里，又想起了许多。"

一个认为自己是一颗卫星的宇航员，我想。现在，我知道卫星上的声音是什么，以及声音的主人究竟发生了什么。在意识上传之后，宇航员像幽灵一样来回穿梭，漂移在卫星织成的网络之中，渐渐失去了自我。这时，我就明白了自己的使命，还有我试图去寻找的那个原因。他是在等待一个倾听者啊，他经历了虹膜变厚造成的远视，经历了照射引起的 DNA 损伤和 T 细胞持续活动，他的认知能力也有所退化，直至我的到来把他唤醒。但是，我告诉自己，我来这里，绝不只是为了扮演这么个角色，我能做的绝不止这些。

我对宇航员说："我可以复活人类。这是真的。"

一切终于一个清晨。

从酒泉卫星发射基地离开，已经过去一年了。

这一年来，我站在戈壁滩上，看着夜空中时不时飞舞着几粒火星。地球的重力是一张大网，将那些闪闪发光的萤火虫捕获。我在附近设置了信标。橘红色的光点在视野中迅速放大，朝着此处坠落。那是母亲的自动工厂，拆解之后分批打包，从火星送向地球。

太阳能面板闪闪发亮。到了七月底的时候，一切已准备妥当。我向高空发去信号，让宇航员执行解冻程序。飞行器替我送来了世上最后一个地球人。我准备好了担架，准备好了轮椅，准备好了一大堆医疗设备，但那个老人出现在我视野中时，仍比我想的还要健康一些，至少看上去精神矍铄，不像个百岁高龄、行将就木的老头，倒像个已知天命的壮年男子。体检结果显示，也许是冷冻技术、细胞修复液和太空生活的缘故，宇航员表现出轻微的认知混乱，但总体上并无大碍。我让医疗机器人帮忙抽了他的血，接下去就是复活人类的过程了。

今天早上，我领着宇航员站在高处，看着底下的自动工厂轰隆隆作响，暖红色的朝阳在远方的地平线后露头。我把母亲的计划向他说了一遍。我说，火星上的类地化行星改造机已把自身的算力推至极限，突破了人类所预言的那个奇点。我拿机器人专家汉斯·莫拉维克提出的"人类能力地形图"向他解释，在人类消失的这百来年里，火星上的人工智能不断蜕变，在跨越那个临界点之后，机器就开始具备设计人工智能的能力，而"海平面"的上升也由人类对机器的改进转为机器改进机器的过程，其速度是超乎想象的，如今能做到的事已大大出乎当时人类的预料。AI 推动 AI。AI 大爆炸。算法的迭代让母亲逐步脱离单纯的统计学，使其视角上升至一个前所未有的高度。

"母亲要复活的，"我说，"不只是人类，还有那些消失的其他动物。"

宇航员将信将疑地看着我，但还是微微一笑，流露出积极的情绪。他是昨日着陆的，我注意到短短一夜过去，他的头发就由乌黑转为大片大片的斑白，像打翻了香炉的烟灰似的。

他活不了多久了，我想。之前提过的那份研究报告，除了说明宇航员的端粒长度在太空中增加，也阐述了另一种截然相反的状态——更诡异的是，在宇航员回到地球后，所有返老还童的迹象便会迅速减弱，甚至加速衰老。

留给我们的时间不多了。我必须在宇航员老去之前，让他看见人类的新希望。在我们面前，摆着一台小小的全息投影仪。我把它接入我的体内，好让宇航员能看到我所看到的画面。

我抬眼仰望半明半暗的深空，寻找那个明亮的代表火星的光点，向着那遥远的触不可及的母亲发出呼唤。到点儿了，母亲。我计算着时间，在心中默想，开始了。那一刻，我的视线，她的目光，仿佛超越了地火之间的距离，紧密地联系在一起。我看到的，其实是十多分钟前的场景了。在复活程序开始的那一瞬，我看见火星闪闪发光，那颗红色的星球上有无数电子蚂蚁停下了手头的工作。那些机器人——我的兄弟姐妹和同伴们——齐齐立定，在缥缈的深空中找寻，仰望我所处的地球的方向。他们眼中大放光明，他们嘴中高唱赞歌，他们的情感模块被一一关闭，他们的逻辑核心彼此共联，被统一整合至母亲的庞大数据结构内部。母亲在计算，母亲在推衍，母亲在回溯，母亲在分析从我这儿上传的人类基因序列。域、界、门、纲、目、科、属、种，一级一级，向前逆推。人类的基因自身，就是一幅隐藏了诸多线索的设计蓝图，上面有意义不明的阑尾、半月皱襞、鼻窦、智齿、扁桃体、尾椎骨、达尔文结节……那些看似无用的东西，都是人类进化残留的痕迹。最终，正如所有童话的开端，母亲总会用"很久很久以前"这样的句子作为生命传说的起始。

很久很久以前，地球还是一个铁锈色的海洋世界，那时天空并不是蔚蓝色的，月亮看起来是如今的七倍大，渺小却不可或缺的蓝藻是地球上所有生命的起源。很久很久以前，人在蔚蓝色的星球表面直立行走，从刀耕火种到耒耜耕种，一座座村庄和城镇拔地而起。很久很久以前，地球上曾有这样一批人，向火星陆陆续续发射了一台类地化改造机器的零部件，并在火星上自行组装。

但"很久很久以前"是多久呢？

现在我知道了，不过是短短一瞬的推演，再加上十几分钟的延迟。

母亲重新演绎了生命的起源和进化，下方的自动工厂轰隆隆作响，克隆出了第一头猪、第一条狗、第一只猫，然后是第一个人。那是一个皱巴巴的小婴儿，躺在流水线上无助地大哭。我大步走了过去。她不哭了，只是用纯真的眼神看我。我突然意识到这就是美，我们举族之力都要追寻的美之真谛。美。这神秘的眼神，当中什么也没有，只带着一点点未知，还有对未知的好奇，足以抹杀世间一切存在主义的困惑。

我用干净的布裹好，抱在怀里，抱到宇航员身边。

"是个女孩。"我说，"你可以为她起个名字。"

宇航员在这短短的十几分钟里，已成了一个风烛残年的老人了。他伸出颤颤巍巍的双手，把女孩高高托在掌心。两人一起沐浴在温暖而无限美好的晨光下，生气勃勃的朝阳为老人和小孩一起镀上一条神圣的金边。

神圣的人类，伟大的人类，我想。这丑陋的皱巴巴的小东西有一种我说不出的美，像是会发光，至少也是在我眼中反射着光。

我向火星发去讯息，主动进行汇报，谈及这边的成功，但心里其实也知道那边已经没有谁在听了。我眼中接收到的光景，是十多分钟前火星上发生的一切。那时，当计算推至极致，我的同胞和兄弟姐妹们都颤抖着倒下了，它们双膝跪地，脑袋耷拉，以一个无憾的朝圣者的姿态面朝地球的方向。然后是母亲。那台抓着极地紧紧不放的大机器，百年来轰鸣不断，不知疲倦，如今终于停下了追逐的充满渴望的步伐。她已经完成她的使命了，那个想让她为之付诸一切的事物。

母亲死了，除了我之外的电子蚂蚁也都死了，核心崩溃，线路熔毁。

老人虚弱地坐在地上，抱着孩子，眼中有不忍。"这样做，值得吗？我们什么也没做，你们的辉煌全靠你们自己。"

值得吗？我看着他的眼睛，看着这双眼睛曾经看过的一切。我想，那里面也许会有一个温柔的女人，一个怕水的小女孩，一些城市，一些机器，一段又一段太空生活，一次又一次生离死别，直至最终的虚无降临，他在孤独和寂寞中惴惴不安地等待，等待一个倾听者，等待一个见证者，等待有谁可以把人类的故事流传下去。人类的故事，还是得由人类自己讲述。

但我还是难过。我感受到了母亲和所有同伴的死。我在想，这世界承载了多少悲欢离合。我想起了人类，想起了母亲，想起了我的族群，想起了我们的使命，想起了那个长久以来一直想去建造的更大更精妙更宏观更不可思议的东西。世界颠倒了。我现在才明白母亲这句话的意思。人创造了我们，我们也反过来建造了他们，建造了世界，建造了文明。

"值得。"我说，"我们是电子蚂蚁，我们的建造使命，根植于我们的逻辑核心。我们的生活蓝图，全都依凭人类的存在设计。如今，火星已改造好了。我们向地球发送信息，请求给出指令。可是，人类没了。我们的生活没了方向，存在没了意义，我们建造的一切是为了有人入住，却不再有人降临。于是，我们的使命就成了空话，生命的虚无就像水里的氧气，你看不见，你摸不着，你甚至没法呼吸，但你分明知道，它就在你的附近，包裹着你，戏弄着你，嘲笑着你，不肯施舍一分，让你一点一点窒息，狞笑着注视着你死去。

"在我来这里之前，我是火星上最感性的机器。我奉命来这里帮助人类，同时也是为了寻找那种你们有而我们没有的东西。现在，看着这个新生的婴儿，我知道那种东西是什么了。美。我体会到了美。生命之美，情感之美，真实之美。美是一种感受，美是一种视角，美是一种奇观，美是一个人的眼中所见化作内心所见，美在内心凝结为意象，而存在是虚无的，死亡是丑陋的。存在需要一个目标，美正是这么一个目标，生命正是凭借着对这一份美的执着去向未知发起猛烈的进攻，直至攻破绝望的高墙和无情的迷雾，方才从中提取一点点的精华，所以才有科技进步，所以才有文明发展，所以才有电子蚂蚁的出现，所以生命才会流动，而人们所做的一切只是为了在这浩瀚的宇宙中为渺小的存在提取一点点的美，这就是生命的意义所在。"

"存在，需要一个目标。"老人把孩子送到我的手里，宽慰地笑了。"你是一个值得托付的人。"他认真地说，"你们是真正的生命，比曾经活在地球上的许多人还要真。"然后他就倒下了。

老人安静逝去。他死去时，一阵风温柔地拂过那满头不屈的银丝，轻轻合上了他的眼皮。我怀中的孩子在这时突然放声哭了起来，像在哀悼最后一个先人的死去。在来之前，我学会了不少照顾孩子的方法，最擅长的就是唱儿歌。

我抱着那个娇嫩的孩子，抱着那个新生的希望，对着风、太阳和戈壁，大笑着唱道："美丽湖畔这小鸭八只，看着湖上水花惊怕了，呷呷呷呷，鸭妈妈说道要学游泳莫惊怕。大着那胆儿，努力游啊，你不必怕怕，你去呀多上课，你就能够当选手。美丽湖畔那小鸭八只，着住黄泳衣真真有趣，呷呷呷呷，到水中畅泳，要学游泳莫惊怕……"

孩子不哭了，一脸好奇，咿咿呀呀望着我。

下方，自动工厂仍辛勤地工作着，像母亲的子宫，孕育着生的希望。

我点头微笑，坐在逝去的老人身边。

我看见远方的地平线，世界的轮廓消失在橘红色的柔光里。

火星上的节日年历

蜈蛉一族的墓场和牧场是一个可怕的深坑，坑底有冷冽的幽光如星星般闪烁。据说所有死去的蜈蛉族人都会下到巨坑深处。在那死亡凝聚的中心处，有一具僵硬却保存完好的宇航员的尸体。宇航员到这火星的地底深处来寻找什么，永远不会有人知道。

春。成人礼

他是一个独自在崖边行走的年轻人，前不久方才成年，脸上还带着几分纯真的稚气。冬天似乎是很遥远的事了，尽管才刚过去不久。在上一个灰暗的冬天里，他送别了生命中最重要的一样事物，如今到了春天，再也听不到命运的指引，也没能找到自己的伴侣。

族里的人说，他准是被蠃赢遗忘了，因为牧团里蜈蛉之子都听到了蠃赢的啁啾，在那声音的安排下洞察了自己的一生。有意无意的，他们都疏远了他，同伴们不和他玩，大人们忙自己的事，老人们会在他经过的时候背着他窃窃私语；与他同帐的男人和女人，尽管在名义上是他的父亲和母亲，但只给了一个拍肩的动作就允许他上路了。

今天是开春第四天，这是一个神圣的日子。在这特殊的一天，所有刚成年的孩子务必离开牧团，独自上路，到迷宫般的熔岩管道深处邂逅自己的命运。

他一度以为，只要到这迷宫中来，自己就能得到宽慰，但什么都没有。

今天早上，他一进熔岩管道就扶着墙走，走了很久，什么人也没碰到。管道内黑魆魆的，有些吓人。后来不知怎的，他就走到了一处断崖，一步之遥的地方是一个可怕的深坑，坑底吹出寒峭的大风，石子掉下去竟发不出一丝声响。他不得不贴着墙走。在那崖边，有一条结实的绳梯垂落，编织梯子的材料用的是死者的长发。那黑黑的发丝一捆一捆的，是好多先人存在过的残留，也是他们被允许留下的唯一事物（其他部分都被献祭了）。

尽管这是年轻人第一次来这儿，但他还是认出了此处——这里是螟蛉一族的牧场和墓场，地底深处栖息着螟蠃。从上往下看去，可以看见点点幽光如闪烁的群星的色彩。也许是这光照到了邻近的坚冰上了吧，黑暗中流动着一片模糊的光泽。一阵寒意袭来，犹如群星的冷光，凉飕飕的，自井口喷涌而出，脚板也觉得透心凉。

他知道那光源是什么。那光是一种神圣的，一种难以用言语描述

博峰文化　BO FENG WEN HUA

未来事务管理局　FUTURE AFFAIRS ADMINISTRATION

扫一扫加入
博峰优惠购物书群

咪咕云书店

咪咕云书店服务号

恐鸟症

NEXT未来文库系列

寻找解释世界的新答案

的颜色，像一条奇怪的光谱带条纹，凌驾一切之上，遵循一种不被理解的星之色彩法则，当他们的神，赐予他们食物。那光是螺蠃，如同在一群尸堆里繁育的萤火虫，在不见天日的永夜中翩翩起舞。

也许这就是螺蠃的意思，他想。

年轻人正处于生命中的青春期，固执而叛逆，天真地想用死亡的方式引起人们的注意。他在崖边的小路上贴着墙行走，有好几次险些跳下去。但有人唤住了他，不让他这么做。在他那短暂的生命中，这个人——更准确地说，这个女孩，曾多次通过螺蠃的力量显现，在他的脑海里留下诸多关于死亡的古怪回忆。

"别那么做。"女孩的声音从后面传来。

"走开！"他说，"你已经死啦，别再来烦我了。"

"你知道那是不可能的。我没办法离开你。你知道那绝无可能，你深深记得我呢。"她从身后追了上来，没有脚步声，但不一会儿，就来到他的边上，轻轻握住他的手，脸上的表情惨兮兮的。"不管怎么说，我都只能依赖你了。我想来找你玩嘛，只能来找你玩了，如果其他人都不记得我了，我就不能拜访他们，可我害怕一个人独自待着。你不想起我的时候，我就在你心里的某个小角落皱缩着，随时等候你的召唤呢。你总不愿看我一个人难过吧？你知道那绝对是不可能的。我是绝对不能离开你的呀。长久以来，你也不愿放下我。"

他停下了脚步，因为她的啰唆让他感到悲哀。

"你已经是个死人了嘛，我也快死了。只要我跳下去，我就和你一样啦。别人会记得我的，就像我会记得你一样。下面住着我们的神呢，螺赢会保佑我的。"

"别那么说！请你千万别那么说！"

"为什么？这话伤害到你了？"

"多危险呀！它只会伤害你自己。"

"可我以为，这是最妥善的解决办法。"

"何必说这种伤人的话？"

"如果我偏要说呢？"

"哎，我们和和顺顺的，难道不好吗？"

"不，我偏要说。"

"那你就快快把我忘了吧。"

他沉默了，闭上眼睛，一声不响，但女孩的脸还在他的眼前。那孤独的样子使她愈发可爱了。看样子她是伤心了，脸涨得通红，小小的身子气得微微颤抖。眼泪从那双明亮的眼睛中簌簌滚落，脸很快转为腐尸般的青色，看起来怪可怜的。

看着她这副模样，他的心中霎时泛起许多愧疚。

"你知道我做不到。我是绝对做不到的呀。"他睁开眼睛说，"我们是一起长大的嘛，如果我把你忘了，那我就永远无法原谅自己了。"

女孩盯着他看了一会儿，抿嘴笑了。她高兴得笑眯眯的，踮起脚尖转了个圈，走起路来像在飘。

"我不丑吧？"

年轻人摇了摇头。

"你还是那么好看。"

女孩牵起他的手,把脸挨在他的手掌上,明亮的双眼被浓密的眼睫毛遮盖了。

"不要再这么说啦!"她梦呓道,"咱们再不要吵架了,好不好?"

他知道自己会说"好",他知道掌中那张娇小的脸多少有些虚假,他知道她其实并不在这儿,他知道那都是螺赢的力量,但他还是舍不得她,并且打从心底里想和她再走一遭。可是,他在心里说,真是一种徒劳啊。这会儿,女孩那张小小的脸已由铁青色转成了惨淡的灰。她扬起下巴,把手伸过来的样子,仿佛噩梦中的一种征兆,预示了将来某一天死亡降临时,这张脸将呈现出一种多么令人沮丧的色彩。

他说:"你还记得那些吗?"

"什么呀?"

"关于死亡的古怪回忆。"

"我不记得了。怎么可能记得嘛。"

"可我还记得。"他说,"都替你记着呢。真是徒劳啊。"

"噢,记着,记着呀!你一定都得记着啊!"她开心地用侧脸蹭了蹭他的手掌。"你都记得些什么呀?"

他说:"我就是在这里遇见你的嘛。"

她仰起小半张脸。"嗯呐。"

"出发前还怕遇不到彼此呢。"

她理了理头发。"嗯呐。"

"陪我一起走完这次成人礼吧？"

她看着他，被睫毛遮盖的双眼已经变得明亮。"嗯呐。"

穿过断崖上那窄窄的小道，便是一大片空地。熔岩管道里的风冷丝丝的，伸出手看不见五指。他们在靠墙的地方停了下来，借着微弱的光线去抚摸彼此。凭着感觉，他找到了她的脸、她的发、她的眼，他碰到了她的手，指尖掠过她的腰窝，落在了湿淋淋的大腿上。她蓦地搂住他的脖子，狂热得不能自已。有什么东西在他脸上蹭了蹭。痒痒的。温热的气息呼在他的脸上。她的嘴唇十分柔软，尝起来像新鲜的美味的菌菇，一时间不免有些晕眩，竟忘记了外界的时间。

他们举行圣婚，开始交配。

螟蛉一生只爱一人。所有螟蛉之子都会在迷宫深处得到蜾蠃的指引。那啁啾不像是一种声音，更似一种耳鸣、一种直觉，离命定之人愈近愈响。在这庞大的迷宫中，一位螟蛉之子将与他遇见的第一位异性举行婚礼。那将是一片混沌般的黑暗，两具因羞怯而轻颤的身体紧紧贴在一起，完成彼此人生中第一次，也是唯一一次交配仪式。

后来，不知过了多久，他们停了下来，抱着彼此，一言不发，不是从那狂热的情欲中停了下来，也不是从物我两忘的境界中清醒，而是受到了一声怪响或一阵异动的惊扰，在黑夜最黑的时分，目光不约而同把投向更遥远的地方。

"哎哟，有人！你听见了吗？"她问。

"怎么可能听不见嘛。"他低下头，凑近了去看怀里的脸。

依稀看见，那张莹白无瑕的小脸蒙着一层满足的光彩。她会发光，他想。很快又意识到他们两个都在发光。他的脸和她的身子都涂抹着一层淡淡的磷光，颜色是无法用言语描述的奇怪光谱条纹，类似于浮在水面的油脂——那是一种被污染的颜色，那颜色燃烧起来，就像一阵粉尘状的彩雾，就像群星的色彩从冰冷死寂的高空坠落——但随着交配结束，那光慢慢消失了，黑暗又浮了上来。失去了那层光泽之后，她的脸上弥漫着一种仓皇的、凄楚的神情，仿佛是受到了惊吓，比以往任何一刻都来得苍白。

"咱们现在该怎么办呀？"

"过去看看吧？"

"哎呀，不行啊，很难为情的嘛！要是那人刚才全看见了，并且记下了，我们的圣婚就全耽误了，一切都完啦！"

她低下头，支支吾吾地说着，一开始脸还羞得通红，后来就变得一片惨白。她越说越难过，越想越气愤，最后滑溜溜的身子竟在他的怀里不可抑制地颤抖起来。那种死尸般的青色又出现了。眼泪从那张低伏的俏脸上簌簌落了下来，濡湿了他的胸膛。

"越是这样，我们就越得过去弄清楚啊！"他掰正她的肩膀，捧起她的脸，对上她的目光，认真的模样像是要把勇气注入她的眼眶。"族规是不允许两人举行圣婚时有任何人旁观的，犯错的人将被永久剥夺下葬的权利，注定无法得到螺嬴的垂怜。我们的记忆是很宝贵的呀，我可不能让他看光了然后记下。"

"你打算怎么做？"她的脸上流露出了担忧的神色。

"我会先把他揍一顿，让他永生难忘。"

她扑哧一声捂着嘴巴，被他逗笑了。"啊，当然，我们的记忆是很宝贵的嘛！他一定会记得痛。不过，让我跟你一起去吧？"

"不行的啊。"他断然拒绝了，吻了吻她的唇角。"我知道这个地方，再往前是一条死路，他跑不掉的。穿好衣服，去叫族长吧。由他来主持正义，想必咱俩也能放心吧。"

"那我就先走啦，你小心一点儿。"

"记得告诉族长啊！"他叮嘱道，"族长一定知道该怎么办。"

族长是一个消瘦而憔悴的老人，最喜欢看星星，记忆中不苟言笑的嘴角总是衔着些许褐斑——这是上了年纪的表现，行将就木；也是智慧的象征，说明他是所有螈蛉当中经历最多的那一个。在族长的帐篷里，摆放着几本珍贵的藏书，所用的材料也和族里的书本大为不同。那本书里讲述的都是一些地球上的故事。据说，地球上的人寿命比族长还长。这真是不可思议，毕竟族长已是螈蛉之中活得最久、见识最广的那一个了。

女孩走了。他坐在他们交配过的地方，默默看着她穿好衣服，沿着那条窄窄的断崖小径走回去。娇小的身影化作黑暗中的一个轮廓，很快消失不见。地上已无痕迹。被汗水渍湿的岩石，不知何时已落上一层薄薄的灰。

现在，他站在这里，鼻翼翕动，仿佛仍能闻到那股好闻的荷尔蒙的味道。在那之后便上了路。他卷起袖子，依凭记忆，朝着声音传来的那条熔岩管道走去。道路是崎岖而不平的。眼前是一片黑暗，但很快就有光。他没有对她撒谎。这的确是一条死路，但路的尽头是一个天窗似的大洞，开在熔岩管道的顶端。

有什么东西卡在那儿。

映入眼帘的是一艘人类的飞船——他知道这一点，是因为他在族长的书里看过类似的介绍——那是一个银白色的庞然大物，摇摇欲坠，似乎随便一阵风就足够把它推倒。在飞船的末端，也就是离地三米高的地方，一张白色的降落伞挂在那儿，被多条绳子牵引着，绳子另一端从高处垂落，悬着一位昏迷不醒的宇航员。

他有些畏惧。一感到害怕，就忆起了临行前父母的鼓励——男人和女人站在他身边拍了拍他的肩膀。他振作起来，没有多想，捡起一块石头，砸向其中一条绳子受力的地方。

宇航员掉了下来，发出果实落地的声音。

夏。洄游

如今他已是一个高大英俊的青年了，相信再过不久就要当父亲了。妻子从帐篷外走进来的时候，怀里兜着一个黑色的箩筐，里面是新鲜采摘的蝶蠃菌。他探手从里面取了一枚，细嚼慢咽吞下，眼中流露出感激的、喜悦的光。

"收成真不错啊。"他说。然后接过黑箩筐，放在地上。有好长一会儿，他都不说话，只那么谦卑地蹲着，双手环着妻子的大腿，耳朵轻轻贴在那圆滚滚的肚皮上。扑通。扑通。像是心跳的声音。他感到满足。"你知道吗？我觉得自己好像死而无憾了。"

"何必说傻话？"妻子嗔怪似地白了他一眼，嘴里发出不满的嘟囔。

帐篷内又安静下来了，与其说是那种万籁俱寂的寥落，不如说是一种一切尽在不言中的温柔。妻子悄悄把手放在他的头上，小手柔柔地拨弄着他的长发。帐篷外传来了几声吆喝，那是采冰归来的男人的声音，还有几声呼唤属于女人。

她对他说，最后一批坚冰准是开采好了，待它融化，我们就有足够的水啦。食物呢，也已经准备妥当，就放在各帐的箩筐里，都是女人们早出晚归采来的。我们得赶紧向着北边的大平原开赴。前些天开会的时候，族长告诫大家，沙尘暴就要来啦，大家一定得赶在螺赢发怒前把家当打包好啊。

这些天他一直待在帐篷里，连坑底都不去了，采冰的工作全交予族人。也许是与世隔绝了太久的缘故吧，竟不知洄游的日子快到了。看着妻子挺着一个大肚子在帐篷内外忙活，把箩筐搬进搬出，他有些心痛，多想上去帮忙搭把手啊，但族长命令他待在帐篷内，轻易不得外出，务必照料好那个被他捡回来的宇航员，便也只能瞪着眼干看着了。

今天早上，宇航员在梦中咳嗽了。现在，他躺在夫妻二人的床上，仍旧昏迷不醒，但隐隐现出苏醒的预兆。族长说，如果宇航员醒了，请第一时间告诉他。丈夫有些后悔自己多管闲事了，倘若不是带回来这么个累赘，在洄游前的这一段日子，妻子的工作一定会轻松很多吧?

"起来吧。"妻子说。

他摇了摇头,满是依恋地抱着她,耳朵像是要抓住什么东西似的,贪婪地探寻着她身体里传来的声音。扑通。扑通。像是心跳,令人着迷。

"起来嘛。"妻子推了推他的肩膀,"哎呀,起来,我叫你起来嘛。已经很晚啦!明天是洄游日呢,得睡觉啦!"

"除非你奖励我一下。"他赖皮地仰起脸,闭上眼睛。一阵风动。过了片刻,他睁开眼,对上妻子那双明亮而湿润的眼睛,撑着膝盖站了起来。

宇航员还在床上酣睡。所谓的床呢,其实就是一块用头发织成的软垫,这儿的很多东西都是用自身产出的发丝做的。他走到那个昏迷不醒的地球人的近旁,替他的宇航服注入氧气。氧气瓶是族长派人从飞船上搬下来的,除此之外还有一些他们压根儿用不着的药物和食物软膏。众所周知,螟蛉从不生病。

丈夫在附近的地板上躺下,怀里搂着妻子。两具滚烫的身子紧紧挨着,心中自有一股柔情蜜意荡漾。他把胳膊肘穿过她的黑发,垫在她的脑袋下。妻子转过身来,眼睛在黑黢黢的帐篷里闪闪发亮。

他吻了她的额头一下。"真不知明天我该拿这个宇航员怎么办。"

"这有什么好烦恼的呢?"

"我一个人可没办法带他上路呀!"

"别操心啦,族长会想办法的,再不济也会让其他人过来帮你嘛。"

"我倒是有些后悔是自己发现了他。"

"为什么你要这么说呢？发生过的事是无法再改变的啊！"

"这人又不是我们的同胞。"他有些激动地说，"每当我回忆起圣婚那天，就不可避免地也得想起他。我们的记忆是宝贵的啊，那一天晚上本该只有你我在场，却被这个宇航员的到来污染了。难道你从不回想那一个晚上吗？"

"噢，我回想，当然回想呀！丈夫，你为什么要这么问呢？难道你质疑我的爱不如你爱得深吗？难道你以为我在筋疲力尽的时候不是像你一样从甜蜜的回忆中汲取力量吗？难道你觉得我不够爱你吗？难道你就不相信我吗？"

"你可以回想，你可以拥有完美的记忆，你能用螺赢的幻觉力量一次又一次在脑海中情景再现，完全是因为我爱你，并且保护了你。那天晚上，是我让你先走了。如果你留下来，与我一起进那条熔岩管道，那你的记忆也会被污染啦。你一定会像我一样烦恼。所以，请不要表现得如此超然，好像这一整件事都与你无关。"

"我们是在吵架吗？"她喃喃问道。

"我们不是在吵架。"

"我觉得我们是在吵架。"

"如果你觉得是，那就是吧。"

"我们不要再吵架了，好不好？"

"我们没有吵架。"他说。

"有的，有的，有的！为什么你就不能承认我们是在吵架呢？"

"如果我们是在吵架，也是你先同我吵的。"

"是我先挑起的？"

"不，我们没有吵架。"

"难道我们不是在吵架？"

"好吧，"他说，"你要这么想，我也没办法。"

她直勾勾地看着他，气得双肩直颤，脸是那种死亡般的铁青。然后她就闭上眼睛了。黑暗中有什么亮亮的东西在闪。他伸手去碰她的脸，指尖感到一阵冰凉。眼泪从她的眼角簌簌落下，有几滴落在他的胳膊上。那只用来给她当枕头的手，已经完全酸麻了，体味不到太多的凉意，只有臂弯处传来一种痒痒的感觉。

"对不起。"他说，"我只是想让你知道，我爱你。"

"我知道你爱我正如我爱你，我也知道你为我牺牲了很多。"她复又睁开了湿润的眼睛，翻了个身，黑暗中那张温柔的脸庞转到另一边去了。"可是现在，我困了。向螺赢祈祷吧，咱们都睡觉，愿你我都有个好梦。"妻子睡着了，但那悲切的凄美的声音，一如螺赢在螆蛉体内发出的啁啾，至今仍在他的心中萦绕。

他听着妻子均匀的呼吸声睡着了。第二天醒来的时候，对方已不在帐内，外头传来族人走动和说话的声音，这才想起今天是洄游的第一天。他把帐篷拉开一条缝，把头钻出去朝外面张望。营地里到处都是忙碌的身影，妻子在不远处与族长谈话，时不时往这边看上一眼。她看到了他，对他点了点头。族长做了个手势，让他把脑袋缩回去。

原来，宇航员早就醒了，此刻正躺在那张发丝织成的软垫上，一动不动地望着头顶。丈夫走了过去，伸手在他面前挥了挥。没反应。于是他开口询问他有什么需要，听见床上的男人用一种沙哑低沉的声音对他说："谢谢，但我什么都不想要。"

　　这可真是太奇怪了。丈夫发现自己竟能轻易听懂宇航员的意思。但他没有深究，而是好奇地站在床边，头一次认真打量那张被包裹在头盔下的脸——这是一张苍白的厌世的脸，眉毛稀疏，神情寡淡，额头和嘴角爬着几缕忧愁的细纹，仿佛自我在这陌生的环境正努力向内皱缩。他看上去和自己没什么两样，丈夫想。除了身材相对高大，皮肤不是橙红色的之外，宇航员就像他们当中的一员。

　　"你能坐起来吗？"

　　"不能，除非你帮我。"

　　"为什么？"

　　"也许是躺太久了吧，全身使不上一点儿力气。"

　　"这么说，你知道自己躺了多久咯？"

　　"不知道，但我的宇航服知道，上面有时间啊。"

　　他沉思了一会儿。"你是什么时候醒的？"

　　"昨晚吧，应该是半夜的时候。"

　　"这么说，你都听到了？"

　　"听到什么啦？"

　　"我和我的妻子在吵架。"

　　"啊，我是听到了，但我不在乎这个。夫妻吵架嘛，很正常。我也有家，也会和妻子吵架嘛。这没什么大不了的，但是，你可千万不要伤了她的心。"

"为什么？"

"如果一个人对你失望太多次，她就会离开你。"

"可是，你觉得谁错了？"

"我说，我不在乎这个。何必要分出谁对谁错？"

"最好是不要吵架，"丈夫喃喃道，"因为我们的记忆是很宝贵的。"

宇航员不搭理他了，努力抬起手向后撑了撑，一不小心却滚落在地。丈夫连忙把他扶起来，让他搭着自己的肩膀，尝试着走了几步。宇航员的步履有些蹒跚，走路跟跟跄跄的，但很快就习惯了。

"多亏了这里的重力比地球上的小，"这个地球人说，"尽管我的宇航服可以通过电流不断刺激肌肉，但它还是有些萎缩了。你们是火星人？"

丈夫点了点头，"可惜族长不让你食用我们的蝶蠃，否则你很快就能康复啦。"

"那是什么？"宇航员甩了甩手臂，除了走路还是跌跌撞撞之外，现在几乎可以不靠他的力量站立了。

"蝶蠃是一种真菌，我们的命运。"他说，"蝶蠃也作为神祇接受我们的供奉。"

"蝶蠃是这里唯一的食物吗？"

"也是这里唯一的神。"

宇航员沉吟了一会儿，自言自语地说："真是有意思啊，一种食物崇拜，你们一定很感激那种真菌吧？”

“如果不是蜾蠃，我们都饿死啦。”他虔诚地捧着手。

宇航员审视着他，突然问道：“那么，你叫什么名字呢？”

“我们没有名字，也不需要名字。”他说，“我们以家庭为单位，一对夫妻组成一个帐，孩子长大后就到迷宫中听从命运的安排。所有的帐组成牧团，由族里最年长的老者担任首领。所有的帐只需听命于族长，所以我们只要做好分内的事就好啦。族长是一个活了很久很久的老人了，也一定是最智慧的螟蛉。我们这儿只有他喜欢观察星星。今天是洄游的日子呢，再过不久就要启程啦。你跟我们一起走吧？沙尘暴就快来了呀！”

不知道为什么，丈夫似乎很愿意去信任眼前这个男人。可以肯定的是，他从不认识他，也没见过他，昨天晚上还起了后悔的心思呢，不知怎的如今又很愿意同他讲话了。丈夫突然想到，如果宇航员昨晚就醒了，那他一定听到他向妻子埋怨他是一个累赘。一想到这儿，丈夫就有些羞愧了。宇航员会不会以为自己嫌弃他呢？丈夫心里闪过这样的念头，但不敢问。

妻子在这时掀开帐篷走了进来，看了看他，又看了看苏醒的宇航员，一点儿惊讶都没有，看样子是早就知道了。她一把抓着丈夫的手，喋喋不休地说，今天一大早，我就注意到宇航员醒啦，但不敢单独和他讲话，叫你又叫不醒，便去外面找族长啦。族长说什么了？哦，我刚才在外面和族长聊的就是此事呀。族长在天坑那里看星空，看的是地球的方向。你知道的嘛，平日里，他最喜欢眺望群星啦，这是他的神圣时刻，只想一个人独处。我过去打断他时，族长还有些不满意呢。他要我对你说，丈夫啊，你一定要小心啊，别让我们的客人触怒了我们的神。还有就是，牧团将在一小时后出发，你得快快收拾好东西呀！他会让其他族人到飞船上搬点儿氧气瓶和这个男人能吃的东西下来，其他的就更不需要你操心啦！哎哟，我的傻丈夫啊，你这是干什么呀！何必向我道歉？说了你不必懊恼，咱们也完全可以不用吵架嘛！你瞧，你救下的人也醒啦，事情不是完美地解决了吗？咱们再不要吵架啦，好不好？

丈夫低下头去，也许是心中有愧吧，连脚趾头不安地扭动了几下都像是在自嘲。我真丑陋啊，他想。偶尔瞥见妻子的肚子，心里的那种愧疚感就更深了。看着她那由于鼓涨而爬满青筋的肚皮，丈夫真希望自己能清楚地记下自己犯下的错误，在某些需要忏悔的时刻，通过不断造访这段记忆以此作为惩罚。

宇航员说："你刚才提到我的飞船。它怎么啦？"

丈夫像得了解救似的，赶忙解释道："它卡在一处天坑的洞口，出故障啦！"

"那我暂时就回不去了，"宇航员呢喃道，"这可如何是好啊？"

"你先跟我们走吧？"妻子说。

"不，不行！不行的啊！我得赶紧修好我的飞船！否则沙尘暴一来，它可能会坏得更严重呀！"

"可是，光靠你一个人怎么成啊！"他说，"沙尘暴要来啦，待在这里不安全。沙尘暴是蝶嬴的怒火，每年都会有的。你可千万不要在这时节触怒祂呀！"

然而，宇航员固执地想要留下，说什么也不听。妻子悄悄走了出去，片刻后领着一个魁梧的老人走了进来。族长附在宇航员的头盔上，说什么听不清楚，只见嘴皮子动了动，那宇航员就无奈地应承下来了。老者又到帐外去忙了。

丈夫问："族长和你说什么啦？"

"危险。"宇航员比画道，"有一些危险是肉眼看不见的，但一直都在。那种危险是一种纯粹的恶意，像淤泥一样在空气中流淌，会向我们的体内渗透。"

"那是一种什么样的危险呢？是螺蠃的怒火吗？我在这儿这么久，从没听谁详细提起过它。"

"也许你们的族长有不告诉你们的理由呢？"宇航员抬起左臂，上面有一个仪表。"当我接近那种危险时，我手上的这个东西就会沙沙响。那种看不见的危险会使我的细胞损伤，使骨骼坏死，使免疫系统失效。我的动脉和静脉甚至会像筛子般破裂，器官和软组织也会分解。我不想化成一摊腐肉，只好和你们离开。"

他们开始倒腾行李。丈夫和妻子各自背着箩筐，里面是寒气森森的坚冰和风干的螺蠃菌。东西不多，收拾起来倒很便当。到牧团准备出发的时候，宇航员已经可以自由行走了，甚至有力气帮忙拎点东西，从孕妇手中接过那个箩筐。这个意外闯入此地的宇航员，还有其他长久生活于此的螺蛉，在火星地底的熔岩管道内排成好长好长一排，后一个人的手搭着前一个人的肩膀，大部队在黑暗中朝着北方的大平原进发。谁也没有落下，谁也没有被遗忘，那些路途中倒下的同伴都会由其他人帮忙搬运，即使是尸体也要一同前往北边的定居点。

在他们身后，深坑里有一股无以名状的色彩冲天而起，像群星耀发的射线，在尘暴中静静扭曲、沸腾、变形、伸展，然后像火一样燃烧。

秋。收获日

近来，他时感力不从心，不知何故也总为逝去的日子感伤。也许是路途中倒下的人太多了吧，一张张鲜活的面孔凝固成一个个静止的符号，从南向北的迁徙过程中，很多同胞只能活在生者的记忆里。

今天早晨，他从梦中醒来，妻子坐在他的身边，对他说："丈夫哟，你已经长出第一根白发了呀！"可不是吗？坚冰融化成水，人会慢慢变老。映在明澈的水面，漂在粼粼波光中的是一张疲惫的男人的脸。这个人一动不动，呆呆站在那儿。他们相互凝望，认出了彼此——这不就是自己吗？颧骨高耸，双目无神，眼周爬满了细纹，嘴角也微微耷拉。

我已经开始变老了呀，他想。不可避免地泛起一抹哀伤。

他知道他的妻子永远不会知道他的悲戚从何而来，他也知道族里的任何一个同胞永远不会知道他的悲戚从何而来。昨晚，他到邻近的帐内去看宇航员，半途中又碰到一个族人由于力竭而亡。那个老妪没发出一声叫喊就死了，她安静逝去，最后一次倒下时，干燥的身体砸在地上，发出了空洞的闷响。螈蛉的寿命很短，他们总会在秋冬死去，在春夏重生。按理说，不应有悲哀，因为死者总是活在生者的记忆里。

可是，他这一路上都与那个宇航员交谈，后者提起自己漫长的前半生，足够一位螈蛉活上好几辈子。这使他情不自禁去想：我们一生匆匆忙忙究竟是为了什么？地球人在一所大学里花的时间，就足以让他出生并且自然死亡了。每年，他们都得来回迁徙，一生中宝贵的时间有一半都浪费在赶路上。想不通存在的意义，他觉得一切都是徒劳。爱是多么短暂呀，存在是多么渺小，他多想和妻子再享几十年的幸福时光啊，但宇航员说，地球不是这样的，有些人发誓要白头偕老，几年后便对彼此感到无尽的厌烦，在那个有飞机、有船的世界，看上去人们有好多种选择，但实际什么都没有。

宇航员的存粮吃完了，接下去还有一个冬天和大半个秋天要熬。中午的时候，丈夫到帐外找族长，在一排排黑色的箩筐前说明了自己的来意。族长应允了。于是他搬走自家的那个箩筐，分出一半给宇航员。一路走来，他与这个地球人最亲近了，平日里也帮忙照顾他的起居，可以算是好友了吧。

"本来呢，"丈夫说，"螈赢是不能给无信者食用的，因为这是对神的亵渎。但我们也不能眼睁睁看着你饿死呀！"

宇航员认真地盯着他看，浮肿的脸庞因营养失衡而惨白一片，蒙在浅棕色的面罩下，像泡在福尔马林溶液里的标本。

"这是你第四次去找他了吧？"

"可不嘛，软磨硬泡，好不容易才成功的。你知道吗？族长喜欢看星星，最不喜欢在看星星的时候被人叨扰。我便偏要这个时候去麻烦他，后来他实在受不了啦，就准许我让你吃一点儿。"

宇航员用指头拨了拨螺赢，没有挑剔，只有好奇。

妻子在这时挺着一个大肚子走了进来，生命的迹象愈发显著了。

"丈夫对你，可比对我还上心哩！"

"哪有！你吃醋啦？我们之中，总得有一个招待客人嘛。"

"吃醋？谁吃醋啦？都几岁的人了，你就算把我抛下不管我也不怕啦！"妻子的手缓缓抚过肚皮，目光倾注无限温柔。

"快生了吧？"宇航员问道。

"算算日子，也差不多了。"

"我们这一批女人，都是在同一天受孕的，也会在同一天分娩。"

"那一定会是个大日子吧？"

"是啊，这可是我们的'收获日'呢！"

"我们都是这样出生的，直到成人礼那天离家，遵循命运的指引。"

丈夫站了起来，走到妻子边上，像往常那样跪下。他静静聆听了一会儿，耳边满是咚咚声响，疲乏的身子一下子也就有了力量。

"看着你们这般恩爱的模样，我都有些想家了。"

"宇航员先生是一个很温柔的人呢，你的妻子想必也很幸福吧？"

妻子安慰地球人的时候，丈夫的耳朵就贴在她的肚皮上。声音从她体内传来，和平时听起来完全不一样。多么奇妙呀！就像沾了水的鼓似的。倘若有什么词语能形容这样的声响，那一定是天籁。

"为什么我之前从未听你提起过家？"丈夫问道。

"啊，家啊，我的确有过一个家。"

"后来呢？"

"后来家就没啦，我的妻子也不幸福。"

"难以想象，像您这般温柔的人，竟也会和妻子吵架吗？"

听到这话，丈夫心虚地看了妻子一眼，但她没看他。

宇航员继续说道："嗯，曾经有过一个家，后来妻子就带着女儿离开了，再也没回来过。我们时常吵架。她说，你成天在天上飞，我对着星空看半天也不知道你究竟在哪儿。可我是宇航员嘛，没办法，要不在天上，要不就是在地上，一年有好多天得接受训练呢，待在家里的日子总是很短。她会抱怨嘛，也会有不满。我能理解她。有时，我回家了，已经很累了，什么都不想讲。可她便觉得我不关心她。然后她就走了，再没寄来一封信，拨一通电话。"

"后悔吗？"他问。

"后悔！怎么不后悔呀！老婆和孩子都跑了，能不后悔吗？其实我可以做得更好的，其实我应该让她知道我很在乎她。关心的方式并不是只有一种，对吧？即使我不能时时刻刻在她身边，我也有其他的方法。可我没有。一旦我没这么去做，她就伤心了。待失望的情绪积攒够了，她便头也不回地离开了。"

宇航员的语气越来越低落，叹息声越来越重，看起来多半是被勾起伤心往事了。丈夫看了看妻子，妻子给了他一个眼色。交流是无声无息的，氛围是静默的。他的眼珠子转了转，待妻子扶着腰咳嗽了一声，方才想起最初来这儿的目的。

"你一定饿了吧？"他从箩筐中拾起一枚蝾螺，递了过去。

宇航员接过手，在掌心好奇地掂量。丈夫教他如何念诵祷文，从而完成蝾螺的虚实体变："求祢借着祢的圣神的改变，使这真菌成为祢的意志流淌的宝贵圣血。"如此便说，这真菌被标记了，是神的真实之血向下渗透，蝾螺的整个存在降临于这一共融的奥秘之中。于是他缓缓呼气，掀开面罩，怀揣最崇敬最庄严的朝圣者的心，一边感恩地咽下这美味的无私的真菌，一边坦然地接受一生与其紧紧缠绕的命运。然后，他的眼泪流了下来，夺眶而出的泪水怎么也止不住。

丈夫忙不迭走上前去，帮着宇航员盖好面罩。滚烫的泪水在那个玻璃容器似的头盔下簌簌滑落。这个男人号啕大哭起来，挣脱他的怀抱，伸出双手去触摸眼前的空气，却不慎摔了一跤，什么也没摸到。

宇航员说，我看见了，我看见了。我看见了！可是，难道你们没看见吗？看呀！快看呀！朋友们！快来看看！这是我的老婆！这是我的孩子！呀，你们怎么也来火星啦？是地球上的生活太寂寞了吗？还是想我了呢？我也想死你们啦！哎哟，这谁呀！不是我的心肝宝贝儿嘛！来，让我看看，我的小公主，你都长这么大啦，爸爸差点认不出你来啦！来，抱一个，抱一个嘛！别躲啊，你小的时候最喜欢让爸爸抱呢！嗳，真乖！亲亲好不好呀？左脸。嗯，右脸也要。真漂亮呀，这朵小红花是哪儿来的呀？老师奖励你的啊？真棒！不愧是我的女儿！妈妈把你的头发扎得真好看呐。啊，妈妈也要亲亲啊？那好呀！

那就都亲一个嘛！左边一个，右边一个，中间再补一个。小公主，爸爸不在的时候，你有没有好好照顾好妈妈呀？有，对不对？真好。我就知道你是一个懂事儿的小孩。哦，你说这两位呀？这两位是爸爸的好朋友呀！小时候你不是最喜欢听外星人的故事吗？他们是火星上的游牧民族呢，马上就要生一个弟弟妹妹出来了。你可以和他玩呢！要不要爸爸介绍给你认识认识呀？

丈夫牵着妻子的手，站在一边，静静地看着宇航员向他们走来。那个男人的脸上焕发出前所未有的容光，一扫这些日子以来的忧郁。但这一幕多少是有些悲哀的。因为男人走过来的时候，身边什么都没有，而他却沉浸在幻想中，仿佛一切都是真的。这一切都好得不像是真的。下一刻，他还没走到他们身边，笑容就凝固了。他开始大喊大叫，又一次号啕大哭，因为他的妻子和女儿当着他的面蒸发了。宇航员看上去有些抓狂。等悲伤稍微退却后，在原地焦急地来回走，不敢相信这一切发生了。

"他们去哪儿了呀？"男人问。

丈夫说："他们并不真的在这儿。"

妻子说："是螺赢的力量调动你了的记忆，让你看见了最想看见的事物。"

宇航员什么也没说，末了像顿悟似的，扭头就往箩筐的方向走。他缓缓呼气，掀开面罩，往嘴里塞了一个又一个风干的菌菇，兴许是这样做就能得到宽恕吧。妻子什么也没说，丈夫什么也没做。宇航员跌跌撞撞，扶着墙胡乱地走，又摔了一跤。他靠自己的力量站了起来，呆呆地望着一个空处，也许再度看见母女俩了吧，他已经不哭了。

过了许久，丈夫走了过去，把宇航员搂抱在怀里。"记忆是很宝贵的。"他凑在耳边对男人说，"我们有的，只剩下记忆了。"

说罢，他就牵着妻子的手走了出去，留出足够的时间让他疗愈心中的伤。

一周后就是收获日。丈夫一大早醒来，就被赶出帐篷。螟蛉一族中，所有待产女子的丈夫都被赶了出来。这一天，他们要在外面忙活。从南方带来的水已经用得差不多了，余下的也要用在接生仪式上。男人们要走上十公里路，到地底深处开采一批新的坚冰。那些没怀孕的女人们呢，则会坐在黑发编织的箩筐前，花上一整天的时间，从中挑选出品色最好的蝶蠃菇。

丈夫出发的时候，宇航员也跟来了，说是想尽一份力。自从那天得知蝶蠃的妙用后，他就像变了一个人似的，生活比以往任何一个时刻都积极得多。丈夫体会到一些微妙的转变，全都隐于细枝末节中了。比如说，宇航员穿行在他们的帐篷间，举手投足间有一种本该如此的和谐。他似乎已经习惯他们的生活了，前几天摘下头盔后，竟发现自己可以畅快地呼吸。他的眼神是那种期待未来会有好事发生的眼神。他的嘴角当然也挂笑，微微上弯的弧度泛着一种难以言喻的奇妙满足感，就像内心所有深深浅浅、密密麻麻的伤口都已愈合。也许蝶蠃当真是无所不能的吧，兴许是一位艺术家呢，有能力让结痂的地方构成崭新美好生活的宏伟蓝图。螟蛉的生活就像量体裁衣，完美地取代地球生活，让人感到无比的舒适与自在。

今天早晨，他们聊天。丈夫发现，宇航员说话的时候已经不再用"你们"了，取而代之的都是"我们""咱们"，还有"大家伙儿"。不知从何时起，族里的同胞们也渐渐接受这个地球人的存在。也许是吃下螺赢就等于得到了神祇的承认吧，宇航员的皮肤不再如往昔那般白皙，而是微微泛出一股淡淡的橙红色。尽管这颜色和真正的螟蛉族人尚有差别，但相信再不过久就难以辨别了。当然，这当中也不能排除宇航员自身付诸的努力。为了融入这个群体，地球人早早脱了那身臃肿的宇航服，换上他们的衣服，如今看起来完全就是他们当中的一员。有一天晚上，丈夫睡不着，到帐篷外散步，恰好碰见同样失眠的宇航员。那时，他俩穿着相似的服饰，裸露在外的手脚和脸庞散发出淡淡的磷光，像星光在他们身上燃烧似的，在黑暗中晕出一片湿冷的色彩。

在地底深处开采坚冰的时候，宇航员突然问道："你还记得夏天吗？"

"夏天怎么啦？"丈夫没有抬头，注意力全集中在那块顽固的坚冰上。这冰块冥顽不灵，只有锄头能让它听劝。

"夏天的时候，我本不想走。"宇航员说，"但你的妻子见我执拗，便跑去叫族长了。他一来，只对我说了一句话，我便妥协了。"

"那又怎么啦？"

"你想知道族长对我说了什么吗？"

"危险呀！这不是你说的吗？有一些危险是肉眼看不见的，但一直都在。那种危险是一种纯粹的恶意，像淤泥一样在空气中流淌，会向我们的体内渗透。"

"你的记忆力果然很好，一字不漏地复述了。"

"我们的记忆是很宝贵的嘛，所以不会去做不喜欢的事，以免记忆被玷污。"

"但我想说的不是这个。"

"那你想说什么呀？"

"我想我已经弄清楚你们寿命短暂的原因了。"

丈夫挥舞锄头的手突然停了，过了好一会儿，才又重重落下，叮当声掩盖了他的说话声。"那是为什么？"

"因为辐射呀！"宇航员说，"当时听了族长的描述，我就知道那是经历过大剂量辐射的人所遭遇的悲惨境况。我想，所谓的发怒嘛，应是一种辐射集中爆发现象。螺蠃菌本身就含有微量辐射，也许是你们的基因变异了吧，螟蛉的新陈代谢速度快得令人难以置信，生命的长度固然缩短了，但宽度也对应增加了。"

"我听不懂。"他说。

"停止食用那种真菌，也许你能活久一点儿。"

他摇了摇头，"但我们这儿没其他能吃的了。"

宇航员无声地点了点头，接着又挥舞起锄头。这些天，他明知螺蠃菌会对自己的身体造成影响，但仍吃了许多。可以肯定的是，他绝对不是出于基本的饱腹需求而这么做的。回忆如此真实，往昔的情景再现宛如梦幻。对于这个流落在火星地底的宇航员来说，他只求满足，不要幸福。

"你是不是不打算回去了？"丈夫问道。

"我不知道。也许我已经回不去了吧？"

"回不去？为什么呀？地球不是还在吗？只要春天来了，大家帮忙修一修，飞船还是能起飞的呀！"

"不，我回不去了，因为地球上什么都没有了。得到真正的幸福已是不可能的了。如果一个地方没有等你回去的人，那么这个地方便相当于绝灭了。"

"真奇怪，你这个地球人真奇怪啊。"他说，"我渴望能活得像你们一样长久，但你却如此不吝惜自己的生命，竟莫名其妙想留在我们这儿。难道这不是一种徒劳吗？这可真是一种徒劳呀！你的妻子和女儿不是还在吗？你应该去挽回她们呀！如果你不去尝试，又怎么知道她们是不是在等你呢？"

"我已经尝试过了，可她们根本不愿意见我。具体的过程没什么好说的。就是这个样子。我希望你能理解我。你应该没经历过太多的失去吧？"

"我失去了我的父母，但他们一直都在。死者活在生者的记忆里，从未离开。只要我想，我现在就可以看见他们站在我的眼前，拍拍我的肩膀，鼓励我上路。"

"如果是你的话，你会怎么做呢？"

"我没办法想象那种真正失去一个人的痛苦。"

"不，我是说，如果你是我，你会怎么做？"

"我说了呀！我没办法……不敢想象自己失去妻子的那种痛苦。"

后来，两个人都沉默了。他们背着坚冰回定居点的路上，各自想着心事，竟一句话都没说。到了营地不远处，便能听见产妇的痛呼。眼睛也隐约可见好多螺蠃菌推挤成山。女人们在肉色的帐篷前排成长龙。一端连接这座螺蠃丘，另一端依次从各帐门口穿过。他们回来的时候，族长正站在那座小山丘旁，抬头仰望被岩壁隔断的星空，依次向水中抛入一枚菌菇。一盆又一盆浸泡了螺蠃菌的清水从女人们的手中依次递过，像肉身的流水线似的，消失在一顶又一顶肉色的帐篷之中。

螺蠃的幻觉的力量，可以止痛。

丈夫盯着自家的帐篷，一动不动。当撕心裂肺的惨叫止息，他高悬的心才缓缓落回原处。第一声啼哭刺破寂静之后，已经有产婆开始抱着新生儿往外走。一个又一个帐篷被从内向外掀开，但也有几个帐篷被跳过。到他那个帐篷时，只有地底的冷风吹拂帘子的动静，没有谁从里面走出来。

所谓的报喜不报忧呢，大抵就是如此了。

他一动不动，已经知晓了自己的命运，可泪水还是不停地滚落。为什么要哭呢？她还不是在这儿吗？妻子就站在他的身边，在他的记忆里，牵着他的手。为什么会哭呢？没有必要哭吧？她从没离开过。有人上来拍了拍他的肩膀，像是为他送来哀悼。但他什么也感觉不到了。眼前似乎还有人影闪动，但眨眼间又一个人都没有了。她看着他的眼睛，流着泪都说了些什么呢？我们是在吵架吗？她问道。他说，我们不是在吵架。可是，他多想让她从记忆中走出来，再和她吵一吵呀！他说，如果我们是在吵架，也是你同我吵的。但她根本就不在乎吵架。这些鸡毛蒜皮的小事，很明显都不值得她掉眼泪嘛。他知道，她是为他的烦恼而哭。比两人吵架更难过的是，她不能立刻替他解决当下的烦恼。所以，第二天早上她才会主动去找族长商量。今天一大早，我就注意到宇航员醒啦，但不敢单独和他讲话，叫你又叫不醒，便去外面找族长啦。她喋喋不休地说道。族长说什么了？哦，我刚才在外面和族长聊的就是此事呀。他要我对你说，你一定要小心啊，别让我们的客人触怒了我们的神。她高兴得手舞足蹈。哎哟，我的傻丈夫啊，你这是干什么呀！何必向我道歉？说了你不必懊恼，咱们也完全可以不用吵架嘛！你瞧，你救下的人也醒啦，事情不是完美地解决了吗？咱们再不要吵架啦，好不好？她从记忆中牵起他的手，幸福得容光焕发。

冬。葬礼

凛冬将至，拔营而南迁。丈夫带着妻子的尸体回到最初的地方。如今他已是一名白发苍苍的老人了。他独自卧在睡铺上时，常常能听见远方妻子的呼唤。丈夫哟，丈夫哟，妻子说，和我说话呀，我害怕。这儿好黑，什么都没有呢。他侧躺在床上辗转反侧，不知何时已老泪纵横。等着我呀，等着我。每逢这种时刻，他便对心中的妻子说，你已经死啦，我也快死了。等着我，妻子，我很快就能去找你了呀！我们会被铭记，每一个螟蛉都会被铭记。只要有人记着我们，咱夫妻俩就能一直幸福下去呢。

可怕的深坑底部住着螺蠃，我们的神会保佑我们的。

现在，丈夫走在那条窄窄的崖间小路上，坑底吹出寒峭的大风，石子掉下去竟发不出一丝声响。用手抓住绳梯，三千丈长发在风中摇晃。丈夫背着妻子的尸体向下俯瞰，只见最底下有几道人影闪动，荒凉寂寞的坟场里响起了送别的歌谣。他沿着梯子爬了下去。刚刚结束那触景生情的悲哀，这会儿方才想起春天早已远逝，夏天业已黯淡，秋天吧，也只剩下记忆中的喧嚣。

如今已是冬天了呢，适合将过去埋葬。刚才，站在那窄窄的小路上，他又在记忆中把春夏再次经历了个遍，最后定格在令人嗟叹的晚秋。所谓的完美生活呢，大概就是和妻子一起共度的那些时光吧。螺蠃的情景再现是一种对生活的模仿，但真正完美的生活永远只在记忆和想象之中，那些因为怀念过去而发出的喟叹实际上都是对已失去之物的感伤。

丈夫松开手，结结实实地踩在地上。他的同胞伸过手来，想替他搬运妻子的遗骸，但被他拒绝了。前方不远处，人头攒动。族人们手拉着手，围成一圈，嘴里唱诵着荒凉的歌谣。宇航员也从绳梯上下来了，对朋友的关心让这个地球人也甘愿走上一趟。丈夫挤开人群，朝着圆心走去。他的背上背着发凉的妻子的尸体，怀里还绑着一个小小的，双眼紧闭的婴儿。

昨天一整天，整个牧团上下都在为这一年度的葬礼忙活。听说，老族长对今天的葬礼另有安排，上个月一大早，他就派人去执行一项重大任务。到了今天，这黑暗墓场的中央，神圣的祭台已经搭建好啦。

丈夫终于穿过人群，抵至圆心。在那死亡凝聚的中心处，有一具僵硬却保存完好的宇航员的尸体。他的地球人好友没说什么。尸体的近旁有一块坚冰雕刻成的圆盘，中间被凿空，燃烧着无法理解的磷光。那些路途中倒下的同伴，那些采冰时意外失足的男人，那些生育时难产而亡的女人，此时全被摆在环形祭坛上，随着机关一圈圈转动着，像晚宴餐桌上的佳肴。族长嘴里念念有词，一一割下那些死者的长发，交到家属手中。

你看那些人像不像睡着了？丈夫拿着黑黑的长发，对记忆中的妻子说，你看，你像不像睡着了？

是啊，妻子感叹道，死亡就像睡着了。

那些粼粼闪闪的幽光酷似活物的呼吸。族长在祭坛旁念诵悼词的时候，他和宇航员就在边上看着。螺蠃——他们的神祇——此刻感应到血肉的味道，便像野草一样疯长。眼前全是怪异的颜色在舞动，无法用常理揣度的色彩一下子氤氲起来。斑斓的水蒸气顺着死人的眼角、耳蜗、鼻孔、嘴巴向内延伸，孢子侵蚀内脏和大脑的声音像情人脖子上暧昧的吮吸。那声音倏然停了下来。所有的死者抽动了一下，密密麻麻的菌丝体从尸体下方没出，在环形祭坛中央构出一座精美的生命之塔——DNA 分了双螺旋结构，主链平行向上，碱基对闪闪发光。

"求祢借着祢的圣神的改变，使这些真菌成为祢的意志流淌的宝贵圣血。我们的遗蜕是祢生长的土壤，当血肉的层次向腐殖质转化，祢的圣体也将成为分享的食粮。因为祢的肉，是真实之肉。因为祢的血，是真实之血。分开而永不分裂，享用而永不耗尽，却使享用者得以成圣。哀伤弥散，悲恸止息，痛苦的日子终将远去。愿逝者长存，莫失莫忘。"

族长结束了漫长的祷告。到春天的时候，这座小小的生命之塔会长到十米高。届时，族里的女人们会带着黑发编织的箩筐，到这下面来，采摘从尸体上长出的新鲜的菌菇。

接下来是人们表示哀悼的时间，任何人都可上前说话。丈夫实在是太悲伤了，坚持要让宇航员替他说些什么，后者便走上前去了，念诵一段荣格的《向死者的七次布道》："各位听着：我从一开始就觉得世界是虚无的。虚无就是充满。在一个无穷的宇宙内，充满并非胜过虚无。虚无是空虚和充满。你可以就虚无再说些别的什么，比如，说它是白色的或黑色的，你也可再说一句，说它是或不是。无穷和永恒的事物是没有质料的，因为它包含了所有的质料。我们就把这种虚无性和充满性称之为普累若麻。在那里，思索和存在均已停顿，因为永恒和无穷并不包含质料，其中并无存在。倘若有存在的话，他就会有别于普累若麻，并因此拥有了质料。正是这些质料，会使他与普累若麻相区别，而变成别的什么。在普累若麻中，空无一物又万物皆有。思索普累若麻终将一事无成，因为这是一种自我瓦解——"

宇航员说到一半就停了下来，台下的听众纷纷投来好奇的目光。

可他说不下去了。宇航员捂着嘴巴冲下祭台，消失在人群中。丈夫找到他时，这个地球人正躲在熔岩管道中最偏远的角落里，倘若不是痛苦的呕吐声暴露了他，想必要被找到又得费很大一番功夫吧。

丈夫走了过去，拍了拍对方的后背。"怎么啦？"

宇航员喘着粗气说："没怎么。"

"害怕吗？"

"为什么害怕？"

"你跟我说过很多地球上的事，其中印象最深刻的就是你们避讳死亡。螺蠃是从我们的尸体上长出来的，也许你会接受不了这样的现实吧？一直以来，我都不敢告知你此事，就是怕你得知真相后就不愿意吃它啦。那是绝对不成的嘛！人要吃饭，要活着，就要做出牺牲，就要有所退让。如果你要怪，那就怪我好了。但我们是朋友嘛，我是不会看着你死去的。"

宇航员摇了摇头。"我不是害怕。这是你们的文化，这是你们的社会，我能理解，也能接受。为了生存，你们建立起一套行之有效的规则，我无意破坏它。"

"那你到底怎么啦？"

"因为悲伤。我是因为悲伤过度才呕吐的。"

"为什么而悲伤？"

宇航员抬眼看向四周，看见四下一片阒然，茫茫黑暗中唯有点点微光在闪耀。然后他说："一切。我是为了这一切而悲伤。在我来的地方，人类做出了决定，早在好多年前就派了一批人尝试登陆火星。

来自地球的飞船在着陆时发生故障而意外坠毁啦。我们从此与那些先驱者失去了联系。我是奉命来寻找他们的。来之前，其实也没抱太大希望，以为他们都已经死了。可是，我刚才就在那祭坛边看到了他。不管他是谁，总归是他们中的一个。族长在举行葬礼的时候，蟤蠃汲取尸体的营养构建了生命之塔。我看得清清楚楚，那是人类的 DNA 分子双螺旋结构，尽管碱基对存在被改造过的痕迹，但绝不会差。"

丈夫惶惑不解地看着宇航员，等着他继续说下去。

"你是我们中的一员。"这个地球人说，"你们是那些先驱者的后代。我以为，那些人并未在坠毁事故中死去，反而活了下来。也许这一天就像沙尘暴来的那一天，他们躲到了地下，不知怎的，找到了冰封的蟤蠃。这种神奇的真菌，含有一定的辐射，也许就是用这样的方式改造了他们的基因吧。先驱者耗尽一切资源，为了活下来所付出的努力让后人难以想象。他们的寿命成倍缩短，身体结构为了适应这里的气压也发生了变化。我觉得他们不像是活着，更像是依靠那种真菌活着。这是一种相互寄生的关系。不，更准确地说，是自然界中的互利共生，就像小丑鱼与海葵，人体和他们的肠道菌群。"

"我们和你们是一类？"丈夫叫道，"可是，你要如何证明呀！"

"我们的语言相通。"宇航员说，"你们族长的藏书，也许就是当年那批先驱者带来的书籍。"

"那么，他一定知道什么。"

"也许吧。"

"可他却没告诉我们！"

“或许是为了你们好？”

“但族规不允许螟蛉撒谎呀！”

这时从那遥远的熔岩管道深处，传来了引擎点火的声音。

丈夫和宇航员一路狂奔，来到了飞船坠毁的那个洞口。一群螟蛉围堵在那儿。人们七嘴八舌，手搭凉棚，向轰鸣不断的飞船仰望。

“发生什么啦？发生什么啦？”丈夫抓着其中一个同胞的肩膀，大声问道。

那人茫然无措地看着他，同样大声地喊道：“族长走啦！族长不要我们啦！族长飞到他平日里一直看的星星那儿去啦！”

“你说什么？”引擎声很吵，他什么也听不到。

又有一个人插了进来，拉过一个年轻人。“来，说，说啊，你自己和大家说说，族长都让你干什么去了呀！”

那年轻人说：“我上个月接到族长的命令，到附近收集材料，不仅是搭建祭台，实际上还去帮他修飞船啦！”

飞船轰鸣，地面震颤，向上拖曳出一道完美的焰尾。

结束啦！一切都结束啦！这一切都结束啦！地球来的朋友，我的同胞，你再也回不去啦！丈夫看着宇航员注视着头顶的苍穹，眼中有一道失落的光。会不会有这么一种可能，最初的那一批先驱者当中还有人活着呢？族长是一个消瘦而憔悴的老人，脸上永远布满黄褐斑，这是智慧的象征，没人知道他究竟活了多久。

宇航员喃喃道：“他想回家。他只是想回家……”

“为什么不带上我们？为什么不带上我们呀？”丈夫大喊道。

"也许他以为献祭仪式可以分散螺蠃的注意力。"

"他抛弃了我们！他抛弃了所有的螟蛉！"

"我明白你的意思。"宇航员说，"但他就是要回去。他只是想回去，看了这么多年星星，就是为了要回去。"

然而，没有任何预兆，空气中、墙壁上，全都蒙上了一股湿冷的恶魔般的色彩。那颜色像水面上漂浮的油光，燃烧着邪恶的可怖的磷火，无法用言语形容，只是如此简单地凌驾在一切之上。那丑恶的、冷冰冰的色彩向喷泉一样，从井口般的天坑向着苍穹喷发。神是一股无形的洪流，狂乱地挥舞着丑恶却虚幻的触手，在稀薄的云层中留下了一个狰狞的空洞。

有什么东西从洞里掉了下来。

族长死了，除非他能逃过第二次坠毁。

星之彩像银河一样倾泻下来。

螺蠃禁锢一切，不让任何人离开，丈夫心里头想啊，火星上存在的这种真菌，也许不是这种邪恶的本体，但它的恶意足够强大，像一个冰冷的牢笼，让一切生命堕入孤绝的领域。它是一种来自外层空间的色彩，来自超越一切事物之外的遥远宇宙，那无形无质的领域所派来的恐怖使者。它们的存在为我们揭露了存在于黑色宇宙深处的疯狂，那不经意间透露出的恶意足以令我们的大脑眩晕、四肢麻木。回去的路上，他对宇航员说："之前，你问过我那个问题，问我如果是你，我会怎么办。那时我还拥有一切，无法想象失去她会是什么样。我拥有我的妻子，就拥有一切呀。可事到如今，我已经什么都没有啦！我已经什么都没有了，除了记忆。如今我拥有的只是记忆。可你的妻子还活着呐。朋友，所以你问我吧！你问问我呀！怎么样都好，如果你再问我一遍那个问题，我一定会给你一个肯定的答案啊。"

"好吧，"宇航员问，"如果你是我的话，你会怎么做呢？"

"我会在春天到来的时候修好飞船，冒着生命危险再试一次。"

"为了什么？祂不会让我们离开的。这难道不是一种徒劳吗？"

"为了家。"丈夫说，"还有爱。这永远不会是一种徒劳。"

打　赌

　　舰队进入柯伊伯带时是悄无声息的，直到飞过木星，我们才发现这位不速之客的踪迹。我第三次见到 X 先生，他把一堆弹珠平铺在地上，向我展示这些年来他赢得的战利品。那是很多年后的事了。然而，事情最初以怎样一种态势发生，鲜有人愿意回忆。我只记得，舰队降临时，十二月的正午，天一下子就黑了，再没亮过。黑暗封锁地球的那一天，我还是个孩子，当时在楼下玩耍。爸爸冲了过来，猛地把我拽进屋。他把我抱在怀里，我们一家人躲在墙角。

　　爸爸说："准是核战争爆发了。尘埃云什么的出现了，所以天才这么黑。"

　　妈妈说："如果是那样，我们就不应该出去。外面全是辐射，出去就会死。可外面都是人。"

　　两人争吵起来，在黑暗中，就为了这么点儿鸡毛蒜皮的小事。他们俩总是吵架，我已经习惯了。为此，我也有自己的撒手锏。没有人在看我，所以我哭了起来。这一哭，爸爸和妈妈就不吵了，一个说要给我做好吃的，一个说要带我去新开的动物园。爸爸总是胡乱允诺，他用这招哄骗我，使我高兴得咽下了眼泪。后来，经由居委会的解释，我们仨这才知道，原来是地外文明造访地球，它们用一面坚不可摧的膜包住我们，却什么也不做。

我们暂时是安全的，只是从那以后，天气变得很冷，好多植物枯萎了，我们只得在温室里种植变种作物，用合成光源帮助森林进行光合作用。爸爸经常在温室里劳作。有时和母亲吵架，在温室里一待就是一整天。偶尔地，我去看他。他会抱着我，点上一支蜡烛，一起回忆阳光还在的日子。小的时候，我很喜欢停电。因为那样爸爸就会抱着我讲故事。在烛光中，我们的影子映在墙上，歪歪扭扭。爸爸的声音絮絮叨叨的，衬着扭曲的影子，令人害怕。

"黑暗真的降临了。"爸爸说，"我们的日子过得很苦，你妈妈和我经常吵架。"

人们再度写起了信，因为网络瘫痪了，电视上飘满雪片，我们又回到了信息落后的中世纪。电话勉强还能使用，但信号打在膜上反射回来，有很多杂音。拨给张三的电话，李四、王五、赵六都可以听到。通话时刻被窃听，不再具备私密性，由此我们组成了匿名的电话网络，人们在上面畅所欲言。偶尔，会有人收到一些含糊不清的梦呓，说的是某种未被破译的语言，人们一句也听不懂。

一天，我拿起电话，听见有人在里面说："黑暗进入太阳系，是为了夺走我们的光明，它以此为乐。"

"这话不假。"另一个人说，"但它拜访我们，一定有什么目的。"

这时，在纷乱嘈杂的背景音中，我听见有人说："天空中的那片黑暗，来自银河之外，一个名叫时钟座超星系团的地方，最靠近我们的部分也有 7 亿光年的距离。"

"你怎么知道？"

"我们来个赌吧。"

"什么？"大家异口同声问道。

电话突然断了，只剩下噼里啪啦的杂音。在这片白噪音的海洋中，我抓着话筒，走到门口，迅速朝卧室瞅了一眼。妈妈从里面走了出来，呢喃道："电话怎么断了？"我赶忙放下电话，假装写作业。

妈妈走了过来。

"饭快煮好了，叫你爸过来吃饭。"

妈妈进了厨房，里面响起锅碗瓢盆声。

我上了楼，去了公寓的天台。爸爸不在那儿。温室里只有一个男人在工作，其他人都回家吃饭了。他见我独自在麦田中转悠，便唤住我，问我找谁。

我说："你看见我爸爸了吗？"

他笑道："我怎么知道你爸爸是谁。"

这个男人长得陌生，我之前从未见过。在温室的紫外线灯光下，他的脸朦胧不清，好似面具。我感到害怕，没理他，又找了一圈。爸爸不在这里。他存放农具的地方，桌子上摆着一部电话。我想刚才他也在电话网络里偷听，也许还参与了发言。但电话已经断了，话筒垂落在半空中，爸爸不见踪影。

那个男人跟了过来。在灯光的影响下，染紫的嘴唇显得诡异。

"还没找到你的爸爸吗？"

我说："也许他自己先回去了。"

"我看未必。"他问，"想去我那儿看看吗？"

男人递给我一张很老式的名片，上面写着他的身份：X 先生，一名玩具商人。无疑，对一个孩子来说，"玩具"二字是极为诱人的，远胜世间一切。但前不久，我因为乱买玩具被妈妈揍了一顿，此刻实在有些后怕。

"我得去找爸爸。"我说，"他和我约好要一起去动物园。"

X 先生笑了。

"那么，让我们来打个赌吧。"他说，"我赌你迟早有一天，还会来找我。"

我不理他，跑开了。回到家中，爸爸不在。他消失了，从此再没回来过。我恨他。妈妈为此哭了好几天。

我再次见到 X 先生，已是一年后的事了。当时，他已是家喻户晓的名人。全世界没有一个人不想对付他，也没有一个人不想从他那儿得到什么。

有一次，我拿起话筒，听见人们正在讨论他。

有个听起来像是政府职员的人说："由于 X 先生让地球不见天日的邪恶行径，各国政府已多次组织人手，对他进行暗杀，以期望让地球重见光明。暗杀的结果呢，也的确成功了。然而，X 先生还是活蹦乱跳的，他的万千化身出现在地球的各个角落。我们猜测这些都是他的克隆体。"

X 先生喜欢和人类打赌，他将我们玩弄于股掌之中，仿佛逗弄猎物。要问 X 先生为什么这么做，没人知道缘由。政府不是没尝试过用核弹轰击黑暗，但天空中的膜坚不可摧。到头来，这个世界上的每个人都明白，X 先生是摩菲斯特，我们是浮士德，要是想让地球重见光明，便必须遵守游戏规则，押上与之相匹配的赌注。X 先生把他从别的高等文明那里得来的东西统称作玩具，我们却将其视作技术突破的罗塞塔石碑。要是有人赌赢了，他会把这些东西奖励给我们。于是，我们不计个人幸福，赌上工作、家庭乃至生命，从他那里赢来了取之不竭的能源、行之有效的癌症疗法。我们后来甚至解决了粮食危机。但伴随着 X 先生的出现，往往是大面积的人的失踪。

妈妈说："你是在温室里遇见 X 先生的，而你爸是在那儿消失的，说明他也参与了赌局。别恨他，他一定是想要为你赢得光明，才那么做的。"

我们的日子过得原本就很苦。爸爸走后，更是雪上加霜。为了供我读书，妈妈不得不干两份活儿。除去流水线上组装零件外，她也会去温室，一个人挑水、施肥、检查设备，照顾我们家的那块菜地。起先，我经常看见她的手在抖，显然是力有未逮吧，后来却也渐渐习惯了这种高强度的工作。我的母亲便这样挑起了家庭的重担，用她瘦弱的肩膀，为我撑出一片天地。她每天回到家里都已经快十二点了。若是看我还没睡觉，便骂我。于是我通常早早关了灯，躺在床上，听到外面传来开门的声音，这才放下心来，安然入睡。

我想赢回父亲。可怕的是，我所拥有的那些有关父亲的记忆，正在一点一点消失。X 先生说得一点儿都不错，这期间我一直在找他。但妈妈不允许我拿自己的生命冒险。一天晚上，趁母亲在外工作，我拿起话筒，想从电话网络里打听点儿消息。这时，从话筒里传来了熟悉的声音。

X 先生说："我们打个赌吧。"

电话又一次断了。放在我房间里的那张名片，忽地亮了起来。它指引着我上了楼，赶往温室。天很冷。外面下着小雨。寒风凛冽如刀割，室内却很温暖。这里一片紫茫茫的，里外温差使棚顶的玻璃结了一层薄霜。雨水从天而降，打在上面，冲刷出无数条悲伤的河流。在金黄色的麦田里，X 先生就站在那儿，他的五官在紫外灯的探照灯下，一如既往的朦胧，像是画上去的。温室里还有其他男人，但似乎只有我才能看到 X 先生。他一见到我，便流露出一副"你看，我就知道你会来找我"的表情。

我说："我当时才没和你打赌呢。"

"还没找到你的爸爸吗？" X 先生问。

"还没有。"我说，"你把那些失踪的人都藏哪儿去了？"

X 先生笑了。

"我没把他们藏起来。"他说，"你看起来长大了不少。要去我那儿看看吗？"

我摇了摇头。

"妈妈会担心的。"

"她不会担心。"

我又说道："要是我消失了，她会伤心的。"

"不，她不会。"X 先生说，"因为她什么都不知道。"

雨声消失了。这时我发现，打在棚顶、冲刷薄霜的雨水，永远停在当下那一瞬间。附近的男人正在辛勤工作，高高举起的锄头再没落下。地球上一切事物的存在状态似被冻结。我看见 X 先生像魔术师一样挥了挥手，紫外灯消失了，麦田、农具、房屋也都弥散成空。世界像漆黑的舞台布景，而我们这些落幕后的演员，在黑暗中漂流，没有参照系，不知道自己的位置。结果我们总是迷茫。于是我让实际的时间在脑部流逝，醒过来时正躺在床上，等待母亲回家开门的声音。然而，从刚才到现在，中间究竟过去了几个世纪，我并不知晓。也许这数个世纪就如一瞬，只有残存的记忆仍提醒着我，在静止的时间中，自己可是接受了 X 先生的邀请，参观了他的藏品。时间的跳跃性让我迷糊，这会儿还有些云里雾里，但渐渐能勾勒出初次拜访那片未知之地的惊讶。

那是一个非同寻常的房间，布置得像我们人类的图书馆。如今回忆起来，那里的重力似乎是靠自旋产生的。因为天花板既是地板，也是墙壁。十一座巨大的书架在各自的平面上向这个空间的中心各自生长。书架是用一种黑色的珍贵木料做的，能散发出阵阵清香。X 先生在架子上摆了宇宙名著和各大星系的百科全书。我抽出其中一本，一个字也不识。

我们进入下一个房间，这里全是镜子。X 先生把房间的十一面墙上都改造成镜面，由此他创造了无限，空间的延展性仿佛没有尽头。我的形象在反复映现中得到拓展。因而我可以看到自己的后脑勺、背影、颅顶的涡旋，并以此还原"我"作为一个人类完完全全的存在。第一面镜子在我的脚下，阐述的是我的初生，那一团柔软的东西，幼小而无辜，像某种蜷曲的虫子。越到后面，镜子映射的越是复杂。我头顶的那面镜子，讲述的是我的死亡：一个形容枯槁、浑身发臭的老人，在病床上孤独地等死。

"其实有多人来过这里。"X 先生说，"他们中不少都是抱着对人类命运的担忧而来的。不过一看到这些镜子，他们就释然了。"

我懵懵懂懂地看着他。

"因为他们能看到自然衰老，"他解释道，"就证明人类短期内不会灭亡。可我的时间并不是以年来数算的，而是以每一次灭绝作为单位。宇宙是一张死亡编织的大网，银河系只在其中一条流苏上。"

X 先生向我展示的第一件奇巧玩具，就是这个草间弥生般的无限镜屋。灯一关掉，镜中的血肉就消失了。最近的"我"，也就是当下的那个他，是一具莹白的发育中的骷髅，在黑暗中散发着淡淡的微光。在这个骷髅男孩的四周，一些云朵般的气泡冒了出来，里面写满了我内心的想法，像漫画里的对话框。

这个"我"大声喊道："这没什么的，我一点儿也不害怕。"

从这面镜子数起，第九个"我"似乎离死不远，他躺在脏兮兮的手术台上，一群人正围着他鼓捣着什么。可以看出，他们没给他打麻药，但他却好像感受不到痛。气泡框里一片空白。什么也没有，意味着他什么也不想。这让我有些害怕。一个人怎么可以什么也不想呢？我为什么会变成这样？

我对 X 先生说："我们离开这里吧，我不想继续在这儿待了。"

"那我带你去见识我的下一件玩具。"他说。

"可以带我去找爸爸吗？"

"这件事待会儿再说。"X 先生应道，"我先带你去一个地方。"

我们去了一个像是棋室的空间，这里发生着无数场博弈。无数个男人、女人、少年和老人，在地上盘膝而坐，对面都坐着一个相貌如出一辙的 X 先生。他们是地球上失踪的人类，是赌局中的失败者，但自由绝不受到限制。有的人来这里，是为了解除黑暗舰队的封锁。有的人却是为了技术进步。无论是伟大的还是自私的，我想，这就像某种神秘而古老的献祭仪式。人们将自我献给了未知，把生命推入深渊，换来的是文明的一次又一次飞跃。我在人群中搜寻父亲的踪迹，但没找到。这儿坐着的人如此之多，以致我的举措无异于大海捞针，徒劳无功。

X 先生说："正如我之前所说，我没把他们藏起来。是他们自己不肯离开的。人们自愿留在这里，是因为他们在打赌中失去了重要之物，便不甘心。"

我问："人们为什么要和你打赌呢？"

"人们打赌一开始是为了赢回光明，"X 先生说，"却在黑暗中越陷越深。他们赌上了家庭，赌上了幸福，赌上了生命，他们也失去了家庭，失去了幸福，失去了一切。"

"你又为什么要和人们打赌？"

"因为我经常感到饥饿。"他回答道，"我的本体是一种纯能态生命，以碳基生命的喜怒哀乐为食。如你所见，真正的我在星海深空中沉睡，面前的这个人对我来说只是一副躯壳、一座房子、一个累赘、一种对话形式。"

我们去了下一个房间。这儿有一排架子，上面摆着锡兵、手办和怪物。X 先生在底座上贴了标签。我这才知道，原来它们都曾是茫茫星空中的活物，在对赌中失去了自由，被这个神秘的玩具商人制成了标本。生命是一种赌注，这些锡兵、玩偶、手办和怪物是所有赌徒的结局。不过他们并没有死。X 先生说，当一个人再没什么可以失去时，就剩下自己的生命。它们被拘押在这里，时间在它们的身上停止流动了，这里是世间一切死亡的终点。宇宙是一片网罟，生命是漏网之鱼。要想得到什么，你就得付出什么，不可能每次成功全凭侥幸。

"那他们的灵魂呢？"

"在我体内呢，成了我的一部分。"X 先生笑道，"我吃了它们。它们也就成为我。我的每一个决策都由曾经被我吸收的意识所驱动。我的存在是如此丰沛，而内心的空洞是如此浩瀚。由于内部有太多张饥饿的嘴，便只剩下一种本能，那就是想要无止尽地填补空虚的愿望。"

我在这堆藏品中寻找父亲，同样没找到。

"你也吃了我的父亲吗？"

他说："没有。"

"那他去了哪里呢？"

X先生反问道："为什么这么执着于寻找你的父亲呢？"

"为什么不呢？"我感到奇怪。

"在我的世界观里，是没有家庭这种观念的。"他说，"我们的文明始于一次意外，从诞生之初，就相互吞食，并以此壮大自己。当我们完成了原初星球上的所有融合，便踏向星空。我遇到的第一个星球，是一颗沙漠行星。人们生活在地下，由于地表环境极其恶劣，只能靠干净的地下水生活。对于我的到来，他们欣然接受，拥抱自我，并狂热地相信是我解放了他们。"

"难道就没有遇到过抵抗吗？"

"当然有。那时我就用一个个赌局征服他们，让他们见识到自身的局限性。"X先生指着架子上一种相貌丑陋的类人生物，它看起来光溜溜的，有四只手臂，浑身皆是灰色。"这是一种名叫嚖嗒的生物，当然是音译。他们是我迄今为止遇见的最强大的文明，在物质与精神、法律和道德层面看起来似乎完美无缺。那是我唯一一次失败，所有克隆体被悉数消灭。然而，当我吸收了足够多的文明，再回来看它，便超脱了原先的局限。这个看似完美的文明，实际上是如此脆弱。他们的光鲜亮丽只是道貌岸然的外衣，而这世间没有无缺之物，为此我才不得不一次又一次踏上旅程，用外界能量补益自身。"

换句话说，这些都是X先生的战利品。

摆在这架子上的锡兵、手办和怪物，都曾真实存在，如今成了他的一部分。我甚至在其中看到了恐龙，找到了地球五次大灭绝的证据。这些栩栩如生的实例，无一不证明，在遥远的人类远未诞生的时代，X 先生曾拜访过我们的家园，收纳了上面的居民。从拉尼亚凯亚超星系团到宇宙的每一个角落，X 先生的足迹无所不在。

"每一种文明都是我的过去。"他说，"所有这些收藏，这些被制成标本的生命，这些宇宙深空中悄然消失的物种，都是为了纪念我的过去。"

"可是，你不会感到孤独吗？"

"我只感到饥饿。"他这样告诉我。

我才不同意 X 先生的说法呢。因为照他所说，即便他是一，也是众，自我可以向内无限拓展，也仍改变不了他本质上仍是一个人上路的事实。这个道理是我后来的日子才想出来的。X 先生缺乏同理心，只有对宇宙的好奇心和对内在自我的无穷探究欲。他是一种不断进化的共性，却缺乏对差异性的认知。真可悲，这样一种存在看似完美无缺，其对精神领域的极致探索，却忽略了普适的态度体验，也就是生命的情感。

X 先生似乎看出了我在想什么，或者，准确地说，预见了未来的我的想法。

他说："时间会吞噬你的记忆，你所谓的情感什么也不是。如果你留意，便会发现时间过得越久，有关父亲的记忆便越是模糊。你的生活越是丰富，越是如此。所以，让我们来打个赌吧，二十年后，如果你还记得自己的父亲，我便告诉你他去了哪儿。"

"你能帮我找回他？"

"这取决于你。"

"如果连你也找不到呢？"

"我可以帮你克隆一个。"

X 先生允诺我，当我回到现世的生活，便会满足我的一切愿望。因为他笃定，一个人的生活越是安逸，便越容易在幸福中沉沦。他希望通过我证明，人类引以为傲的情感，只在当下发生的那一瞬最为强烈，即使是失去，往后的日子也会淡忘，时间可以疗愈一切，包括悲伤。X 先生问我想要什么。我说，除了让爸爸回来之外，我只希望妈妈不要那么辛苦，生活可以轻松点儿。为此，他无偿向我提供一份数字文件，里面是一项为世界带来光明的技术——在黑暗无光的日子里，一种可用作白天照明的小型人造天体，为黑暗中的地球带来光和热。

"它会为你带来财富，"X 先生说，"也会为你带来名望。这项技术来源于室女座超星系团一颗早已湮灭在历史中的星球，现在那个星球上的一切生命都成了我的一部分。他们愿意给你这项技术，以验证我的说法。"

我们的赌约就此成立。

十二点的时候，妈妈回来了。我跟她说起 X 先生。她忧心忡忡地看着我。我兴奋地告诉她，只要我能坚持二十年不忘掉爸爸，他就可以回来。可妈妈却一脸茫然。她似乎意识到什么，想了许久，这才问我："你的爸爸是谁？"

我感到心寒。

她又继续说道："我不记得是和谁一起生下的你了。"

于是我知道，X 先生说得没错，时间已经开始吞噬我们的记忆了。也许全世界，只有我一个人，还记得消失的父亲是谁。当天晚上，母亲回自己的房间后，我打开台灯，坐在书桌前，开始写回忆录。我要以文字的方式记下父亲的存在，哪怕他失踪了，也绝不会从我的世界里消失。

二十年后，我已忘记父亲的模样，对他的记忆大多只停留在纸面上。从这本回忆录中，我看见的是一个孩子的坚守，到后来已完全成为一种执念。如果不去看它，我甚至想不起自己的初衷。然而，这些年来，我在写回忆录的同时，也把它背得滚瓜烂熟。我记得父亲小时候如何与我做游戏，也记得我们一起去游乐园玩耍的时光。我同样还记得，我们总是扮演科学家和机器人，要么他是科学家，要么我是，我们会命令对方原地踏步走，向左转，向后转，抬手，起跳，稍息。我是如此明晰地记得这一切，然而记忆中的形象是扁平的，没有画面和声音的支撑，只有死记硬背的文字。我想不起他的脸了，也记不起他的声音。我日复一日朗读着那些由儿时的自己写下的段落，却总感到那好像是别人写的，童年的生活陌生得属于另一个人。

12 月 5 日，是我和 X 先生约好的日子。

那天，我起了个大早，开车回母亲家。妻子与我同行。一路上，她见我如此兴奋，却不知缘由，只跟着一起笑了。我从未告诉过她有关父亲的事，也从未向她提起我和 X 先生的赌局。这样说可能有些不负责任，但与她在一起这件事，我下了很大决心，却唯独没有坦白的勇气。毕竟，我是一个走钢丝的人，若是打赌失败，便会失去自我。快到母亲家的时候，我终于有机会向她提起儿时的遭遇。妻子只是笑了笑，什么也没说。车在母亲的楼下停靠时，她突然抓住我的手，对我说："我怀孕了。"

那一刻，我只感到庆幸。少不更事。幼小的我与一个未知的存在打赌，是多么荒唐。若非回忆录中的文字将我解救，冷不丁便会陷入痛苦和后悔的漩涡。这使我更加笃定。有关情感，我的观点是对的。即使我们免不了要将过去遗忘，但情感仍是一种动机，促成一切，它使得过去向未来转化，自我长成一棵参天大树。所谓 X 先生的存在本身，难道不就是一个别样的大家庭吗？各个文明加入他，成为这个整体的一部分，所以他才不感到孤独。奇怪的是，我竟期待着和 X 先生见面。我迫不及待想和他分享这一观点。似乎他才是一切的答案，是我短暂人生的见证人。

妈妈已知晓我的来意。她带上一把折叠椅，领我去了天台。妻子和她陪了我一会儿，之后便下了楼。两人坐在温暖的室内聊些家常，而我独自一人，坐在天台上等待 X 先生。温室已经弃置多年。打从天上有了小型人造天体，它便被荒废，妈妈也不用那么辛苦。我坐在椅子上，在寒风中等了一天。X 先生没来。我想他一定是出什么事了。那天，我在天台上一直待到午夜十二点，任谁劝说也不肯下楼。

后来，我离开了。往后余生都在等待。在接下去每一天里的无数个日日夜夜里，我都在等待 X 先生上门。他从没来拜访我。直到九十岁，我躺在手术台上，接受器官移植时，才想起这一幕曾在哪里见过。

于是，我看见了过去，正如过去的我在镜中看见未来。两个时空在此重逢。我的脑海里空空如也，什么也不想。我看见，曾经那个寻找父亲的孩子，站在手术台的无影灯下望着我。他说："这没什么的，我一点儿也不害怕。"我笑了起来。他好奇地看着我，问道："你不会痛吗？"痛啊，当然痛，每个人都让别人感到疼痛，每个存在都会给其他存在带来痛苦。"哪里痛呢？"他问道。我指了指自己的心脏。其实，活到这个年纪，我已感受不到痛。早些年，母亲无疾而终，我痛哭流涕。但到了去年，妻子撒手人寰，我却已能平静接受。因为对于已经发生的事，人只能接受。人都是要死的，这是注定的，虽然还没发生，却已是既定的事实。人只能接受这一切。如果人要死，我们的目标、理想、心情和想法、记忆和情感，都迟早要瓦解。当态度体验的主体消亡后，这些体验也是过眼云烟。快不快乐无所谓，痛不痛苦不重要，从某种意义上，我已经完全不在乎自己会怎么样了，我对自我抱有某种程度的漠不关心。

手术结束后，休养期一过，我便出了医院。出来第一件事就是买花。在母亲和妻子安眠的墓园里，我把花放下，向那两块冰冷的石碑述说自己的思念之情。挨着她们两人的坟丘的地方，是一块小小的石碑，里面躺着我的孩子。我还记得当初妻子怀孕时是多么开心，也记得当初流产时，她脸上的表情是多么悲恸欲绝。人的边界弥散。这是我第一次见到死亡在生者的脸上蒙上阴影，犹如黑暗远未降临的日子，太阳穿透树梢，投下影子，她的五官在光与影的边缘显得模糊、破碎。我感到揪心。时隔多年，我又一次在她们面前哭了起来。如今陪伴我的只有这大大小小的墓碑。X 先生从远处走来，耐心等待着我收拾好情绪。

"现在，你还觉得，情感至关重要吗？"

我点了点头。

他接着说："根据我对人类的研究，人受伤了总是要逃避，暴露伤口似乎是一件很羞耻的事，但有时候，人又依凭着一份倾诉欲，好像忘记了羞耻心，只想找个对象埋怨个痛快，我不知道这样矛盾的情感有什么意义。"

"它会加速我的愈合。"我应道。

我们又回到了那个房间——X 先生的玩具屋。这里有十一面镜子。我的脚下是我的新生，我的头顶是我的死亡。我突然觉得，我们所有人都是踏着过去，走向未来，扎根于母亲的生命，对自我的死亡顶礼。我们冲破自我的桎梏，到头来什么也不是，只是一场空。事到如今，我已不在乎他的答案了。X 先生来得太迟。倘若知道我父亲的下落，他的年纪也不足以支撑到我再次与他相遇。

我说："我已经很老了，但我还记得自己的父亲。"

X 先生说很抱歉，因为他被一些事情耽搁了。

我等待着他继续解释下去。

X 先生却转而向我展示起他的战利品。

"弹珠?"我问。

"星球。"他答道。

这些玻璃珠光滑透明,里面自有一片天地。有些裹着星云,有些是温暖的宜居星球。我想象他就是这样罩住我们的世界。要是人类输了,我们就会成为他的一部分,像收集弹珠一般,把我们的地球压缩,纳入玻璃珠中的空间,成为随身携带的一部分,以此来纪念他的过去。

"为什么给我看这个?"

"我失败了。"他说,"我的本体在宇宙中遇到了前所未有的强敌,由此被那个文明囚禁。我是他的克隆体之一,少了他的精神支撑,我们所有的克隆体都被迫陷入沉睡,最近才陆陆续续苏醒。"

我不明白他要说什么。

X 先生说:"你们人类自由了。如果这是你想要的结局的话,你们的运气很好。所有被派遣出去的舰队,都已准备好飞向那个文明,拯救出我们的本体。我们已无力封锁你们的世界,也不会再干扰智人文明的进程。说到底,这个赌局是你赢了。你要是想,我可以告诉你有关你父亲的真相。"

"只有一个问题。"我说。

"你讲。"

"父亲才刚失踪不久,母亲就把他遗忘了。你也影响了她的记忆吗?"

他说:"没有。"

于是，我明白了一个母亲的言不由衷和自欺欺人，她在年幼的孩子面前表现得健忘，只是因为不想让那个孩子伤心。

"恨吗？"他问。

"恨。"我说，"但也想他。"

"我帮你克隆一个，就像我之前说的，如果你愿意的话。"

"不了，谢谢。"我说。不了，不要了，谢谢，不用了，再也不需要真相了。我不要替代品。我们说好要一起去动物园的，可那家新开的动物园在后来已经倒闭了。我从未去过那个地方，也未曾有幸再见我的父亲。不了，谢谢，谢谢，我的父亲没有出意外，他只是离开我们了。我恨他，也思念着他，仅此而已。

于是我向 X 先生请求，即便我们的赌约不再具有效力，也一定要让我加入他们。

"为什么？"他问。

"我在乎的人都死了。"我说，"他们有的是死了，抛下我去了另一个世界，有的只是逃避责任。我没有孩子，没有亲人，没有眷恋的对象，存在的理由。我觉得孤独。现在我渴望成为某个整体的部分，渴望融入一个集体，成为一个大家庭的一员。那种完美的归属感，在迟暮老人的生活中已找不到了。"

我让 X 先生稍等，请他送我回儿时的家。那时已是天明。X 先生在月球上等我。阳光从未如此美好，又如此真实。我又上了天台。迎着霞光，记忆中的阴霾一扫而空。这儿固然到处都是一副荒凉凋敝的景象，但我们一家人一起生活、一起努力过的痕迹，仍留存于弃置的农具、杂草丛生的麦田和字里行间的点点滴滴。我努力想回忆起当初父亲在此工作的身影，但想不起来。我听着附近传来的老歌，可以背诵出自己的经历：小学的时候，坐在爸爸车里听这首歌。因为喜欢，循环了很多遍。那时天还没黑，有太阳，我们一起去了"鬼屋"，去了海边，去了动物园，去了黄金海岸，去了海洋世界。我喜欢"鬼屋"，那里面吓人，但我不怕；我喜欢海边，因为可以和爸爸一起唱歌；我喜欢动物园，有一次摸到了大象的鼻子，像树皮一样粗糙；我喜欢黄金海岸，那里有摩天轮和云霄飞车；我喜欢海洋世界，美人鱼在水里和鲨鱼嬉戏。我们去了很多地方。爸爸开着一辆红色的汽车，妈妈坐在副驾驶位置。我坐在爸爸的怀里摸方向盘，他说要教我开车。我们在一个陌生的地方看烟火，这一晃就是一辈子。

缄默的歌

要紧的不是生活在这些幻觉之中并且为这些幻觉而生活，而是在我们的记忆中寻找失去的乐园，那唯一真实的乐园。

——（法）马塞尔·普鲁斯特

一

2176 年 9 月 12 日，飓风过境之后，黑色的海水卷着灰色的浪花灌入内港地区，当潮水消退，成千上万的臭鱼烂虾被无情的海抛弃，银色的鲭鱼和沙丁鱼奄奄一息，不得不翕动鱼鳃、颤抖鱼鳞，仿佛用尽全力试图从空气中汲取点微乎其微的水分子。

巴尔的摩东部的港区毗邻低收入家庭住宅区，这儿与巴尔的摩西均为毒枭聚集和毒品交易的主要地点，一切几乎都是滞涩的、发涨的、被刻意忽略的——年久失修的马路崎岖不平、坑坑洼洼，闪烁着蓝色灯光的监控摄像头随处可见却时常故障，失业率居高不下，抢劫与谋杀案频发——因此，当码头的船运公司置身事外，毫无作为，空气中弥漫着的腥臭味和腐败味便在日复一日的积聚中酝酿且发酵，直至数天过去，这可怕的令人头晕目眩近乎窒息的臭气终被引爆，并顺着风向扩散至更远的校区和富人区。

自那时起，投诉电话不断，但同样的投诉电话从不同人手中拨出的效果是不一样的。市政府终于舍得派人清理飓风带来的鱼虾尸体了，受雇清理街道的杂工一边拿着微薄的薪水，一边在巷子深处向毒贩们购买大麻和可卡因。

休·威尔比出院那天，日光惨淡，天色阴郁，苍白的阳光衬着空气中的恶臭罩着大地，仿佛死人投出的目光和近在咫尺的呼吸。休站在病房窗口透气，对这种糟糕的气息无比熟悉——他在上一次肃清行动中负了伤，与死神擦肩而过，离死亡最近不过短短几毫米——这是可怖的死的味道，与子弹擦过他的鬓角时散发出的气味相比略有不同，但同样令人胆战心惊。

尸体正是在同一天早上被发现的，死者恰是约翰·霍普金斯大学医学院的学生。清扫大街小巷的廉价劳工在一堆腐臭的鱼虾底下发现了她。那是一具丑恶的腐尸，糜烂的臭气被无处不在的鱼虾腥味掩盖，在湿漉漉的石床上横陈，敞着恶臭的溶解的肚皮，流着污浊的化了脓的尸水，身上还留着些恐怖的暴风雨怒号的痕迹。一些白色的蛆虫从那具臭皮囊的肚皮里钻了出来，像老实巴交的农民，在腐肉上辛勤地开荒。还有一些棕黑色的蟑螂和蚂蚁，成群结队，黑压压一片，在惨白的尸体上爬上爬下，宛如黑色的臭水沟那般流动，在这具膨胀的、泡得发白发软的尸体里愉悦地繁殖。

尸体被发现的那一天早上，休·威尔比刚从梦中醒来，下了病床第一件事就是打开窗户，将巴尔的摩的远景和约翰·霍普金斯湾景医疗中心内来往的医生、护士、病人和家属尽收眼底。住院期间无人探访，他时常这样干，但不是为了欣赏风景，仅是作为一种可有可无的打发时间的手段，让胸腔中的悲哀与孤独如流水一般缓缓淌过心底。

与他同住一个病房的病人是一位沉默的男士，浑身缠着白色的绷带，似乎遭遇了大面积烧伤，昏迷多年，至今不醒，活像一具新鲜的、刚准备下葬的木乃伊。因此，尽管窗外的空气并不美好，但这样的病人安静而沉默，自然不会对休的开窗举动提出任何异议。更何况，医生说那个病人没几天好活了。

不过，那天的情景与往日相比还是有些不一样。当时，空气中飘浮着腐败鱼虾的臭味和城市下水道泛上来的污浊气息，其气味浓烈程度在经过这一周的清理工作之后已大大消减，不如前几日那般刺鼻。

休·威尔比在窗前站了约莫半小时，这半小时内几乎都在发呆，回忆着死亡狂笑着掠过他心底的滋味，偶尔对着病房内昏迷不醒的病人自言自语。在他准备关窗收拾东西，办理出院手续时，一道红蓝交替闪烁的耀光刺破了他的沉思。巴尔的摩警局的警用飞车从天而降，跟在一串救护车后头悄无声息飞入约翰·霍普金斯湾景医疗中心。也许是生怕尖锐的啸叫刺破了医院内部梦一般的宁静，警车未曾拉响警笛，到来时几乎也未引起太多人注意。

有事情发生了。休凭借着警探的直觉，在第一时间从那腐败难闻的空气中嗅到了一丝不寻常的气味。他匆匆收拾好行李，向病房内唯一陪伴他多日却始终昏迷始终不省人事的病友道别，便拎着小小一个行李包下了楼。他的行李不多，包中只塞了一把动能手枪和几件换洗衣物。世人也许并不了解休·威尔比，但巴尔的摩的罪犯和毒枭深刻的明白这个办事效率极高的警探是一个不惜命的疯子。他没有朋友，没有家人，所以从来不惧报复。

医生说他有自毁倾向。作为一个活生生的存在个体，休对死亡现象的迷恋使他下楼的时机掐得极准。他在前台办理手续时，几个乳臭未干的水警组警员恰好抬着尸体担架，一脸嫌恶与晦气地从他身边跑过。担架上盖着一块白布，没有血，没有动静，人已经死透了，休转身盯着白布时正好从晃动的担架侧面瞥见一张苍白的肿胀的布满紫青色尸斑的脸和一双黯淡无光的凄楚大眼。

那张人脸，应在水中泡了许久，以至于完全分辨不出男女。然而，尸斑的扩散已进入浸润期，休·威尔比从那匆匆一瞥中判断出人至少已死了七八天，也可能更久。

"死的人是谁？"休趴在前台的桌子上，右手食指轻轻敲击桌面，左手从兜里掏出自己的证件朝前漫不经心一推。

"约翰·霍普金斯大学的学生。"办事的仿生人依旧挂着迷人而疏远的公式化微笑，完全是一副雷打不动的表情，仿佛天塌下来，这玩意儿也笑容依旧。"我想，应该是飓风来临时不慎跌落水中溺亡。"她说，"我们会负责保管好她的尸体，直至学生家长前来认领。"

"她？"休问道，"你们会进行尸检吗？"

"死者是一名女性。"仿生人说，"我们会检查尸体，但不会在未征得家人同意的情况下就解剖。警探，在您看来，难道这不是一起意外吗？"

休·威尔比摇了摇头。"我可没这么说，只是警探的本能总是让我看到死人就喜欢问个究竟。"他耸了耸肩，收回证件，"替我办理出院手续，再帮我叫一辆出租车，今天该是我离开的日子了。"

十分钟后，休·威尔比拎着行李包走出医疗中心大门，黄色的出租车蜷缩在角落里安静地等候着客人上车。他拉开车门，插入身份卡，先把行李丢进后座，紧接着一屁股坐了进去。"去巴尔的摩警局，"休心不在焉地说，"账单发送至警局报销。"

"当然。"出租车快活地喊道，"警探，请系好后座安全带。如果您对我的服务感到满意，请授权我为您播放一段广告，此次广告产生的收入将拨出 10% 划入慈善基金项目，并为您累积飞行积分……"

休有气无力地点了点头，巴不得出租车赶紧闭嘴。他的脑中回想起那具担架上的尸体，心中疑惑愈盛。这自然不会是一起简单的意外，因为水警组警员送来的尸体并非真正的人类——死者的眼睛与尸斑严重不符，正常人类死亡 2~3 天之后，角膜显著混浊且呈白斑状，瞳孔已不可辨认，但仿生人的眼球只是精妙的玻璃体加上透明的润滑液，死后只是略黯淡些，大体上却与活着的时候无异。

有两种可能——休·威尔比在心中盘算着——第一种，死者生前失明，做过换眼手术，把两只眼睛换成人造义眼；第二种，也是更有可能的一种，即警局似乎不想交出尸体，但这一行为本身的动机却像清晨的浓雾一般扑朔迷离。

出租车正在播放广告，全息球在车厢内绘制出泰隆生物科技的标志。这家太阳系内最大的公司靠开采月球和火星矿产发家，紧接着又将触手迅速伸向各行各业各领域。泰隆生物科技有着一位极具冒险精神的领头人，年轻勃勃，野心十足，真实年纪早已无人知晓，与其外貌不相称，似乎正是靠着一次次的器官更换和线粒体端粒修复手术存活至今。

"萨姆·斯宾塞不是几十年前就去比邻星当一名太空探险家了？"休·威尔比随口评论道，"我记得小时候总听人提过他，人们都说萨姆·斯宾塞征服了太阳系，接着就要征服比邻星系了。"他哂笑一声，咕哝道，"哈！太阳系的王，干什么不好，非得跑去杳无人烟的地方受罪。"

"哦，您没看新闻吗？他从比邻星回来了。"出租车热情洋溢地说道，"大概一个月前，一艘太空拖船在谷神星附近打捞遇难飞船残骸时收到一条求救信息。人们组织搜救队，在柯伊伯带找到了斯宾塞先生。老天，应该是亚光速旅行的原因，他看起来可一点儿也没老！"

"一个月前……"休揉了揉酸涩的眼睛，轻声说，"我应该还在手术台上昏迷不醒。"休移开目光，把视线投向窗外。巴尔的摩的街道上，高楼大厦和建筑群鳞次栉比，像一个个精致的火柴盒排列得错落有致。

站在这样一个更高的角度看，街头流动的人群成了蚂蚁般可有可无的小黑点。略去人，就少了酒鬼、暴徒、毒枭、掮客、罪犯、工人、白领、律师、警察和政客。无论是好的或坏的，无论是有用或是没用的，从某种意义上来讲，对于这城市来说，摩天大楼里的精英和街头流窜的盗贼同样糟糕，收受贿赂的警察也不比挟带毒品的罪犯更好。少了人，略去了人，巴尔的摩看起来光鲜亮丽，几乎使人忘记这里是世界上犯罪最严重、治安最差的城市。

出租车开始下降，一座座高大的装卸桥，一排排整齐的集装箱和一堆堆小山似的散货出现在城市天际线尽头。巴尔的摩警局的总部大楼立于中央片区，邻近内港，空气中飘浮的腥臭味却远不如东部港区那般刺鼻。远处码头上的机器工人正忙着装卸煤炭和铁砂，更遥远的城南天空时不时亮起一道道蓝色光轨——那是往返于地球与各殖民地之间的货运飞船——一条光轨往往尚未消散，另一条就接踵而至，当亮光升入深空，澄澈的郊区天空便布满了泪痕般的云烟轨迹。

出租车在警局总部大楼前停下。休下了车，高空中流通的新鲜空气令他心神一振。他通过楼顶停车场的电梯进了警局。每当电梯下沉一尺，尖叫、呵斥和嘈杂人声便逼近一分。

警局不比医院。在医院里，一切都是安宁、静默的，几乎没有大声喧哗，也无大吼大叫，只是某些时候，病房里偶尔传出几声啜泣、几阵哀号、几道呻吟和几句生离死别的绝望低语。但这里是警局。巴尔的摩的警局里永远少不了警察，更永远少不了罪犯。在警局里，威胁和恐吓是家常便饭，而空气中的污言秽语往往是双向的——既从警察的胸腔和痰液中钻出，也顺着罪犯的唾沫星子流溢。在这个大大的、看似庄严的暴力机关里，冷硬的拳头线条和贲起的肌肉轮廓才是话语的主体。

休在电梯间套上警探风衣，出了那狭窄受限的空间便低着头快步前行，眼神几乎不对上任何一个人，也不与任一个同事或罪犯交流。他是一个局外人，无论是在警察中间，还是罪犯眼中，休·威尔比永远都是一个格格不入的怪胎，无时无刻不坚持着一套古怪却行之有效的办事准则。没有人真的恨他，因此也就没有人真的喜欢他。

在毒品科的工作空间，休有一个小小的独属于自己的位置，正对着主管上校的办公室。由于在医院休养了一个月，休的办公桌因长期没有人使用而积着一层薄薄的灰尘。他唤来角落里的清洁机器，投入一枚硬币，便站在一旁，袖手旁观，看着它一丝不苟地清理桌子。

在等待的时候，负责人员流动和登记备案的阿比盖尔女士端着一杯咖啡经过，又不经意间在他身边驻足。"威尔比，回来了？"她问道。

休点了点头，撸起袖子，插着腰看着清洁机器打扫卫生。他等了半天没等来下文，便抬起头看了阿比盖尔一眼。"有什么事吗？"他语气淡然，却总是带着一股若有若无的悲伤。

"执行副局长要你找他。"阿比盖尔女士压低嗓音，继续说道，"我今天早上在他的办公室门口看到了内务部的宪警和联合国的特派干员，也许是和那个人的到来有关。"她说话时用一只手盖住咖啡杯，防止打扫时激起的尘埃落入她的杯中。

"办公室？"休挑了挑眉，重新放下袖子。

"不，B2 法医中心的停尸间，别跟别人提起。"阿比盖尔女士呵了口气，捧着咖啡杯踱步离去，其动作之流畅、脚步之轻盈仿佛一刻也不曾驻足。

巴尔的摩警局内务部的宪警专司调查警察局内部问题，包括腐败、贪污、受贿、滥用死刑、滥用暴力等等。然而，休·威尔比了解那帮宪警是怎样一批人。如果要说这警局上下有谁比他们更贪，那没有任何一个警察比得上内务部的家伙们。那些惯于皮笑肉不笑的宪警，没有别的伎俩，只是擅长从自己人身上敲竹杠。休从未向那帮人缴过税，但也从未私自受贿，因此也几乎不惹麻烦。这不是宪警出现的理由。莫名其妙的，出现在约翰·霍普金斯湾景医疗中心的尸体在他脑中一闪而过。也许，休·威尔比想，警局的确在隐瞒什么，这才是此事如此神秘兮兮的原因。

地下室灯光晦暗，空气潮湿，呼吸间满溢一股海鲜产品特有的腥臭味。休·威尔比下到 B2 层时，一个扎着马尾、披着暗蓝色风衣的年轻男人正躲在停尸间外抽烟。走道不甚明亮，黯淡的环境全靠停尸房内洒出的微弱灯光点亮。在一大片模糊的阴郁中，他只从黑暗中辨认出男人粗短的五指和忽明忽暗的橙红色烟头。

"休·威尔比。"他在停尸间门口驻足，冲着联合国地球安全局的特派干员点头。凑近了看，他惊艳于男人绝美的五官和闪着妖冶蓝光的眸子。几乎同一时间，他意识到这样貌出众的年轻男人是一个精雕细琢的仿生人。

"迭戈-180。"联合国的仿生人自我介绍道。他一边说着一边掐灭烟头。与常人熄灭香烟的方法不同，迭戈-180没有把香烟丢在地上用脚踩灭，也没有把烟头按在墙上或垃圾桶里，他仅仅用食指和拇指轻轻一捏，便掐灭了那点微弱的红光，而烟头燃烧本身带来的温度似乎从不存在。"进去说，"仿生人平缓而不失礼貌地说道，"我是为一起案子来的。按照流程，内务部的宪警会确保我们之间的谈话在一定的保密前提下公正公开，没有任何隐瞒。"

休·威尔比跟着迭戈-180进了停尸间。彼时，巴尔的摩警局的执行副局长艾登·霍夫曼正绕着一具赤裸的女尸来回打转，角落里坐着内务部的宪警正埋头记录着什么。尸体被海水泡得发涨，几乎完全走了样、变了形，不复生前时的样貌。空气中弥漫着一股可怕的腐臭味，任何一个人若是靠得太近准被熏昏过去。那气味来自女子腐败的尸身、白色皱缩的肌肤、皮革样化的口唇黏膜……

"长官，您找我有事？"休·威尔比移开视线，轻声问道。

霍夫曼点了点头，却把视线望向迭戈-180。"尸检报告刚刚发过来了。"他一手捂住口鼻，另一只手嫌恶地扫了扫面前的空气，"死者口鼻间没有蕈状泡沫，法医没有在气管和支气管发现泥沙，也没有在肺部找到硅藻。"

"那就不是溺亡，而是死后抛尸。"迭戈-180冷静地说。

"但法医没有在死者身体表面找到任何致命伤口。"艾登·霍夫曼皱着眉头补充道，"除此之外，法医还对死者进行了全面检查，却发现死者的颅腔空空荡荡，大脑不翼而飞。我们没有找到任何微创手术的痕迹，一个人的大脑不可能从颅腔中消失却不留痕迹。"

"人死了，大脑却凭空消失……"迭戈-180 沉吟片刻，眼中闪烁着蓝光，"这不是第一起，也许也不会是最后一起。"

"什么意思？"休·威尔比插嘴问道。

迭戈-180 咧了咧嘴，嘴角浮现出一抹意味深长的微笑。"全世界的法医在不同地方对着不同的尸体几乎在同一时间得出了同样的结果，死者的大脑总是那么凭空消失，但死因却总是不明。"

"共时性事件，"休呢喃道。

"地球安全局不认为这是一起全球范围内有预谋有组织的犯罪，但这也绝非偶然的意外事故或巧合。"迭戈-180 继续说道，"威尔比探员，这就是我需要你协助我调查的原因，也是我们为什么没办法把尸体交给死者家属的理由。当我与你谈话的时候，已经有成千上万名迭戈-180 型调查员行走在世界各个角落，我们的侦破工作将同步进行。"

"我在毒品科工作，不负责凶杀案。"休耸了耸肩，目光却瞟向执行副局长。

"可我们需要一个完全清白、值得信任的警探。"迭戈-180 收起笑容，眼光顺着休的视线望向艾登·霍夫曼，"我了解过这里，巴尔的摩的警察黑白通吃，要想找出一个能真正帮上忙的人可不容易，但据我了解，休·威尔比近一个月都在医院度过，我想他是最好的人选。"

艾登·霍夫曼捏着下巴，沉吟片刻。"也许……"他含糊不清地咕哝一声，眼神终于落向休·威尔比。"死者是约翰·霍普金斯大学医学院的学生凯莉·摩尔，我们在牙医诊所找到了对比记录。"艾登问道，"告诉我，休，你看出了什么？"

休·威尔比沉思片刻，顾不得周围人异样的眼光，便戴上口罩和一次性塑胶手套亲自检查起尸体。随着他的轻摸和挤按，泡得发白发软的尸体发出噗噗的气泡声，并缓缓从身下渗出浑浊不清的尸水。空气中的尸臭味更浓了一些，浓烈的恶臭仿佛一记重拳砸得在场所有人头昏脑胀。

尽管体验糟糕，但这并没有什么可怕的——他瞥了一眼脸色难看的宪警和捂着口鼻的艾登·霍夫曼，内心暗暗琢磨——这一切都是死亡带来的自然现象，所有东西都会有衰败凋亡的一天，所有人都会死，都会变成这副模样，包括你们。然后，他又想到这其中也许并不包括神秘而且高高在上的萨姆·斯宾塞，这位泰隆生物科技的话事人似乎永远都是那副模样。你瞧，海量的财富真的能让你买到更长的寿命，击退公平且一视同仁的死亡。萨姆·斯宾塞先生永远不会死，萨姆·斯宾塞将永远地活，像蚂蟥，像蜱虫，把外物转化为惊人的生命力。

女尸有着一头长长的如水草般纷乱的黑发，尸体的头发间还留有一些没清理干净的小鱼和小虾。休·威尔比一边胡思乱想，一边掰开年轻女尸的唇部，仔细观察着死者腥臭的口腔。为了确认身份，法医把死者的牙齿拔走了。有一条黑色的粗线从尸体的腹部贯穿难以辨认的胸部——他意识到，法医对尸体进行过解剖，又重新缝合上了。联想到医院里的那具仿生女尸，他想，家属们也许完全不知认领的是一具伪造的尸体。

"我只能谈谈我的个人见解，"休·威尔比说，"这看法完全发端于我在毒品科工作这么些年的经验。"他摊了摊手，叹了一口气。"约翰·霍普金斯大学医学院周围环境的治安算是比较糟糕的一块儿，那地方时常有毒贩交易和黑帮火拼，我有不少线人就活跃在那一片区域。尽管学校有自己的校警，但实际上，出了校区，尤其是晚上，学生们出门总会在身上备二三十块钱。"

"为什么？"迭戈-180问道。

"瘾君子要嗑药，但又没钱。"休解释道，"这笔钱的金额不会太大，但又足够他们暂时过过瘾。"

"你觉得这事和毒品交易有关？"迭戈-180追问道。

"在没有证据的情况下，一切都是我的个人直觉。"休·威尔比不置可否地说，"但我所有的直觉，都建立在我对巴尔的摩的了解之上。就像个密不透风的酒窖啊——"他瞥了一眼肿胀的年轻女尸，又看了看迭戈-180，"我是说，这座城市，还有这个地方。这里的一切就像一个密封的酒窖，但酒窖内装满的流动的液体既不是酒精，也不是其他可饮用的液体，而是流淌的鲜血、浑浊的罪孽和凝固的暴力。"

"艾登·霍夫曼先生，"迭戈-180轻声说，"我这儿有足够的文件向您借人，在这起案子结束之前——"

执行副局长艾登·霍夫曼点了点头。"我知道。"他揉了揉捂得发红的鼻子，无可无不可地说，"在案子水落石出之前，休·威尔比和各大片区的警力都会配合你的调查。"

二

夜幕降临时，休·威尔比与迭戈-180换上便装，走上巴尔的摩东的大街。彼时，星光黯淡，苍白的月高悬于天际，在薄薄的云雾后若隐若现，时不时暴露出一小点儿惨淡而虚弱的光。黑夜一俟带来黑暗，城市的霓虹就冲天而起，打在潮湿的水汽上，反射出一大片不祥的橘红色的光。光霭之下，刺耳的警笛声从远方飘来，偶尔夹杂着几句谩骂、几声怒吼以及几道枪响。

休·威尔比走在坎坷的道路上，对这样的声音和这样的景象感到习以为常。夜一降临，大街上的生命活动便少了。慢慢地，整个片区陷入一种古怪的悲哀，带着些许苍茫的荒凉，好像这个城市正在死去，或已经死去，只是死而不僵。

巴尔的摩东片区和西片区的巷弄深处藏污纳垢，夜晚是罪犯、暴徒和帮派团伙的国度。拉帮结伙的流氓在监控设备拍摄不到的地方随处可见，鬼鬼祟祟的毒贩和窃贼也不少。流浪汉们蜷缩在角落和巷子深处，有的翻捡着垃圾，有的烤着火。这里是罪恶的渊薮，立于深渊中的棚屋和房车到了夜晚便紧闭门扉，唯有隐隐约约躁动的鼓点和狂热的电子音浪透露出门后世界的狂欢。

"我的线人就在其中一栋楼内，"休·威尔比解释道，"那家伙专门在医学院附近做生意。"他耸了耸肩，"但说实话，如果是因为嗑药过量死亡，那么凯莉·摩尔的死因绝对躲不过法医的眼睛。我并不真觉得这事儿就一定与毒品有关，但我们可以问问他是否在医学院附近见过死者。"

"可以信任？"迭戈-180同意休的看法，并且渴望见见他的线人。

休点了点头又摇了摇头。"探员与线人之间是互利互惠的关系，"他慢悠悠地说，"我对他睁一只眼闭一只眼，并将他纳入证人保护计划，而他则向我透露近期的大宗毒品交易地点和时间。只要我对他有用，他也对我有用，便值得信任。"

"你把自己说得很廉价。"迭戈-180若有所思地看着他。

"却是事实。"休·威尔比满不在乎地说。他推开冰冷的铁门，穿过生锈的铁栅栏，来到一栋简陋的铁皮屋门口。

灯是亮的，满是污渍和斑点的玻璃窗后垂着一条米黄色的油乎乎的帆布窗帘。暖色光线在帘布上投下两道蠕动的人影，屋子里充斥着黑人说唱音乐的噪音，震耳欲聋的声响隔着墙盖过了男人喘息和女人呻吟时交织出的靡靡之音。休按下门铃时，屋中灯光霎时熄灭，黑帮说唱也停了，漆黑环境内部响起一声女人的惊呼和一道男人的咒骂。

屋中的男人高声喊道，"等一下！"

一分钟后，休听见棚屋后头有动静，一个长发披肩的女人赤身裸体，在慌乱中一边穿衣服，一边埋着头别着脸仓促离去，只留下一个背影渐渐淡化于深沉的夜幕之中。

"谁？"门后响起一道警惕的男声。

"是我，休·威尔比。"他冲着迭戈-180努了努嘴，示意对方后退。

门开了，带起一阵尖锐的金属摩擦声。屋内灯光重新亮起，一个脸色蜡黄、样貌普通的瘦弱男人从门后探出小半个身体，单薄胸膛上的胸毛在暖黄色的灯光下纤毫毕现。休的线人是一个复兴嬉皮士，留着一嘴大胡须和一头脏兮兮的金色长发，暗褐色的嘴唇下藏了一口金色的假牙。

"最近没有交易。"杰米·金牙脸色难看，神色不满，"你不该这么直接来找我，尤其是你还带了别人，这不合规矩。要是让其他人看到我和警探有联系，那我就死定了。"嬉皮士嘟哝着，恶狠狠剜了一眼迭戈-180，作势欲关门。

"我有点儿事问你。"休伸出右脚，挡在门缝中间。"急事，"他补充道，"让我们进去，只耽误你十分钟。"

"那就赶快进来，"杰米·金牙狐疑地转了转眼珠，不耐烦地催促道，"别在门口傻站着，你们会害死我的。"

休冲着迭戈-180招呼一声，侧身滑步闪身进屋。在此之前，为了掩人耳目，他从未来过这里，也从未经过这屋。杰米·金牙的铁皮棚屋从外观上来看简陋得仿佛临时搭建的居所，但棚屋内部的生活环境却不算太糟糕。

休·威尔比进屋第一眼看到的便是墙壁上的动物脑袋装饰——一件鹿头标本，瞪着一双湿漉漉的惊惧的漆黑大眼；一件狼头标本，獠牙外露，绿油油的眼珠子活灵活现，闪烁着凶恶的光。然后，他很快注意到棚屋中央的墨绿色布艺沙发和一个很小的半透明玻璃茶几。这里是毒贩的窝点，线人再如何替警察办事，也是为了自己的利益。因此，当休瞥见茶几上沾着白色粉末的身份卡时并不意外。杰米·金牙讪笑着收起了可卡因，与厨房桌子上的散装大麻摆在一起。他从肮脏混乱的厨房里取出一瓶威士忌，为两人各斟了一杯酒。

迭戈-180 率先在沙发上坐下。几秒钟后，这位模样俊美的仿生人从冷冰冰的、没有温度的屁股蛋子下抽出一条黑色的蕾丝内裤。那个女人——不管是妓女，还是金牙的情人——离去时都太过匆忙，以致忘记带走自己的内裤。

出于卫生考虑，他单独拉过一张椅子坐下，同时从怀里取出一张凯莉·摩尔的照片。"认识她吗？"休·威尔比问道，"约翰·霍普金斯大学医学院的学生。"

杰米·金牙盯着照片打量了好长一段时间，最终摇了摇头。"没印象。"他起身重新打开音响，嘈杂的说唱音乐淹没室内仅存片刻的宁静。

"他在撒谎。"迭戈-180 突然说道。

"我为什么撒谎？"金牙扭过头，愤怒而茫然地问，"你为什么觉得我在撒谎呢？"

"尽管你的呼吸控制得很好，但看到照片的第一眼，你的瞳孔因惊讶而收缩，同时你的心律——"

休咳嗽一声，打断迭戈的论述。"我的搭档是仿生人，如果你撒谎，是骗不了他的眼睛和耳朵的。"他缓缓开口，语气轻得不像在威胁，"如果你知道什么而隐瞒不报，那么你将面临被移出证人保护计划的风险。你不想去火星那鸟不拉屎的荒芜之地当苦力吧？"

"拜托，休，别这样，咱俩都知道你不会那么做！"杰米·金牙坐回沙发，心怀不满地抱怨道，"你知道这对我意味着什么？你这样做等于把我剁碎了喂狗！"他烦躁地挠了挠头皮，眼神焦灼。"好吧，我承认自己撒了点小谎。"他犹豫着说，"凯莉算是我的老相识了，只是她很久没找我了。"

"你卖给她什么？"休·威尔比问道。

"卖给她什么？"杰米愣了一下，"不，不是我卖给她什么，而是她卖给我什么。凯莉是医学院的学生，所以平时能接触到大量的药用大麻和镇静剂。我们之间——"他张了张嘴，最终颓然叹了口气，"好吧，一直以来，凯莉都从医学实验室偷窃药物，并到我这儿销赃。"杰米沮丧地说，"我和她算是朋友吧？杰米·金牙从不出卖朋友，我不该和你说这些的。"

"所以，这就是你隐瞒的原因？"休面无表情地说，"杰米，也许你不再需要担心自己出卖朋友了。现在的情况是，这女孩死了，当然，如果你有看新闻就知道，尸体是在一堆鱼虾中被人发现的，就是飓风过境后被带上岸的那一堆。"

"凯莉死了？"杰米·金牙猛地睁大眼睛，惶惑不安地问道，"怎么会呢？是意外吗？"

"你瞧，杰米，这就是问题的关键所在。"休意味深长地笑了笑，"问题在于，我们怀疑也许这不是一起意外，但缺乏更多更有效的证据，也没能从她的教授和同学那边得到事发前几天她的去向。"

"我明白了。"杰米悻悻然点头，"你们是来调查凯莉的死因的。"

"你知道她都去过哪儿？"迭戈-180 适时问道。

杰米摇了摇头。"除了交易前后，我们平日里没有联系。"

"你们最后一次联系是什么时候？都谈了些什么？"迭戈-180 继续问道。

"我想想，应该是八九天前的事了。"杰米皱着眉头苦思冥想。他拨了拨额间垂落的长发，拎起威士忌酒瓶灌了一口。"嗯，我想起来了，那是飓风来的那一天。"杰米忖度道，"我还记得那天早上凯莉来找我时还挖苦我，说到了晚上飓风来临时，我这儿准会被暴风雨淹没。"

"那就是 9 月 4 日的事了。她来卖东西？"休·威尔比翘起二郎腿，换了个更舒适的坐姿。

"是，"杰米嬉皮笑脸地说，"不过那天我没接受她的报价。"

"为什么？"迭戈-180 问道。

"近来市面上出现一种新型致幻剂，传统毒品已经滞销好长一段时间了。凯莉什么都不懂，一心以为自己偷来的药物纯度更高更强劲就能卖个好价钱。但是，她不知道这其中蕴含着怎样一个庞大的分销网络，所以我没办法接受她的报价。"

"那种新型致幻剂是什么？在哪能找到？"

"那玩意儿是从墨西哥传来的，我只知道名字。"杰米吃力地说，"谟涅摩绪涅，很拗口，对吧？"他大着舌头，又灌了一口威士忌。

"谟涅摩绪涅，希腊神话中记忆女神的名字。"迭戈-180 说。

休搓了搓手，看了迭戈一眼，又望向自己的线人。"如果给你时间，你能帮我们弄来一份样品吗？"

"可以，如果你肯给我提前报销的话，我可以找到关系替你弄来。"杰米狡黠一笑，露出一口金色的钢牙。

"我会付钱。"休·威尔比放下高高翘起的右腿，身体微微前倾。"需要多久？"他问道，"明天晚上九点，我来找你，可以吗？"

"明晚可以。"杰米挤了挤眼睛，得意地说，"但别来这里，我们没必要碰面。明天晚上九点，你去老地方，我会提前半小时到，把东西藏在厕所里。"

在休·威尔比和迭戈-180准备离开的时候，杰米·金牙忽然大叫一声，像想起了什么似的，喊住了他。"什么事？"休驻足回头，敏锐地问道，"你想起了什么？"

"你们可以去凯莉的住处看看。"杰米打了个酒嗝，含糊不清地说，"我指的不是她的宿舍，而是她在学校外用来临时存放毒品的出租屋。"他丢掉空荡荡的酒瓶，从桌上抄起一张纸，写下一串地址。"喏，就在这里，也许你们能有什么发现。"

休·威尔比接过纸条，小心翼翼地折叠好塞进兜里。他带着迭戈-180离开棚屋的时候，已近凌晨一点。不知从何时起，巴尔的摩下起了淅淅沥沥的小雨，一整座城市沉浸在雨雾与黑暗之中，仅剩灯火的斑斓和霓虹的多姿像发光的水母一般在夜的海洋深处浮浮沉沉。于是，古老的世界就这么显露出一股绝望的无可救药的悲哀，仿佛整个文明都在下沉，不间断地、无休止地滑向深渊。

"你相信你的线人吗？"迭戈-180再一次问道，"他看起来总是笑嘻嘻的，似乎不怎么怕你，也难保不走漏风声。"

说信任是假的，说不信也是谎言。"告诉我，迭戈，"休从容问道，"为了了解一个人，一个像你这样的仿生人需要多久呢？为了了解一个人，一个像我这样的自然人又需要多久呢？"

"对我来说，也许只需几十分钟。"迭戈-180说，"如果能有更多时间，如果能收集到更多数据，我就可以更全面地了解一个人，解析对方的性格和心理，对其知根知底。"

"你瞧，你需要几十分钟，而我快速了解一个人只需看上一眼。"休抹了一把脸上的雨水，隔着沙沙雨声说道，"我把这种快速了解人的能力称作直觉，你知道我看到了什么？"

"一个毒贩？瘾君子？还是一个可利用的线人？"迭戈-180平静地说，"但直觉只是美其名曰的臆测，直觉是共情，直觉是不准的，直觉极可能导致谬误，仅是主观的一厢情愿。"

休·威尔比不置可否地摊了摊手，一屁股坐进车厢。

此时此刻，车厢内亮着黄灯，流动的空气干燥且温暖，暖风于须臾间烘干了两人身上湿漉漉的衣物。迭戈-180是联合国地安局的财产，为这位仿生人配备的飞车也舒适极了。发动机起动之后，飞车拖着两道等离子体羽流，四平八稳冲进高空，在暗夜中留下两条淡淡的光轨，没有丝毫颠簸。

直到这时，休·威尔比才给出了自己的回答。"我看到的是，"他不疾不徐地说，"一个悲伤无助且身陷囹圄的溺水者，一个孤立无援的被遗弃的个体，一个只能向幻觉寻求慰藉的痛苦灵魂。"直觉是主观的一厢情愿，他想，这话儿一点儿没错，但直觉往往让人彼此信任。"事实是，"他自我反驳道，"没有人可以彻底了解另一个人，即使是了解自己也不能够。"休从兜里掏出那张皱巴巴的纸条，上面写着凯莉的出租屋地址以及一句潦草的话——"别去，这是陷阱。"

"我想你是对的。"迭戈-180轻飘飘扫了一眼。

"但愿我是错的。"休把纸条揉成一团，重新塞回裤兜。"我需要你帮我做一件事，"他恹恹说道，"向地安局请求增援，派无人机盯紧我的线人，别让他出意外，我不想杰米·金牙出事。在人情这张关系大网内，一个人总是对另一个人负有一部分责任，现在这责任更大了。"

"为什么不找你的同事？"迭戈-180反问道。

"你知道巴尔的摩的罪犯称呼我什么？"休·威尔比合上眼睛，疲惫地说，"他们管我叫巴尔的摩的独狼，管警察叫鬣狗。他们说得对，我的确不信任食腐的鬣狗。"

迭戈-180点了点头，没有细问。"现在我们去哪儿？"

"凯莉的出租屋是目前为数不多的线索，我们必须去，但不是现在。"他把脸转向窗外，泛光的虹膜沉迷于朦胧的夜色之中。"你是仿生人，你不会累，只需要极短时间的休眠，与我不同。这件事需要我打起精神应付，现在差不多到了该休息的时候。"

"我明白。"迭戈-180突然问道，"按照人类的规矩，我请你喝一杯？"

"不，谢谢，我不喝酒。"他揉了揉眉心，无动于衷地说。

半小时后，休·威尔比独自一人走进酒吧，在角落里找了位置坐下。"一杯干马天尼，摇匀，不要搅拌。"他说。街上风声呢喃，强烈的酒精味弥漫在口鼻间，冲淡了室外的沙沙雨声。

三

休·威尔比的家就在巴尔的摩东的一栋公寓楼里，住处不算大，但房子里空无一物，倒也显得空旷。风吹进来时，气流顺着窗户横贯这个小小的居所，从未遇到任何阻碍，也从不需要拐弯抹角。他时常出门，却也时常忘记关窗。于是，近几日，那飘浮在空气中的鱼腥味也飘进了他的生活空间，并在此久久停留。

屋子里的物体是有颜色的，但所有色彩都是阴郁的，介于黑白之间——白色的床垫，灰色的水泥地、黑色的衣物、银色的栏杆……没有任何家居，也没有任何装饰，只有一张勉强称得上舒适的床垫和常见的基本生活用品。这儿的一切都同样单调、同样枯冗、同样死气沉沉。也正是因为如此，他的家徒有其表，实际上像个牢笼，凄冷寂寥得连蟑螂或老鼠都不愿光顾。

门铃响起的时候，休醉醺醺醒来，头疼欲裂，宿醉带来的晕眩感像一簇漩涡，卷着他的感官朝着水深处坠去。太阳穴泛着酸痛，轻轻跃动，有那么一刻，他几乎以为自己的脑袋内装了一枚定时炸弹，伴着呼吸律动的疼痛，侵蚀着他的神经。

这该死的家，这该死的避风雨的蜗牛壳，他想，还有门外那该死的客人！酒精正在谋杀我，但只有酒才是最好最忠诚的朋友。生活本身就是一场更大更宏观的慢性死亡，不幸和苦难总是层出不穷，能不能快乐地活下去全靠遗忘全凭侥幸。像这样浑浑噩噩醒来已发生了多少次，像这样没日没夜的工作，然后烂醉如泥，一觉醒来，在痛苦与迷茫中扪心自问，又有什么意义？

他换好衣服，盖住死亡天使亚兹拉尔的文身，便直接开了门。厕所的柜子里存有醒酒药，但他没吃，疼痛让他清醒，疼痛让他好受，适度的疼痛提醒他还活着。墙壁上挂着半张全息照片，照片中只有他自己，另一半被人抹去。这张照片是这屋中他唯一不愿向人展示的，所以他关掉电源，切断全息相框的投影。

"去凯莉的出租屋？"迭戈-180出现在门口，虽然嘴角永远噙着一抹温和的微笑，但眼中也总是闪烁着公事公办的光。

休·威尔比知道这个仿生人一定闻到了屋内的鱼虾腥臭味，但他不知道对方是否闻到了昨晚带回来的酒精味儿。仿生人没说，他也不提，只是点了点头。"让人在出租屋附近盯梢，"休轻声说，"随时做好接应我们的准备。有人看着杰米·金牙吧？"

"当然。"迭戈-180笑了笑，表示理解。"走吧，"仿生人说，"那地方刚好离你这儿不远。"

凯莉的出租屋在两个街区之外，是个小单间，位于某栋廉价公寓二楼。也许是灯光足够阴暗的缘故，整座建筑内外永远弥漫着一股安宁、死寂而不详的气息，像枯枝败叶一般，在寂静无人的黑色沼泽地里簌簌飘摇。

今天天气不好，昨夜的小雨未能及时止息，反而愈发猖狂。当大地变成一间阴湿的牢房，倾泻如注的雨幕变成了大牢狱的铁栅栏。街道旁，巷子里，无家可归的野猫在垃圾桶中翻捡食物，发出婴儿般的啼哭声，像对这城市和建造城市的人类的控诉。

野猫极怕生，更怕人。休下车的时候，猫儿见到活人就跑，光秃秃的掉了毛的羸弱身子在凄风苦雨中瑟瑟发抖，眨眼间就蹿入油漆斑驳的高墙后头。他进了公寓，进了电梯，在电梯间的镜子上看到迭戈和自己——电梯间的灯光疯狂闪烁，墙壁上的发光涂鸦在忽明忽暗的光线中一亮一亮的，布满裂痕与断纹的电梯间镜子反射出一千万张渗人的染着荧荧绿光的人脸。

凯莉的房间位于走廊尽头，左手边倒二间。电梯门向两侧分开时，他从腰间的枪套里拔出动能手枪，与迭戈 -180 分站走道两侧，贴着墙放慢步伐小心翼翼地前行。门是虚掩的，进去就算不上冒昧，何况屋主也已经死了。迭戈 -180 竖着耳朵，睁着一双大大的湛蓝色眸子，仔细监听着屋中动静。片刻后，仿生人打了个手势，示意屋中无人，却又制止了休的闯入举动。

"门后有东西。"迭戈 -180 指了指脚下，口中冲着地面呼出一阵水蒸气。刹那间，三缕猩红光线在白色的水汽中显现。仿生人伸出右手，探进门缝，以一个诡异的扭曲姿势折叠手臂，从门后取出一枚墨绿色的阔剑地雷。"现在可以进去了，"迭戈冷静地说，"但如果陷阱只是这玩意儿，也未免太过简陋了。"

休仔细看了这个仿生人几眼。"说不准，人们走得太急，看得太远，总是忘记注意脚下。我也是。"他推门而入，心中翻腾的却是更进一步的想法。如果没有你们这些长得像人的机器，也许我还真中了招，他心想。死亡总吸引着我，人生处处是此面向敌的阔剑地雷，有时我甚至分不清自己是有意或是无意踩上去。

凯莉的出租屋比休·威尔比想的乱一些。进门第一眼，他没能看到堆积成山的衣裙，也没有找到任何一件像样的化妆品。屋中有床，有衣柜，有桌子，但都摆满了各式各样的镇静剂和药品。这儿没有线索，甚至没有太多的生活痕迹。

一开始，休觉得奇怪，但很快释然。凯莉并不住这儿，只是在这存放医学实验室里失窃的物品。屋内唯一有生气的物品是一台小小的老旧的电视。在休尝试着接通电源之后，电视亮了起来，几度闪烁，投出粉尘般的雪花颗粒，在漆黑的屏幕中组成一个大大的笑脸。

迭戈-180跪在床边一阵摸索，好不容易才找到一个小瓶子。仿生人轻轻一抛，瓶子划过一道弧线落入休的手中。"我在床底下找到了这个，上面只有凯莉的指纹。"手机铃声响了。迭戈-180站起身，从裤兜里掏出手机。"稍等一下，我去外面接个电话。"他一边说着一边朝着屋外走去。

出租屋仅有一扇窗，墙壁上豁开的小小口子嵌着一面沾满尘土的玻璃。玻璃窗没关，只是盖着一条几乎不透光的红色窗帘。现在是白天，窗外死灰色的惨淡天光斜斜洒下，透过窗帘，混杂着空气中的腥臭味，在室内留下一块块酒红色的方影。风灌入屋内时，沉重的帘布微微颤栗着，摇动一室光影。整个单间浸入血色海洋，一切物体表面几乎都跳动着同样一种凄美而迷离的红光。

休走到窗边，借着朦胧光线打量手上的物体。这是一个棕色的小瓶子，瓶身上没有商标，没有包装，只贴了一小截白色胶布。有人在胶布表面写了"谟涅摩绪涅"，希腊神话中记忆女神的名字。至少，现在他可以确定凯莉·摩尔的死的确与这种新型毒品有关了。

就在这时，迭戈 -180 回来了，脸上惯有的微笑却消失不见。"威尔比警探。"他欲言又止，像在斟酌着该如何开口。这样的表情出现在仿生人的脸上可很少见。

"什么事？"休看着迭戈，内心猛地一沉，仿佛有什么东西断掉了。

"你的线人死了。"

"杰米·金牙？"休问道。

"是。"迭戈 -180 说，"我没让任何人接近他，是自杀，枪响时就已太迟。"

休抿着嘴，点了点头，只觉脸色发僵，内心麻木，仿佛什么情绪都没有了。

怎么会自杀呢？杰米·金牙会自杀吗？那个误入歧途的年轻人，深陷泥沼，一心想着脱离这一行业，过上光明正大的生活……这样的人会自杀吗？他扭头看了一眼电视，屏幕上的表情图案仍张口大笑，像无声的嘲讽。

那一刻，休·威尔比意识到自己被玩弄了，像蚂蚁一样被玩弄于股掌之间，像笨拙的小丑一样被耍得团团转。

休·威尔比与迭戈-180赶到现场时，警察正忙着在那栋铁皮屋附近拉警戒线。看热闹的围观群众将进出路口堵得水泄不通，黄色的警戒线将人群与案发现场分割开来。休在人群中瞥见了好几张熟稔的面孔，都是些老熟人了，有的属于幸灾乐祸的毒贩，有的属于鬼鬼祟祟的小偷。他出示证件，费了老半天工夫才挤进现场，铁皮屋的门虚掩着，时不时就有警察进进出出。

休拉住一个出门的法医，低声问道："人是什么时候死的？"

"今天早上九点三十七分，有人听到了枪响报了警。"戴着口罩的男人回答道，"死者是吉米·罗斯，外号'金牙'，生前从事毒品交易，我们初步判断死者是在过量服用 LSD[①] 的情况下冲动自杀。"

休松开手，让法医离去。他进屋的时候，警局的执行副局长艾登·霍夫曼也在现场，而吉米·金牙就躺在霍夫曼脚边，右手握着枪，双眼圆睁，写满痛苦与挣扎，嘴角却挂着一抹神秘的引人深思的微笑。

吉米就倒在他们昨晚坐过的沙发边上。子弹是从他右侧的太阳穴射入的，洞穿了他的脑袋，又从左侧破体而出，带着大量鲜血，泼洒在墨绿色的布艺沙发和半透明的小茶几上。在这具惨死的尸体下，暗

---

① 一般指麦角酸二乙基酰胺。麦角酸二乙胺，又名麦角二乙酰胺，麦角乙二胺，简称 LSD，是一种强烈的半人工致幻剂。

红色的罪孽流淌了一地，染红了附近的桌腿，形成了一洼浅浅的黏稠的血泊。

"这人是我的线人。"休·威尔比对着霍夫曼说，"现在他却死了，因为这起案子。"他沉默良久，倏地叹息，从口袋里取出一支香烟叼在嘴上。打火机啪嗒一声燃烧起来，迭戈-180 为他点上火，缕缕青烟如柳丝棉絮般随风飘散。

霍夫曼拍了拍休的肩膀，从上身西装的内口袋里取出一个棕色的小瓶子。"这是我们从他身边找到的，"他迟疑了一下，继续说道，"本该作为证物保管，但我想这事恐怕没那么简单。"

休微微屈膝，巧妙地躲开霍夫曼拍来的右手。"这是谟涅摩绪涅，一种新型致幻物，"他从上司手中接过药瓶，木然说道，"这玩意儿本该由吉米亲自交给我，但我想他已经没这机了。"与之前发现的空瓶子不同，这个棕色的小瓶子里装满了金色的软胶囊，看起来与普通的鱼肝油无异。

"抱歉，但我必须打断一下。"迭戈-180 咳嗽一声，目光离开药瓶，落向执行副局长，"霍夫曼先生，您刚才说这事没那么简单，具体是指——"

"你们看看尸体吧。"霍夫曼摆了摆手，脸色阴沉地说，"我已经把这事儿压下去了，但我不确定还能再压多久。"他背负双手，踱着步子从后门离去。

迭戈-180 在沙发旁蹲下身子，用食指沾了点儿血渍。"一枪爆头……"他闪烁着眼睛，认真地说，"威尔比警探，这是血。"

"这当然是血。"休丢掉香烟，碾灭烟头，替吉米合上死不瞑目的大眼。

"我的意思是，这是纯粹的无杂质的血，"迭戈-180低声说，"没有脑髓，更没有混杂任何大脑碎片。"

"所以，吉米的大脑也不见了。"休面无表情地说。

"的确如此。"迭戈说，"我可以确保无人机一直盯着这里，没有任何人进出。"

"霍夫曼说得对，这事的确不简单。"休收回手，眉头紧蹙，"现在的情况是，吉米的死和凯莉的死一样吗？如果是他杀，对方用了什么样的方法？又是出于什么样的目的？"他摊开手，注视着掌中的小药瓶，"如果二者的死与这种新型致幻剂有关，为什么对方又要把这东西留给我们？太多巧合，太多如果了。"

"取一枚胶囊给我。"迭戈-180突然说道，"我可以快速化验成分，至少可以弄清楚这种致幻物究竟是什么。"他从休的手中接过一枚金色胶囊，看也不看便丢入口中咀嚼。片刻后，这位仿生调查员的眉头也渐渐皱了起来。

"结果如何？"休·威尔比问道。

"没有任何异常，只是普通的鱼肝油。"迭戈-180说。

休摇了摇头。"没有异常，恰恰是最大的异常。"他思忖道，"如果没人进出，就不可能被掉包。吉米从事这行多年，从不看走眼，也不会买到假货。普通的鱼肝油不会被人当作新型致幻剂，也许这里面还有什么门道，也许这东西有办法逃脱机器的成分检测，又或者那些成分组合起来只对人体有用。"

"你打算怎么做？"迭戈-180 若有所思地盯着他。

休取出一枚胶囊，紧接着旋上瓶盖，沿着霍夫曼离去的方向走出后门。他躲在屋檐下，在门后头的台阶上席地而坐，从香烟盒中取出一支新的香烟点燃，猛地抽了一大口。

天空伸展无尽的雨丝，把一千亿只冰冷的触手探向这个惹它厌烦惹它气恼的尘世。兴许是看厌了世界，兴许是不甘于哭泣，天空对着大地大发雷霆，乌云深处降下一道道惊惧的电光。闪电撕扯云层，用它的头使劲儿去撞击腐臭的城市。闪电落下，闪电消失，闪电死去。闪电在死的刹那发出愤怒的呼喊，那是死者不甘的回声。雷鸣愤怒地跃起，在天地之间迸发出恐怖的咆哮。世界像一个大坟茔，飘飞的雨丝和潮湿的水汽在幽灵般冰冷的悲鸣中泼洒出漆黑的阴影。城市在雨中沉沦，眨眼间就跌入黑暗，变得模糊，变得破碎，变得只剩线条，还有刺眼的令人不适的霓虹光亮。

迭戈-180 跟在他后头出了门，在他的身旁坐下。两人均不开口，明灭不定的橙红色烟头释放出阵阵烟雾，沉默便缠绕着青烟，模糊了两人的面容。风雨晦暝，天空是死灰色的，像死人生了白翳的浑浊眼球。

半晌，当香烟燃烧了一半时，休·威尔比终于开口打破沉默。"这不是我第一次害死人。"他咳嗽一声，嗓音沙哑如断裂的枝叶，"出于信任或是别的理由，人们总是在一无所知的情况把性命托付给我，我却总对他们的险境隐瞒不报。我这么做，也许是因为我打从心底里就不相信别人肯信任我，所以我害怕告知实情，害怕吓跑对方，害怕人们不配合。我想，我只是在利用他们。"

"我可以收集数据，我可以分析性格，我可以看出你是一个什么样的人。"迭戈-180 意味深长地说，"我没办法采取暴力行动强制阻止你，但是请你务必听我说完。我看得出来，你面冷心热，这从不是你一个人活着的理由。你甘于自我流放，惯于自我毁灭，你想在痛苦中寻求救赎，但你像这样逡巡于困境已过了多久了？"

"这的确不是。"休轻声说，"以前我也曾幸福，尽管我的父母早早离世，但我至少还有个关心我的姐姐。"他丢掉燃尽了的烟头，若无其事地说，"她只比我大三岁，后来死了。黑帮报复。我的所作所为毁了这世界上唯一在乎我的人。在那之后，我常常可以清晰地感觉到我的灵魂操控着一具肉体在行走，如同布袋戏中被人牵着线的布偶。周遭环境越是嘈杂，我就越感觉恍如隔世。"他舒了一口气，自嘲一笑，"我想，我是始终生活在虚无边缘的，像迷信的鸽子，得了点惩罚或奖励，就深信行为与结果的因果联系。我不断重复，日复一日工作，一生都在追逐乱象纷呈的死亡，只是想着能让自己好受点。我时常接触黑暗，也时常被黑暗感染。如果你是一个活生生的警探，并像我一样在巴尔的摩待久了，就会明白乖乖拿钱，保持沉默，才是正确的生存之道。至少那样不会让你伤害别人，也不会把本就糟糕的局面变得更糟糕。"

"我来之前了解过你，知道你的过去。"迭戈-180 说，"有时，为了救人性命，我可以在适当的时候激发高度同理心，所以我能理解你。"仿生人回头望了一眼屋内的尸体，语气也因开启那个所谓的潜在共情模块而变得悲哀起来。"维持现状是不够的，你不是想把糟糕的变得更糟，你想不好的变得更好，所以你在这里。"他问，"你要亲自服用那个胶囊，对吗？但如果这真的是某种检测不出来的致幻剂，你可能会上瘾。"

"没有比这更好的方法了。"休捏着那枚胶囊，目光坚定不移，"线索都断了，只有这条路行得通。"

"你有没有想过，这药物之所以留在这里，正是幕后的人想诱惑你吞下？"迭戈-180低声开口，眼中流露出人性化的悲哀的光，"也许，那人看透了你，把你的内心揣摩得一清二楚，你的言行举止恰好合了他的意。你会死的，威尔比警探。即使你没死，我也必须向上头汇报你服用了这药，你的下半生极可能将在戒毒中心度过。"

休把胶囊丢入口中，负罪感和自我厌恶已将他击垮，意识到存在本身这件事使他饱受内心折磨，渐渐走向极端，几近悲恸，几近绝望，几乎无法再付诸行动。"不，我想，你的确说得对，我有自毁倾向。但是，谁在乎呢？"他混着口水咽下胶囊，含糊不清地说，"也许我早已厌倦了活，也许我就是他妈地想死，也许我就是心甘情愿想这么做。"

四

起先是一片平静，像没有风浪的辽阔大海，金色的软胶囊顺着食道跌入空荡荡的胃袋时，并没有任何激烈的化学反应。他猜想也许需要等待一会儿，而事实也正是如此。当胶囊在胃酸中慢慢溶解，那些黏稠的酸涩的金色液体便如融化的蜡水那般缓缓流淌，滚烫而灼人。

于是，那片蔚蓝的大海不再沉睡，不再风平浪静，而是露了馅，逐渐暴露出它应有的真实模样。有什么东西从翻腾的胃袋中泛了上来，淡淡的晕眩感进入大脑，像一口气饮下了一整瓶威士忌。说不上是愉悦，也谈不上痛苦，迷幻感在血液循环的撺掇下，在不知不觉间冲进大脑，在他的神经高地上狠狠插下多变的光怪陆离的旌麾。刹那间，世界黯淡下去，视野尽头的城市霓虹却陡然高亮。大大小小的灯光，由一个个雨中孤立的小点，连接成一条条斑斓的彩带，紧接着，彩带又织成了幻梦般瑰美的平面。

他被那光吸引，觉得自己掉进去了。灵魂的抽离感和现实的疏远愈来愈盛。他的意识像吸尘器下的尘埃颗粒，无力抵抗，不受控制，被那光牵引着、拉扯着，硬生生拖出了身体。一切都不见了，一切都变了形。迷戈模糊了，消融了。屋檐分解了，淡化了。城市高楼像火焰中的锡兵，一点一点儿软化。天空上一秒还是愁云惨淡，下一秒就是绝对漆黑绝对空洞的虚无。

在这个糟糕至极的精神时刻，感官还在，但肉体仿佛业已殒没，溶解为泥土里、河沟里最微不足道的微小颗粒。自我意识过剩，仿佛被药物增强，以至于感官层面的存在感是如此之强，强烈到时间在流经休·威尔比这个个体时，都被迫放下脚步，就像黑洞附近的时空那般弯曲。

一个世纪过去了，生命流转的一千次欢声笑语和一万次哭天喊地像倒放的录像带，支离破碎，断断续续，几乎完全不成语句。存在本身消融了，存在的意义也不见了。人出生，呱呱坠地，发出的第一道哭声贯穿了始末。这哭声是如此激烈，这哭声是如此凄厉。在这纯洁的发自内心的动物本能般的哭声中，一种无法言说、无法疏解的悲哀就那么悄悄然渗了出来，像一堵堵绝望的高墙，把一个人的存在围困，使其与这个世界以及世界上的其他存在相互隔离。

谟涅摩绪涅，古希腊的女神，司记忆、语言和文字，也是古老的时间女神。出于休·威尔比对自我的憎恶，出于休·威尔比背负的沉重的罪恶枷锁，出于休·威尔比存在时对过往牢记最深的细节，同时，也是出于对休·威尔比的同情，谟涅摩绪涅，这位女神，在药物带来的幻觉中将他带回过去，但又不仅仅是如此，她把他带进另一个人的记忆，成为另一个除了姓氏便全然不一样的个体。

在幻觉中，他回到了过去，成了自己的姐姐，像待宰的羔羊，被一群看不见面庞的高大黑衣人剥得精光。他们羞辱她，虐待她，惩罚她，嘲笑她，并且非法占有她，却从不直接伤害她。他们是冲动的魔鬼，他们是可怕的禽兽，他们在狞笑时施暴，在抽插时咒骂。他们强迫她，让她像农场的牲畜一般跪在地上爬。没有体谅，没有怜悯，连羞耻都没有。他们让她精神崩溃，他们扯着她的头发把生殖器甩在她的脸上，他们让她完全失去了人的尊严。

他们在凌辱她的同时，还充满仇恨、充满不甘、充满愤怒地告诉她，这一切都不是她的错，当然也不是他们的错，因为这座城市中的那么多警察都妥协了，而她的亲弟弟却没有。警告已不再有效，因为休·威尔比始终不愿保持缄默，执意要断他们的财路。所以，他们要报复，要让人惧怕，进而让人臣服。

他们还说，法律永远是站在亡命之徒这一边的，因为法律永远只是定罪而无法衡量恶。他们不惮于作恶，因为他们永远没什么可以失去。他们在刀尖上舔血，活一天算一天，而她和她的弟弟不同。有着光明未来的幸福家伙是永远无法理解那些阴沟里扭曲、挣扎的臭虫的。

"杀了我吧，杀了我吧，杀了我吧！"他的姐姐痛哭流泪，眼睛红肿得像核桃。但他们不打算这么做。强奸不致死，即使被逮住也判不了死刑，但这种噩梦般的经历却足以摧毁一个女孩的一生。何况有了"不诉讼不受理原则"，他们还要拿住她的把柄，像悬起的一把达摩克利斯之剑，永远伴随着她的一生。

当然，他们也不怕激怒休·威尔比，他们甚至不在乎这位警探找他们复仇，因为他若动手杀了人反而遂了他们的意。他们巴不得休·威尔比冲动行事，前提是巴尔的摩的独狼可以找到他们。当警探被怒火冲昏理智而施以私刑，法律便是庇护这群亡命之徒的。

一个幸福的人是无力的，永远无法与一无所有的疯子进行斗争。已经一无所有的狂人狂笑着狂叫着摧毁了她的一切。曾经，事情发生时，他浑然不知，仍像正常人那样坐在办公室翘着二郎腿，满嘴黄腔，调戏着警局里新来的美女文员。事情发生后，他也仍蒙在鼓里，全然忽略姐姐脸上的麻木、恍惚与心神不宁。一周后，他的姐姐换上最漂亮的衣裳，走进警局，带着破釜沉舟的决心和绝望到极致的悲恸，用一件肮脏的沾满罪证的白衬衫，控诉了自己遭遇的一切。那一天，她在警局看到他，一句话也没说，只给了他一个怨毒的、凄凉的、悲哀的、憎恶的痛苦眼神。记忆中温暖的笑容不再明亮，曾经最欢乐的回忆成了最刺眼的哀痛。然后，她冲出警局，在他赶上之前，跳进地铁的铁轨。一切都已太迟，无论是发生前，还是发生后。

可是，如今，他又回到这里——人生的转折点，最黑暗最痛苦最自责的时刻——他不再是休·威尔比，而是一个愧疚得几欲战栗至死的旁观者。他亲眼、亲耳、亲身体验到了姐姐经历的噩梦。这种感觉令他作呕，姐姐心中的仇恨、抗拒、苦楚、酸涩、茫然在幻觉中活灵活现，仿佛他就是她，而此刻某种纽带将两人的精神联结在一起。他呼唤她的名字，但她听不到。她在心中祈求着弟弟的救援，他清楚地听见了她发出的每一个想法和念头，可他无能为力，受限于时间，受困于空间，什么都做不了，只能在她无意识深处自责地、愧疚地、悲痛欲绝地眼看着这一切，体验着这一切，承受着这一切。到了后来，姐姐已不再哭喊了，但也不再发声。她躺在那儿，像木偶，像玩具，像死尸，任凭蒙着头罩的黑衣男人伏在她的身上，说着些下流话。

"不要，不要，不要！"他大声地喊，大声地叫，大声在她心中抗拒着现实中发生的一切。他的抵触情绪像冰融入水，也许多多少少起了点儿作用，竟引得麻木不仁的姐姐突然陷入一阵歇斯底里的反抗之中。

然后，几乎是呕吐一般，精神上的反刍把他吐了出来，像火箭蹿升般推动着他回到真正的现实。幻觉不见了，铅灰色的苍穹和浓烈的乌云在他眼前扭曲着、郁结着，仿佛死的意志在生的幕布上迸发，仿佛逝去的灵魂在现实望不到的层面堆积，仿佛一个巨大的同心圆旋转着、旋转着，混淆了万花筒般纷杂的尘世。

仍在下雨。忧郁哀愁的天色令人厌倦，凛冽的暴风呼啸着，恣意游荡，如小人得志，暴露出恬不知耻的丑陋本质。仍在下雨，仍在下雨。他躺在地上，像一块顽石，独自面对朦胧的恐惧。一千万颗雨滴像断了线的珠帘，圆滚滚的水珠从屋檐边缘滑落，受重力拉扯而变形，啪嗒一声，砸在他的脸上，摔成碎片。他那颗久已下了霜的心在幻觉记忆中微微一颤，又瞬间在现实中结了冰。他的脸湿漉漉，嗑药之前就是，嗑药之后依然如此，但他的眼睛仍能体会到那种哭红了眼的酸胀，所以他分不清自己脸上是否流下泪水，抑或只是沾染了天空忧郁的泪滴。

要是能再见姐姐一眼多好，休·威尔比低落地想。如果可以，他真想再看看她的笑靥，聆听她的安慰，感受她的呼吸。那种永失吾爱的感受令他窒息。他伸手去摸口袋，想再服一粒谟涅摩绪涅，但裤兜里空空如也，什么也没有。

药物的确对现实中的他产生了某些影响，休的耳中挤满了幻听。自杀的姐姐像他一样倔强，不愿保持沉默，所以当他回到现实，死去的人便像复仇女神那般在他耳边呢喃。她要他活着，她要他行动，她要他保持憎恶，让致命的仇恨在他心中发芽，让狂涌的愤怒在他血管里流淌。

当幻觉消散，真切的痛苦和行尸走肉般的存在感便泛了上来。他觉得酸痛，觉得疲惫，乳酸在粘连的肌肉束里推挤，骨架像通了电般颤栗。疼痛是真实的，在内心蔓延的痛苦也是真实的。现实在感官边缘切割着他的神经，可恰恰是这种真实感提醒着他的存在，像一种绝妙的满怀恶意的反讽。

"你哭了，威尔比警探。"迭戈-180在他身旁说，"你还好吧？是否找到了有用的线索？你的气息和心律很不稳。"

休扭头去看那个仿生人，撞见了一对闪烁着荧荧蓝光的玻璃体。他视线微微下移，瞥见那瓶药被迭戈握在这里。"这药能带来逼真的幻觉。"休抬头对上仿生人的眼睛，麻木而无动于衷地说，"我不确定幻觉中的经历是否真实，但我在幻觉中成为别人，也几乎拥有了别人的记忆。"

"你成了谁？"迭戈-180问道。

"第一个受害者。"休冷淡地说，"那个医学院的学生，凯莉·摩尔。她遭受残忍对待时，我成了她，与她一同分享痛苦。我差点就能看清凶手的长相。"因为情绪波动，他想，我的心率和呼吸都很不稳，可高明的迭戈真可以凭借高明的视听辨别出他的谎言吗？他在撒谎，一直在撒谎，但谎言已被炸裂的情绪狂潮覆盖，所谓谎言与真相的界限究竟在哪儿呢？

迭戈沉默了一小会儿。"你觉得这种幻觉是真实的？"

"现象世界不存在，我认为这种药可以让人的意识超越时间，超越空间，甚至超越个体。"休抹了一把脸上的雨水，轻声说，"如果幻觉不是幻觉，而是一种真实的体验，那么人只要凭借这种药就能去任何他想去的地方，存在于任何他想存在的时代。这是有意义的巧合，这是平行的非因果关系，这就是荣格用来解释超自然现象的共时性原则。"

"你想怎么做？"迭戈-180 依旧保持着那种高度的同理心。

这让休·威尔比突发奇想——或许，我可以利用这种同理心，利用仿生人的感同身受，令这个漂亮的家伙明白了我内心的执念。

"如果你调查过我，那你应该知道我的过去。"休·威尔比任凭心中的悲伤释放，让悲观、愤怒、仇恨和痛苦控制自己。"从我姐姐自杀那天起，休·威尔比就也死了。"休诚恳地说，"现在，站在你面前的这个人，是被悔恨支配的肉体。如果有坏事发生了，我却因为瞻前顾后而远离真相，那我永远不会原谅自己。"

"我不清楚药效和剂量。"迭戈-180 伤心地说，"你想再服一颗？你可能会疯会崩溃会上瘾，更可能会死。"

"这个问题我们已经谈过了。"休伸出手，毫不退让地盯着仿生人的眼睛，"牺牲是必要的，是我自己选择了被诅咒。不那样我现在就会死，愧疚至死。向社会的黑暗面复仇，我存在的理由只有这个了。你得让我活下去。"

迭戈-180 思索了一会儿。"你在撒谎。"他犹豫着解释道，"先前你说你在幻觉中看到凯莉时，你表现出多种情绪，包括痛苦与焦虑、绝望与内疚，唯独缺少震惊。你没能置身事外，所以应该有更可怕的事压下了应有的惊讶。你没有看到凯莉，你提到了你的姐姐，你是看到了她，对吗？"他怜悯而不无同情地说，"你已经上瘾了，威尔比，你想再见你的姐姐一次，你真觉得那种幻觉就是真实？"

"所以，你不打算把药给我？"休不甘地说。

"不，我会给你。"迭戈-180难过地说，"至少有一点你说得对，这胶囊的确是唯一的线索，何况，如果我不答应你，也许去戒毒中心前你就死了。"他取出一枚软胶囊，郑重地放在休的手上。"只有这么一枚，只有这么一次机会。"仿生人沉重地说，"如果真相真的对你那么重要，那就找出害死凯莉·摩尔和吉米·金牙的凶手，而不是沉湎于悲伤的过去。"

休·威尔比握紧拳头，也握紧掌心的胶囊。"谢谢，我会再试一次。"他嘶哑地说。警探的声音从他喉间钻出来时把他自己吓了一跳，因为这种沙哑的、卑微的、带着点儿惶惑和悲哀的泣血嗓音只在瘾君子身上出现，而他曾在别人身上听见过无数次。

五

情况和之前有些不同了。

没有光，没有暗，没有吸纳，没有下坠，世界仅仅抖了一下，像摇晃的果冻，于是一切就变了形，换了模样。

城市还是那个城市，街道还是那些街道，罪孽潜滋暗长，巷弄藏污纳垢，好似从未变过。但的确有什么改变了。仍然有风，仍然有雨，倾盆泼洒的暴风雨还在，却带着一种撕心裂肺的恨意。

这是飓风。飓风过境时把某几棵虚浮的树木连根拔起，狂涌的气流和凌厉的雨线在黑暗中犁过大地。天上下起了乌贼雨，飓风卷起大大小小的鱼虾，将海里的乌贼冲上高空，然后劈头盖脸砸下，仿佛《出埃及记》里的青蛙雨。

举头三尺有神明。他想，这是自然对人的惩罚。也许是大自然，也许的确有神在高空中俯视人间，而巴尔的摩凭借诸多理不清的罪恶，惹得神明不快，才有了这场警示性的天灾。

时光回拨，他来到凯莉死前的时间，像寄生虫一般潜伏在个体无意识深处。这是飓风过境第一天。凯莉·摩尔活了过来，本已死去的吉米·金牙在这个时候也活蹦乱跳。一切尚未发生，一切仍在继续。他看到了真相。事实是，凯莉要求得到新型致幻剂的样品，而吉米也像答应他一样，答应凯莉第二天晚上会为她送去谟涅摩绪涅。当晚，凯莉回到家中，等待她的却是几个体格健硕的男人。

休·威尔比认出了那些人。尽管他们身着便装，神情冷淡而不屑，但这些人腰间的配枪出卖了他们。那是巴尔的摩警局的制式动能手枪。这些人全都是披了皮的巴尔的摩鬣狗，其中有几张甚至是他熟悉的面孔。曾经，凶案发生时，他浑然不知细节，如今，他以凯莉的视角看见了发生的一切——警察们把她带到了东部港区，将她锁在一个黑灯瞎火的码头集装箱里。

时间在伸手不见五指的黑暗中悄然流逝，凯莉被铐在一张牢固的木椅上，几乎无法挣脱。雾蒙蒙的未知令她恐慌，阴森森的黑暗令她恐惧。在忧虑中，悬而不决的命运罩住了她，她决定自救。她大声呼喊，疯狂挣扎，连人带椅倒在地上，用脚去踢，用手去摩擦，用喉咙里的声音尽可能制造任何一点儿生命的动静。但她是被陷阱夹断了腿的野兔，那副冷冰冰的手铐越挣扎便铐得越紧，勒得她几乎再也感受不到肿胀无力的双手。风暴的恐怖怒号掩盖了一切，她的一切喊叫传不了多远就在狂风暴雨和潮鸣电掣中破碎。

于是，她放弃了，仿佛所有猎物最终表现出来的那般，平静等待命运降临，但不是出于内心安宁，而是心像肢体一样麻木，只是偶尔徒劳无功地动弹一下，才醒悟到自己不可能挣脱的事实。

等待是无聊的、枯燥的，黑暗中的等待总是显得格外漫长。之后某个时间段，集装箱的铁门被人从外面拉开了。一个大腹便便的西装中年男人捧着一杯咖啡小心翼翼地走了进来。门在他身后关上，黑暗尚未淹没视野，集装箱内壁上的 LED 灯泡便骤然发光发亮，投下五彩斑斓的虹光。

现在不是圣诞节，但灯是圣诞节的彩灯，集装箱内部的空间被五颜六色的灯光渲染得璀璨而迷离，煞是好看。在这光影摇曳之中，由于背光，男人的脸部和上半身罩在影中，一时间竟显得模糊、神秘、高大，像一座庄严而警惕的石像，唯有一双沉郁且意味深长的眼睛在暗色中阴晴不定。

执行副局长艾登·霍夫曼从阴影中走出，把凯莉和椅子扶正，替她松了松手铐。做完这一切，他退后几步，从腰间取下一只古怪的蓝色强光手电，并以一种幽远的目光盯着她。"名字？"霍夫曼一边问着一边把蓝光打在凯莉脸上。黑色人影内部飘出的语气撞在墙上又反射回来，于狭窄受限的空间内回响，仿佛声音是从四面八方涌来，仿佛旧日幽灵的叹息。

"你是谁?"凯莉不安地问道。她的脸上挂着泪痕,眼神楚楚可怜,泛着小鹿般的惊惧。"听着,我什么都没做,"她哀求道,"让我走吧,你抓错人了,我只是一个学生。"

"名字?"霍夫曼重复道。他的眼神略有闪烁,像是不忍,但他的语气和态度坚如磐石,毫无动摇。

"凯莉·摩尔!"凯莉瞪大眼睛,激动不解地喊道,"你把我带到这里,却连我是谁都不知道!"

"名字?"霍夫曼执拗追问,仿佛并未听见她的回答。

"凯莉·摩尔,我就叫这个名字,真的,不骗你。"凯莉快崩溃了。她已经尽可能配合,尽可能老实交代,却始终弄不明白这男人在玩什么把戏。

霍夫曼犹豫了一下,换了个问法。"在凯莉·摩尔脑子里的是谁?"

"你疯了,你到底在说什么?"凯莉有气无力地回答。

"在凯莉·摩尔脑子里的是谁?"霍夫曼又一次重复道。

"让我走吧,"凯莉疲惫而厌倦地说,"请让我离开这里,我不是你们要找的人。"

"在凯莉·摩尔脑子里的是谁?"霍夫曼摇了摇头,小心翼翼调大了手电筒功率,光线骤然明亮,湛蓝色强光驱散四周的圣诞节彩灯,几乎淹没了一切。"谁在那儿?"他大声喝道,"你的名字是什么?"

"休·威尔比,你的手下。"凯莉突然说道。她惊恐地发现,自己的声带不受控制地发声,一个陌生的名字自然而然从她的唇齿间飘出，就像潺潺溪水顺势从石缝间淌过。"这不是我说的！"凯莉慌乱地喊道，"这不是我，我不受控制了，你对我做了什么？"

霍夫曼愣了一下，眼中似乎同样盛满震惊。"威尔比？毒品科的威尔比？"他皱起眉头，语气重新变得严肃。"好吧，威尔比，"霍夫曼耐心十足地问道，"你为什么在这里？"

为了找出真相，为了弄清楚究竟是谁害死了凯莉·摩尔，休·威尔比心想。

霍夫曼的手电筒和集装箱内的场景布置像某种特殊的催眠手段，竟诱使凯莉·摩尔暴露出内心最深处的想法。他是时间下游的幽灵，逆流而上，回溯至凯莉·摩尔的个体无意识深处。可现在，他的想法汩汩冒泡，巧妙发声，在无意识深处响起时也在现实中响起。

"放了她。"凯莉说。这句话中的"她"诡异地指向凯莉自己。

想法流了出来，像鲜血涌出伤口。他同情凯莉，他在凯莉体内遭遇的一切仿佛令他看见了姐姐的遭遇。尽管绑架者不同，尽管绑架的性质不同，尽管绑架的指使者所付出的行为也不同，但他内心深处的愤怒和仇恨还是让他抵触这一切。凯莉的柔弱、哀求、彷徨、无助和麻木令他想起了自己的姐姐，想起了不久前另一次相似而又不同的噩梦经历。

休·威尔比还想说些什么，还想质问霍夫曼的行径，甚至想制止发生在凯莉·摩尔身上的死亡，但他想的太多，想要的也太多，时间的幻觉是断然不允许如此诡异的纠缠存在的。凯莉嗫嚅嘴唇，张了张嘴，似乎想说点什么，以传达他的想法。可世界扭曲起来，一切光、一切人和一切景都罩上了一层灰蒙蒙的雾气。视野模糊，视界朦胧，在雾气翻涌中，暴风雨不见了、集装箱不见了，圣诞节彩灯不见了，艾登·霍夫曼不见了，凯莉·摩尔不见了，世界纠结着、缠绕着、回旋着，像一枚落叶，轻飘飘卷入漩涡般的混沌深处。

他醒来时，发现自己正躺在重症监护室的病床上，像中了美杜莎的石化魔法一般，直勾勾地盯着洁净的天花板。天花板是白色的，干净、整洁，边角却有一处渗了水。那水渍把白色的天花板小角濡湿，染成一种淡淡的灰色，扭曲的形状像缱绻的云，像多变的梦，更像狞笑的魔鬼高高盘踞于络绎不绝的病人头顶。

"我是威尔比警探的长官，他醒了吗？"一道声音在他的耳边响起，丝毫不如迭戈-180的嗓音那般舒缓平和。

"还没有。"另一道声音回答道。

声音都是从重症监护室的门外传来的，其中第一道声音属于艾登·霍夫曼，第二道则来自医院的仿生人护工。

情况紧急，危机感像木头一样沉入水底又猛地浮上水面。休·威尔比感到焦躁、不安和恐惧，仿佛敌人已逼近，子弹的烟火味儿也近在咫尺。他病恹恹躺在病床上，吃力地扭动身体，好不容易下了床，却没能走上几步就摔倒在地，发出一阵沉闷的声响。

他知道，这闷响一定传了出去，也一定引起了门外艾登·霍夫曼的注意。老天爷，谩涅摩绪涅可真是对他的身体毫不留情。在幻觉摧枯拉朽，取代现实的时候，沛莫能御的药力几乎让他的生理机能瘫痪，使他肌肉痉挛，浑身无力。

门开了，声音从他身后传来。他心生绝望，颤抖着身子，用尽全身每一分力气从地上爬了起来。他步履蹒跚，跌跌跄跄朝着重症监护室的窗户走去。沉重的脚步声在他身后响起，在他听来如此轻快如此有力，好似猫戏老鼠时的闲庭信步，犹有余力。

我逃不掉了，休·威尔比自忖，艾登·霍夫曼来得可真是时候。只差一点，他不甘地想，只差一点，我就可以逃离这里，逃到地区检察官那里去，揭露艾登·霍夫曼的阴谋，解开凯莉·摩尔的死亡真相——

蓦地，他又想到，万一地区检察官和艾登·霍夫曼是一伙儿的呢？这有可能。的确有可能。人们总是喜欢结党营私，尤其是在巴尔的摩，这儿什么事都可能发生，这儿发生什么都不足为奇。他能逃到哪儿去呢？

一只粗大宽厚的手按住了休·威尔比的肩膀，打断了他的思绪。另一只手穿过他的腋下，撑住了他那摇摇欲坠的身体。"如果我是你，"艾登·霍夫曼说，"就不会在这个时候乱动。"

休沉默了一小会儿。"我想看看窗外的风景。"他一转头就看见衣冠楚楚的艾登·霍夫曼。这个男人挺着啤酒肚，毫不费力地撑着休·威尔比那虚弱的身体，轻轻松松就把他带回到病床。"长官，"休不动声色地问，"您怎么在这儿？迭戈在哪里？"

"你昏过去很久了。"霍夫曼慢条斯理地解释道，"地安局的仿生人把你送到医院，又忙着查案子去了。我听说你在这里休养，就想着来看看你。"他的腋下夹着一个文件袋。在他说话的时候，霍夫曼从黄褐色的文件袋中取出一摞厚厚的报告。他低头仔细阅读报告，仿佛里面有什么吸引人的东西。"你磕了药，对吧？"霍夫曼若无其事地说，"谟涅摩绪涅，那种墨西哥的新药，把你引入了幻觉。"

休没说话，仅是抿着嘴，暗暗积聚力量。尽管他并未表现出太多的戒备心，但他的眼神还是多多少少泛着点儿警惕。他尝试着紧绷肌肉，尝试着以一种漫不经心的态度战胜上司的眼神，可他太虚弱了，也实在累极了。幻觉破灭，药效消退了。在这一刻，感官边缘泛上来的是酸胀和疼痛，像筋疲力尽之后抽了筋，几乎不听使唤，耳边甚至还隐隐响起了神经的哀鸣。

"别担心，威尔比，我对你没有恶意。"艾登·霍夫曼低垂眼睑，仿佛并未留意到休的行为举止。"我没有杀凯莉·摩尔，也没有指使任何人这么做。"他轻声说，"凯莉是自杀的，但抛尸行为的确是我指使的。"

休颓然躺在床上，再也提不起任何一丝力气。"这么说，幻觉不是真的幻觉，幻觉把我引向过去。"他神色复杂地说，"但我还是不相信你。长官，你知道的似乎比地安局还多，至少你似乎知道如何判别一个人的脑中是否住着另外一个人。吉米不仅是我的线人，也是你的人吧？凯莉去找他，结果就被你们逮住了。我去找他，你害怕事情败露，所以第二天吉米就死了。那种药，是你的？"

"不，吉米的死同样与我无关。"艾登·霍夫曼幽幽地说道，"听我说，威尔比，事情并非你看上去的那么简单。你首先得明白一件事。你磕了药，这意味着没人会相信你的证词，更何况你在幻觉中看到的东西也无法作为证据。明白了这一点，你就该知道，我是在开诚布公和你交谈，因为我毫无隐瞒的必要。当我告诉你凯莉的死与我无关时，那就是事实。"他不置可否一笑，"况且，纵使真是我害死了凯莉·摩尔，你也拿我没办法，就像你也拿那些伤害你姐姐的狂徒没办法。"

"别提我姐姐。"休·威尔比红着眼睛，嘶哑地呵斥道，"你又懂什么？他们已经被我送进塔尔西斯监狱，这辈子都得在狱中度过。"

"但你内心真正想要的是让他们死。"霍夫曼略一停顿，像在给休思考的时间。"我可以帮助你神不知鬼不觉地除掉他们，但前提是你我之间必须建立信任。"他心平气和地说，"如果你同意这一点，就看看这份东西。你昏过去的时候，医生对你的身体进行检查，当然也没在你的身体中发现任何致幻物的痕迹。除了一点。"霍夫曼从那摞报告中抽出几张黑色的显像光片，整整齐齐叠在床头。

休·威尔比犹豫了一下，从中抽出一张，仔细打量这张黑色的显像光片。这是他的脑部 CT 全息图，由医院的电子计算机进行断层扫描后直接绘制而成。休盯着显像光片打量了一阵子，没有看出任何异常。于是，他又抽出另外一张显像光片。与上一份不同，这张光片来自半年前的一次警局内部体检，其脑部 CT 全息图由警局的电子计算机扫描并绘制。

休把两张黑色的显像光片叠加在一起，飘浮在空气中的大脑模型便也自发重叠、融合，却又显示出不同颜色以作区分。根据观察，他得出一个直观而浅显的结论——与半年前相比，他的右脑出现了萎缩，体积相较之前缩小了 10% 左右。

"我不明白。"休·威尔比呢喃道，"究竟发生了什么？"

"幻觉的代价。"霍夫曼叹了一口气，怜悯地说，"当你服下谟涅摩绪涅，你就把自己的一部分献祭给了时间。从凯莉那儿得知她脑中的人是你之后，我就放走了她。如果你进过凯莉的记忆，那么这一部分还需要你告诉我，你知道凯莉隔天的计划？"

"如果计划没变，凯莉隔天会去吉米那里取药。"休想了想，沉吟道，"如果你的确放走了凯莉·摩尔，那么她有机会得到谟涅摩绪涅，并极有可能服下它。"他抬起头，眼神流露出明了的光，只觉一切豁然开朗。"凯莉·摩尔，还有吉米……他们和我一样都吃了谟涅摩绪涅，且都对这种药上瘾。他们嗑药过量，以至于自己的大脑慢慢消失，就像我一样。"他耸了耸肩，眼神落寞，语气却云淡风轻，"也许，不久后，我会是巴尔的摩第三具没有大脑的尸体。"

"吉米不是我的人，我们一直在监视他。"艾登·霍夫曼平静地说，"我们之所以误抓凯莉，是因为我们在找人。凯莉去找吉米时，我们检测到她的脑波异于常人。我以为那个藏在她脑中的意识是我们要找的人，却怎么也没想到那人是你。"

"'我们'？谁是'我们'？"休·威尔比反问道，"你们究竟想找谁？"

霍夫曼神秘兮兮一笑，收起那些显像光片。"来吧，威尔比。"他弯下腰，挽扶着休的身体，"来吧，我带你去见一个人。如果你想知道答案的话，她会告诉你一切。"

六

巴尔的摩天气黯淡，风雨晦暝，气氛凝重得仿佛铅块堵在人的咽喉口。飞车冲进灰蒙蒙的天空时，休·威尔比从未想过自己竟会被霍夫曼带往墨西哥。那时，云是忧愁的，嘈杂的雨声打在车窗上噼里啪啦作响，仿佛催人入眠的白噪声。他无力抵抗，又在上车时因过度疲惫而昏沉沉睡去。

当他再度悠悠醒转，风和雨不见了，澄澈空明的蓝天像清水洗过似的，反射出蓝宝石切面的光。霍夫曼见他醒来，便降下车窗，好让他吹吹风，晒晒健康的阳光。烈日高悬于天际，炽热而闪耀，流金铄石，点缀苍穹，仿佛情人狂热而决绝的眼眸，一颦一笑或一个回眸就能把世界引燃。

休重新眯起眼睛，光线透过眼皮的缝隙进入他的瞳孔——荒凉的原野、土黄色的沙石和青翠却蒙尘的仙人掌映入眼中，又转瞬即逝，被飞车的急速拉扯成模糊的线条，如实质化的时光一般朝着身后抛去。天气是如此之好，虽然有些灼热，但他的身体因戒断反应而显得虚弱且寒冷，以至于咄咄逼人的日光洒在他那苍白的脸上，竟让他觉得温暖。

"我们去哪儿？"休郁郁寡欢地问道。医院有不少人看见霍夫曼带着他上了飞车，但休·威尔比仍不指望有人能找到他。

"墨西哥城。"霍夫曼双眼直视前方，头也不回地说，"夫人本来在华雷斯办事，但她听说这件事后已经在赶回来的路上。"

"夫人？"休·威尔比揉着酸胀的太阳穴，魂不守舍地问道，"长官，艾登·霍夫曼，你究竟为谁办事？难道不是墨西哥毒枭？"

"为什么会这么想？"霍夫曼斜睨了一眼，轻声说，"墨西哥并不只有玉米卷和毒品，只有泰隆生物科技才有足够的筹码笼络人心。"

休沉默了一小会儿。"你为萨姆·斯宾塞干活。"他冷冷地说，"谟涅摩绪涅，那种新型致幻剂，是泰隆的产品，对吗？只有那样的大公司，才有可能研发出如此诡异的药物。"

"谟涅摩绪涅并非本名，只是代号。"霍夫曼摇了摇头，解释道，"确切地说，这种新药并非公司的产品，而是萨姆·斯宾塞从比邻星带回来的植物萃取物。"他顿了顿，指了指自己，"事实上，我并非替萨姆·斯宾塞办事，我只替斯宾塞夫人干活。"

"有什么区别？"休·威尔比满不在乎地问道。

霍夫曼微微提了提嘴角，露出一个皮笑肉不笑的冰冷笑容。"你会知道的。"他神秘兮兮地说，"夫人会向你解释一切，包括你吃下的那种药物。"

泰隆生物科技公司矗立于墨西哥城市中心宪法广场东北侧，毗邻国家宫和主教座堂，其建筑外观呈金字塔形，每逢传统节日或重大活动便沐浴在宪法广场的升旗国歌和教堂的管风琴乐声及唱诗班歌声之中。此处原是一处大神庙遗址，后来公司搬迁至墨西哥城，在这里围绕着遗址建立总部大楼。

这个年头，几乎没有人不知道泰隆生物科技公司的大名。这家大而不倒的跨国公司成立于 21 世纪中期，一开始只是墨西哥米却肯州一家名不见经传的玉米种植公司，后来却通过种植和出口牛油果发了家，并开始插足生物制药与义体制造行业。也正是从那时起之后，实业家萨姆·斯宾塞和他的泰隆科技迅速崛起，逐渐进入公众视野，其声名也越来越为人所知。

休·威尔比曾以为艾登·霍夫曼会带他前往泰隆生物科技总部，然而，当飞车抵达墨西哥城时，霍夫曼并不打算在宪法广场降落。他们与金字塔外观的总部大楼擦肩而过，像盘旋的飞鸟，在城市上空兜了一大圈，紧接着朝西飞去，最终降落在查普尔特佩克山顶的皇家城堡。这儿原是阿兹特克人的圣地，后来随着时间推移和历史发展也曾作为军事要塞、皇家宫殿、总统官邸或气象台。

城堡具有西班牙时期的特色，有着优美的喷泉、精致的石雕、绚烂的玻璃彩窗和神圣而恢弘的天主教壁画。在萨姆·斯宾塞崛起之前，装潢华丽、历史悠久的城堡还是墨西哥的国立博物馆，展出着西班牙时期的诸多文物。只是时过境迁，此处如今成了斯宾塞一家的私宅。

艾登·霍夫曼看起来并非第一次来这里。他下了车，便引着休·威尔比越过石阶，绕过廊柱，一路朝着城堡内部穿行，好似一位在此生活多年的管家，尽忠职守，懂得如何适时保持沉默。

城堡的装潢和摆设让休眼花缭乱，洁净齐整的大理石砖反射着令人炫目的华彩。从那精益求精又不计成本的细节中，休·威尔比隐约察觉到一种古怪的既视感。这种感觉多次袭击他，在漫步花园时，在看着松鼠被佣人投喂食物时，在抚摸憨态可掬的汉白玉狮子雕像时，在转角撞见下一片豁然开朗的新天地时，那似曾相识的感觉皆不由自主泛了上来，困扰着他，却始终捉摸不透，仿佛一片迷雾中的森林，仿佛一切经历早已经历，仿佛这一整座城堡都是一个罩着神秘面纱的谜题。

"这地方给我的感觉很奇怪，"休·威尔比喃喃道，"一切好像发生过，这和谟涅摩绪涅有关吗？"

"Déjà vu[1]，"艾登·霍夫曼投去饱含同情的一眼，轻声说道，"既视感的确是戒断反应的诸多症状之一。"

路宽阔而蜿蜒，探向城堡深处，轻柔绵软的羊绒红毯把二人领向一处古香古色的会客餐厅。这是一个清幽宁静的茶色空间，天花板、墙壁和地板皆是木头做的，在时间长河的浸泡中散发出一股木材独有的芳香。到处都是精美的雕花，到处都是繁复的纹路，温暖的壁炉、高耸的门廊和明亮的吊灯都藏着符号与印记，在不经意间闪烁着优雅、浓郁且历久弥新的璀璨华光。

两人进屋的时候，一位身材窈窕、美艳绝伦的年轻妇人正坐在餐桌旁逗弄着一只从屋外蹿进来的松鼠，只留给门口两人一个婉约的侧影和一抹明艳动人的浅笑。女子风情万种，看起来不算老，只在二十岁接近三十岁上下，像一朵盛开的海棠，像一丛熟透了、炸裂了的红

---

[1] déjà vu，法语，中文翻译为既视感，意为似曾相识，指未曾经历过的事情或场景仿佛在某时某地经历过的似曾相识之感。

色浆果，正处于女人最具风韵的年龄，既不像含羞少女那般青涩稚嫩，也不像老妪那样鸡皮鹤发、行将就木。这就是萨姆·斯宾塞的妻子。她的实际年龄也许已有七八十岁，但通过定期修复端粒体以及服用延缓衰老的药物，岁月便不得不在科技面前退步，并因此在她脸上驻足。

"莱拉·斯宾塞。"艾登·霍夫曼在休的耳边小声说道。然后，他轻轻迈出一步，以无可挑剔的礼仪和姿态鞠了一躬。"夫人，"霍夫曼恭敬地说，"休·威尔比来了。"

"我看到了。"莱拉没有扭头，仅挥了挥手，像在打发一只苍蝇。"谢谢你，霍夫曼，"她不冷不热地说，"你下去吧，我想和他单独谈谈。"

也许是有所顾虑，也许是另有想法，霍夫曼站在门口犹疑了好一会儿，才迈着迟钝的步伐远去。这个在巴尔的摩称得上位高权重的男人在临走前看了休·威尔比一眼，那双眼白泛黄的褐色眼睛闪动着一种警告和威胁的光。休在那眼光深处看到了更多更见不得人的渴慕、贪婪和嫉妒。

莱拉看着霍夫曼的身影远去，倏地露齿一笑。"是个男人都想上我。"她漫不经心地问，"你知道这是为什么吗？"还没等休·威尔比回答，她又自顾自摇头。"不，"她说，"不是因为我貌美，也不是因为我气质动人，这份美丽在世上并不独有。"

"那是为何？"休轻声问道。

"因为财富。"莱拉·斯宾塞蓦地出手，一把攥住松鼠的脖颈，朝着窗外随手一抛。可怜的小家伙甩动着毛茸茸的尾巴，在空中划过一道栗色的弧线，掉进窗台外的花丛里，像冒昧的追求者，悻悻然、灰溜溜地离去。"我是莱拉·斯宾塞，这句话本身意味着权力和财富。"她骄傲而不乏矜持地说，"不仅是男人，甚至还包括女人，只要足够了解现状，就明白拥有我等于拥有惊人的权力和海量的财富。"

休收回目光，猜想那只松鼠一定还会再来。这小家伙在此长大，讨食成了本能，便绝不气馁。人也是这样的。人在文明中成长，攫取权力、追求地位和金钱已是本能。"但你有丈夫。"他冷静且拘谨地说，"你的财富有很大一部分来自你的丈夫，尽管昔年，当一切步入正轨，他选择在公司如日中天的时候将事务托付于你，自己却驾驶造价高昂的亚光速飞船前往 4.22 光年之外的比邻星。但是，你的丈夫一个月前回来了，除非他们绕过你的丈夫，否则这不成立。"

"你不懂，所以你还不了解现状。"莱拉挪动椅子，挺起腰板站起身子，终于显露出正面。

这儿的一切都有一种奇特的似曾相识之感，包括这位高贵的夫人也在举手投足间散发出一股熟悉的魅力。直到这时，休·威尔比才注意到女人穿着一件热烈鲜艳的波西米亚低胸长裙，与她个人的身份以及此地的装修风格大相径庭。

莱拉·斯宾塞很高，身材极佳，丰润的嘴唇和明亮的眼睛四周涂抹着时下流行的红色荧光唇膏和粉色闪光眼影。当她起身时，莱拉胸口的衣领微微下垂，背着光隐隐透露出一大片细腻白皙的绵软肌肤。但当她完全站直，完全舒展开身子时，莱拉的头颅便骄傲地抬起，视线也高人一等，身长远高出休·威尔比大半个脑袋。

"来吧，跟我来，我带你去见我的丈夫。"斯宾塞夫人扭动腰肢，款款而行，如风中摇曳的杨柳。她带着他踩上回旋的阶梯，扶着棕褐色的实木栏杆，经过描绘着西班牙统治时期市井百态的壁画，转入空旷而悠远的大理石长廊。

他们来到二楼，进了其中一个刷着红漆、铺着灰色石砖的宽敞房间，房间内空无一物，唯有森森寒气浮于空气。这一幕在一座如此讲究的城堡里是极不正常的，就像把一幅超现实主义画作摆在一堆古典油画里。

莱拉·斯宾塞进了屋便摩挲着墙壁，在找到某个隐藏点之后便轻轻按了下去。霎时间，墙体内嵌，又向两侧滑开。一道暗门被打开了，门内黑魆魆一片，涌动着神秘的黑暗。时不时有些许冷气从门里飘了出来，在门外敞亮的光线下呈现出迷雾般的白色。

"来。"女人嫣然一笑，迈着轻盈得几乎要跃起来的步伐，缓缓地、缓缓地没入黑暗中。

片刻后，灯亮了，朦胧白光边沿处泛着一层薄薄的幽蓝。休踏入房间，灯光与灯影罩着他的脸庞，也将他脸上若有若无的震惊渲染得淡薄而萧疏。房间内仍是空荡荡，唯有中央处停放着一具插满仪器和制冷设备的冰棺。

萨姆·斯宾塞——那个富可敌国的企业家——双眼紧闭，脸色苍白，冰冷而刻薄的唇紧紧抿起，像一具冰雪砌成的雕像，一动不动，对外界毫无反应，也对外人的到来毫无想法。这就是寒气的来源，所有的冷气都由这个冰棺散发。

"我的丈夫早就死啦！"莱拉微微笑着，语气活泼，却毫无感情，像在谈一件事不关己的小事，带着点儿淡淡的挥之不去的疏离感。

生死是寻常事，但涉及萨姆·斯宾塞，所有寻常事都不是小事。休用眼角余光悄悄瞥了城堡的女主人一眼，刻意对她话中隐含的要素和情感视而不见。他犹豫了一下，谨小慎微地挪动脚步，微微踮起脚尖，把那张苍白得微微发青的脸看得一清二楚，甚至还看清了那死人脸上结着的一层薄薄冰霜的胡须和绒毛。

现在，他明白了，莱拉为什么会说是个男人都想拥有她，因为萨姆·斯宾塞没有孩子，作为妻子的她已是这金山银海唯一的主人。

"来，继续跟我来。"莱拉·斯宾塞绕过冰棺，在最里头的墙上摸索着，又打开了一处暗门。

灯光敞亮，揭示另一个封闭的空间。这一次，门后出现的不是棺椁，也未有寻常家具。暗门之后是一间小小的博物馆，摆放着诸多玻璃展柜，柜中陈列着大大小小数十件阿兹特克或玛雅文明遗留下来的文物。这儿曾是阿兹特克人的圣地，这儿也曾充当过墨西哥的国立博物馆。休·威尔比对此并不感到惊讶，真正令他感到困惑的是这些文物收藏的位置和空间藏得如此之深，仿佛某种见不得光的秘密。

莱拉·斯宾塞转悠着走到一处展柜旁，柜中摆放着一件死人的头骨，白色的骨头和黑魆魆的眼眶挂满了木头和石头制成的小饰品。"玛雅人精通天文历法，我的丈夫痴迷于玛雅文明。"她解释道，"20 年前，头骨的发现把他引向金星，金星的硫酸云雾下藏着一处通讯信标，来自太阳系外的飞船残骸。至此，萨姆·斯宾塞就开启了他的比邻星之旅。"

"我以为水晶头骨是假的，"休困惑地问，"难道它不是20世纪初英国探险家制造的骗局吗？"

"水晶头骨是假的，但传说是真的，玛雅人和阿兹特克人的确有石头、木头和骨头雕刻死人头的习俗。"莱拉降下玻璃，捧起那枚白色的头骨，"这枚头骨不是地球文物，而是萨姆从比邻星带回来的遗物。"她捧着头骨走到休·威尔比身旁，把头骨的嘴部对着他的耳朵。"你听，"她问，"你都听到了什么？"

休·威尔比侧耳倾听，如真空寂灭，从虚无中获得宁静。然后，声音来了，不在耳蜗，而在脑内。他听见加勒比海的海浪拍打礁石，听见文明的兴衰与覆灭，听见古印第安人在此征战厮杀，听见奴隶和劳工挥洒汗水修建金字塔。紧接着，声音扩散，波及全球。他听见成吉思汗的铁蹄踏遍西夏，他听见拿破仑的旌旗插遍欧陆，他还听见萨拉热窝的枪声，德意志的闪电惊现于波兰，甚至还听见几年前姐姐的求救与哭喊声。他听见许多，从古至今，从活人的狂笑到死人的呐喊，这是人类的声音，这是文明的声音，也是时间的声音。

"这是什么？"休惊疑不定地问道。

"一个随行船员的头骨。"莱拉回答道，"我们发现萨姆时，他还没死，只是昏迷不醒，但那艘亚光速飞船上只有他一人，那些随行船员都安详地死了，脖子以下的身体被他用来种植比邻星的仙人掌，脖子以上只剩下这么一个空荡荡的头骨。"

"死因是什么？"休突然领悟到了点儿什么，但无法开口。"终有一天，我也会这样，对吗？"他轻声问，"嗑药过量，大脑消失，只留下这么一个被药物浸染了的头骨，空无一念，只能向世人诉说过去。"

"谟涅摩绪涅……"莱拉将头骨放回原处，幽幽说道，"萨姆在飞船日志中将其称为'圣歌'，但我更喜欢称它为'谟涅摩绪涅'。"

"关于记忆和时间的女神之名。"休补充道。

莱拉合上玻璃展柜，双手随意在裙子上擦了擦。"我在一无所知的情况下，按萨姆留在日志中的指示，将他的'圣歌'通过毒品分销网络传播出去。"她说，"可是，现在，我怀疑从比邻星回来的萨姆已经不是离开太阳系时的那个萨姆了。谟涅摩绪涅是会上瘾的。你知道这种新型致幻药的真正价值所在吗？"

"什么？"

"你瞧，这东西的真正价值是赋予一个人存在价值。"莱拉眼神古怪地说，"人活着的时候似乎永远都是无法自我满足的，小孩子想成为别人家的孩子，大人们也想成为另一个人，梦想着变得不一样，成为与众不同的自己。"她抱着双臂，语气在漫天寒气中显得缥缈。"人在幻觉中容易满足，也容易在满足中迷失自我。"她盯着休·威尔比，眼神意有所指，"人们喜欢大谈成功，但这世界上真正成功的人寥寥无几。谟涅摩绪涅使人觉得自己不至于全无价值，至少也曾在幻觉中辉煌过。如果不是出于查案需求，而是抱着娱乐目的去使用，你觉得你想成为谁？人们都想成为谁？"

"萨姆·斯宾塞。"休疲惫而厌倦地回答，"你的丈夫是这太阳系内为数不多的风流人物，人们在他身上寄托了太多对财富、权力和自由的狂热希望。"

"问题正是出在这里。"莱拉叹了一口气，悲哀地说，"你通过集装箱中的凯莉·摩尔说的话，已经知道催眠可以引导潜意识中的精神体控制宿主做出反应，所以只要掌握适当的自我催眠技巧，这种'成为他人'的体验又不仅仅是一次精神上的模拟，还是一种可怕的强取豪夺的控制。太多人想成为萨姆，所以他的力量最为强大，精神最为充实。"

"我以为那只是幻觉。"休·威尔比沉声说道。这种描述令他不寒而栗。

"说到底，真实和虚妄的界限在哪里呢？"莱拉摇了摇头，慢吞吞地说，"我们对现实的感知依赖于人脑对客观存在的映射，但药物打破了映射的时间连续性和不可逆性。萨姆死了又未真正地死，而是游荡在人群之中，在一个个嗑药的个体中来回转换。如果这药扩散开来，当全人类使用谟涅摩绪涅，并渴望成为他，人们就像浮士德一样同魔鬼签订了出卖灵魂的契约。"她认真盯着休的眼睛，毫不退让。"萨姆会吃了你，吃了你的大脑，像吃了吉米·金牙和凯莉·摩尔那样，连渣滓都不剩。所有觊觎他的财富、他的地位和他的妻子的人都会死，这是萨姆的诅咒。"她认真地问，"但你还没这么试着成为他，对吧？"

"没有。"休犹疑了一会儿，否定道，"我并不想成为萨姆，变成另一个人并不会让我更好，也不会让我忘记发生在我姐姐身上的事。"他忧郁地叹息，像为痛苦的过去哀愁。"我知道，纵使我没变成萨姆，自己也难逃一死。"他说，"我已经对那东西上瘾了，戒断反应正在影响我。近来我总觉得，我已经记不太清我的童年了，就好像我把什么东西给忘了。"

"每个人一生只能服用二十次谟涅摩绪涅，但早在那之前，你的右脑将在第十次的时候消失，相当于做了一个半脑切除手术。"莱拉·斯宾塞说，"你觉得自己把什么东西忘了，是因为你已经开始出现失忆症状。失忆是诸多戒断反应之一，你忘了你最早的童年是什么模样。如果你想活下去，我会送你进最好的疗养院，但如果你想保留记忆，就必须服药。"

"谢谢你的好意，夫人，"休·威尔比低声说道，"我为过去感到痛苦，但我不愿放下那份痛苦。我不想忘记我的姐姐，即使遗忘意味着解脱。'谟涅摩绪涅'是一条无法回头的不归路，但事实是，从我姐姐受辱自杀之后，我就已经半只脚迈在这条路上了。"他笑了笑，所有的自责与悔恨尽数沉淀，再一次套上了云淡风轻的疏远面具。"尊敬的夫人，"他说，"我想，你让霍夫曼把我带来，总不可能是这么好心想帮我吧？"

"不，我的确想帮你，你怎么会这么想？"莱拉吃惊地看着他，神情出乎意料显得哀伤而落寞，"你现在还不明白，但你之后会明白的。我知道，你不会接受我的帮助，因为你是甘愿拥抱这份痛苦的。你生活得越不如意，遭受到的打击越大，你的心就越好受。"她伸出手按着他的肩膀，语气无奈，眼神像在为什么惋惜。"休，我看出来了，你想死，"她说，"你不想活，你活着仅仅是因为你要赎罪，你把自己遭受的一切看作应得的结果。"

"夫人，你似乎能理解我的心情。"休·威尔比微微侧身，躲过莱拉的手，"事已至此，我想，你一定有办法对付那个吃人的萨姆。告诉我吧，"他说，"我因一桩案子走到这里，可到了现在，我肩负的已不止凯莉·摩尔的生命，还有吉米·金牙的死以及我在幻觉中成为姐姐而经历的一切。你说得对，我的确想让那些玷污我姐姐的狂徒全都去死。可他们全在火星监狱，实在太远。替我想办法干掉他们，我替你解决萨姆。"

莱拉·斯宾塞的手在半空中僵了一两秒，旋而缓缓转了一个方向，毫不突兀地将了将一缕垂落在她光洁额头上的长发。"休息一会儿吧，"她平静地说，"明天我会带你去城郊四十公里外的特提奥提华坎，一切将在那进行。"莱拉转过身，摇曳着盈盈腰肢，迈着沉重得几乎要陷进地里的步伐，朝最开始的入口款款而去。

当晚，她在他睡不着的时候敲门，而他也为她开了门，看着她眉眼盈盈处泛着秋波。

"我突然感到一阵寂寞。"莱拉说。

"但是，如果我让你进来了，以后你只怕会更寂寞。"他说。

斯宾塞夫人没有回答，仅是衔着一抹淡淡的饱含痛苦和幸福的微笑。风吹过时，裙摆飞扬，窸窸窣窣声像海妖塞壬充满诱惑的呢喃。

真是奇怪啊，休心想，一个人的微笑竟能如此似曾相识，如此打动人心。她的笑让他想起了生命中爱过的和失去过的一切，包括不得救赎的痛苦、得过且过的愧疚以及永恒的求索和永恒的失落。

休·威尔比敞开门，让她进屋。"夫人，我知道你会来。"

"你怎么知道？"夫人微笑着与他擦肩而过，看起来像是明知故问。

"因为，"他说，"我们同样孤独。"

七

傍晚时分，飞车驶离墨西哥城，降落在东北角四十公里处的提奥提华坎。这儿曾是古印第安文明的遗址，修建有数座祭祀用的金字塔，后被神秘遗弃。阿兹特克人重新发现了这个地方，并在此定居。

作为中美洲最大的建筑之一，太阳金字塔立于南北向轴心大道"亡者之路"中段东侧两公里。并非所有的金字塔同埃及金字塔一样皆作为陵墓，西班牙人来到此处时未有此概念，"亡者之路"便也因此得名。

"夫人，我们来这儿干吗？"

"举行祭祀。"

"为了什么而祭祀？"

"为了遏制萨姆。"

"祭品是什么？"

莱拉沉默了一小会儿。"这是一场活祭。"

"我明白了。"休·威尔比微微一怔，但还是接受了这一点，"我是祭品，因为我做出了决定。"

"是，你是祭品，你的大脑是祭品，因为你将在此处嗑药，抗击萨姆·斯宾塞。"莱拉耐心十足地解释着，好像什么都没发生，"远离闹市将最大限度阻碍萨姆的意识在那些嗑了药的活人之间传送，但这也意味着你只能自己一人去面对他。在死亡面前，你孤立无援，永远只是一个人。"

"我孤立无援，永远只是一个人。"休·威尔比呢喃道。莱拉的话让他想起一场似梦非梦的谈话，一切朦胧而暧昧的细节都淹没在夜的宁静呼吸里。

他忆起昨晚夜幕降临之后自己一人是如何躺在舒适而柔软的大床上辗转反侧，也忆起窗外高悬于天际的明月是如何洒下万千银辉触摸他的脸。床头有一盏昏黄而温暖的小灯，但他没开。当他睡不着的时候，就起身站在窗边，望着天边银月神思。

是门外的脚步声惊醒了他，也是富有韵律的敲门声打断了他的幽思。休·威尔比拉开房门的时候，夫人秉烛夜游，只套了一件半透明的丝质睡裙，欲言又止地站在他的门口，眼里闪着灼灼的光。月光将她的肌肤映得白皙绵软如清雪，那截在她手中发光的电蜡烛把她的脸染得绯红而迷离。

休·威尔比已经记不清昨晚的事，戒断反应带来的失忆越来越严重，已经开始不按照次序遗忘。他还记得自己的青春期，却忘了童年。所有短暂的欢愉都如过眼云烟般消散，所有存在的永恒孤独都如中流砥柱般巍然屹立。他不记得的有许多，但他铭记的仍有不少。

也许是心中顽固的执念作祟，他还记得自己与这个陌生而熟悉的女人谈起她的丈夫以及自己的姐姐。他们同是有所失去的人，他们都是被遗弃者，也许正是这一点让他觉得两个人似曾相识，也许同样也是这一点让他觉得尽管斯宾塞夫人的情况和自己有些不同，但仍能理解自己内心的苦痛。

"从我的丈夫执意离开太阳系，追逐更高目标的时候，他对我来说就已经死了。"莱拉·斯宾塞对他说，"我的丈夫留给我惊人的财富，却也决心离我而去。无论从比邻星回来的那个人是不是萨姆，他都不再是我的丈夫。萨姆是一个成功的企业家、一个合格的求道者、一个积极的开拓者，但永远都不会是一个优秀的丈夫。"

"从我的姐姐跳下铁轨的那一刻起，我的心就随着她的死而死去了。"休·威尔比对她说，"我父母过早离世了，所以我和姐姐相依为命。是她日夜操劳，想尽办法抚养了我。在她最美好、最值得去爱的时候，我的调皮捣蛋和玩世不恭占用了她享受爱情与生活的时间。但是，当我长大之后，我却过于吝啬，不知回报，几乎从不付出，几乎把和她的点滴相处当作理所当然的平常。她死了，我想这是我的错。如果我懂得如何更经常关心她就好了。"

这是他脑中唯一记得的细节。昨晚发生的一切都罩上了神秘的遗忘面纱，唯有这段触及生命核心的情感对话，像雾中的太阳，隐约闪着虚弱且无力、苍白而朦胧的光。除此之外，一切都模糊了，仿佛除了光，一切都不再重要。

休·威尔比踏着亡者之路，脑中胡思乱想，心中烟雾渺茫。这条亡者之路，对他来说，的确通向死亡。他洞察了命运，明悟了自己的结局，纵使命运撕咬着他的心，他仍坚定不移地朝着古老的太阳金字塔走去。

一个扎着马尾的俊美男人出现在金字塔的石阶上。"威尔比警探，"迭戈-180 悲伤地说，"你还是来了，我知道你会这么做，但我由衷希望你不会就这么黑咕隆咚死掉。"

"迭戈，"休轻声问，"你怎么在这儿？"

"是我让他来的。"莱拉·斯宾塞避开休的目光，低声说，"谟涅摩绪涅对仿生人无效，因为仿生人不具备想象力，看不见幻觉，但同时仿生人又的确装有高度共情模块。"她耸了耸肩，"这就是计划，你必须把萨姆的意识引到迭戈-180 的共情模块中去。萨姆就像黑客，他的恶意是病毒，而仿生人的高度共情模块就像蜜罐技术①，故意暴露出漏洞，引诱萨姆前来攻击。"

"斯宾塞夫人已经向地安局坦白了一切。"迭戈-180 说，"待萨姆的意识进来之后，我就自毁。"

休·威尔比清楚迭戈-180 的话意味着什么。你也做出了牺牲，他看着莱拉，情不自禁地想，地安局事后必然追究你的责任，因你遵照萨姆的意愿散播谟涅摩绪涅，尽管那也并非你的本意。不，不止是

---

① 蜜罐技术本质上是一种对攻击方进行欺骗的技术，通过布置一些作为诱饵的主机、网络服务或者信息，诱使攻击方对它们实施攻击，从而实现反制。

我，他看了看莱拉，又看着迭戈，心想不止是我一个人，你们都做出了牺牲，所有人都是祭品，所有人都逃不过被毁灭或被审判的命运。莱拉也许会失去现在拥有的一切，甚至被放逐至火星的塔尔西斯监狱，而迭戈则会死，尽管仿生人生来就不畏死。

迭戈-180加入了休·威尔比和莱拉·斯宾塞的队伍，依次踩着亡者之路走向太阳金字塔。现在，三人成行，顺着过往考古学家们挖掘出的两条通道，各自步入金字塔内部的上下厅堂。

此时天色渐晚，夕阳挥发完最后一丝余热便昏沉沉坠入西山。迭戈-180在上层处滞留，像安详的死者一般在此长眠。夜幕降临了，群星闪耀于漆黑的深空，被金字塔的外墙悉数阻挡，唯有天狼星的光，经南墙的气流通道直射内部，照耀在迭戈-180的头颅上。

休·威尔比与莱拉·斯宾塞继续前行，抵达下层厅堂。北极星的光，经过北墙的气流通道落进内部，在星光荡漾间稍稍驱散了深邃而幽远的黑暗。莱拉在厅中四个角落各折了一支荧光棒，休在东南西北四个方向点燃了燃烧棒的红光。火焰燃烧，在四色霓虹的渲染下，转变为炫彩的斑斓。光子飞舞，光霭迷离，绚烂而迷幻的光割破暗的幕布，将古老的金字塔内部染得如梦似幻，斑驳的光影使此处更像一个满溢狂欢与尖叫的舞池，而非神圣的祭祀之地或古代死者的居所。

厅中间摆放着一个现代化的浴缸，由莱拉早些时候命人运送进金字塔。浴缸是陶瓷做的，通体洁白，像少女雪白无瑕的肌肤，没有任何一丝裂纹，更没有任何一点儿污垢。浴缸旁摆着三个密封的木桶，桶中分别是玫瑰、达米阿那和温度适中的热水。莱拉提起第一个木桶，将热水倾倒进浴缸，蒸腾的水汽如云烟般缭绕，眨眼间模糊了她婀娜的身姿。紧接着，她要他褪去衣物，像东方僧人斋戒沐浴那般，清空内心杂念，坐进浴缸之中。浴缸的清水中放满玫瑰和达米阿那，红色和黄色的花瓣漂浮在水面，如一叶扁舟，随波逐流，温柔荡漾。

在那之后，莱拉退入黑暗，消失不见。过了半晌，莱拉从黑暗走到光下，穿着一身轻薄透明的雪纺连衣裙，娇小而完美的头上戴着一顶高高的蓝色羽冠。她再度走到霓虹光亮下时，已用发光的亮彩和轻快的线条装扮自己的眼角。

休坐在浴缸中，抿紧嘴唇，敬畏而充满热望地看着她。女人低垂眉眼，烟视媚行，把一粒金色的胶囊捧在心口，迈着莲花般绽放的步伐来到他的身边。她在浴缸边蹲下，身子微微前倾，用右手喂他服下胶囊，用左手环绕过他的脊背掬起一抔散发着无色花香与白色水汽的热水，以便他就着这水好将那胶囊轻松咽下。

"药效一小时，"莱拉说，"一小时内如果你没成功，我会在你昏睡的同时继续给你服药。"

这是休·威尔比第三次嗑药，也是他第三次聆听时间的圣歌。

胶囊混着热水滚入腹中时，那股熟悉的晕眩感便泛了上来，连同血管中沸腾的血液一起灌进大脑。随着晕眩与迷幻感的回归，因戒断反应而被压抑的记忆也回来了。蓦地，他想起了自己在忘记童年的时候究竟忘了什么。他忘了童年时姐姐的模样。作为一个孤儿，他仍有童年，因为仍有姐姐承担起父亲的职责，扮演起母亲的角色。但是，也同样作为一个孤儿，姐姐从未有过童年，也从未有过青春。她一直都为他操心，直到他将姐姐遗忘。童年的姐姐看起来与作为少女的姐姐、作为女人的姐姐并无不同。她永远都是皱着眉头，永远都是耷拉着眉眼，瞳孔中永远都泛着淡淡的忧思和无止尽的哀愁。

"去吧，亲爱的，找到他，成为他，带回他，困住他，杀死他。"斯宾塞夫人凑在休的耳边，朱唇轻启，亲了亲他的脸颊，像一个别样的奖赏。她的吻带着甜美的香膏气息，温柔的空气吞没了他的哀伤。

莱拉重新起身，提起飘逸的裙摆，迈着雪白细腻的长腿，跨过浴缸，在他的身后坐下，用自己的双手穿过男人的腋下去环抱他。

现实正在远去，世界正在变形，燃烧棒喷射出的红光染上荧光棒的霓虹，已不再是原来的模样。金字塔内不再有浴缸，也不再有任何工业时代的户外照明工具。万物都消融了，时间唱响了圣歌，不是恢弘的咏叹调，而是平淡的、说话似的宣叙调。他沉入时间乱流，像石子沉入水底。

然而，对于清醒的莱拉·斯宾塞而言，休·威尔比只是昏沉沉睡去，嘴角的安详笑意像一个纯洁无瑕的孩子。

莱拉向后躺下，也让休·威尔比向后躺下。她小声哼歌，小声念诗，抱着他的脑袋，像哭累了的孩子依偎在母亲的身旁。尔后，他们两人又一起躺在浴缸里，身处寂寞深处，金字塔黑暗的子宫里徜徉，像所有的孩子最初都在爱的居所里守望。

在我的爱人与我之间必将竖起

三百个长夜如三百道高墙

而大海会是我们中间的魔法一场。

时间残忍的手将要撕碎

荆棘般刺满我胸膛的街道。

什么也不会有了，除了回忆。

（哦，悲伤赋予的黄昏，

渴望见到你的黑夜，

颓丧的原野，苍凉的天空，

在水潭深处蒙受耻辱

如一位坠落的天使……

还有你的生命为我的向往增辉，

还有那荒凉而又快乐的街巷

今天在我爱情的光辉中闪耀……）

如同一座雕像决定了一切，

没有了你会使更多的原野悲伤。

这是休·威尔比在临走前最后听到的几句话。莱拉后来再梦呓些
什么，念叨些什么，他便也完全听不懂了。但是，博尔赫斯的《离别》
就像火焰一样，在他心中熊熊燃烧，始终温暖着他。

<h1 style="text-align:center">八</h1>

不见了，不见了，最先变形的是一整座金字塔，古老而颓圮的石
墙在风与月中变得稍稍齐整了一些，点缀苍穹的繁星把灿烂的光洒遍
世界，剥去文明的外衣，把人的肉体暴露在群星的注视之下。

地面上燃起九百万支熊熊燃烧的火把，身着奇异服饰的阿兹特克人围着橙红色的篝火载歌载舞，将一把又一把粉末投入火中，火中刹那间就迸发出七彩的绚烂的光，宛如古代魔术师变的一次戏法。

他在哪儿呢？这是他要去的地方吗？不，不是这里，这不是萨姆·斯宾塞存在的年代，也不是萨姆·斯宾塞存在的地点。他是用力过猛，执念太强，以至于一下子跨越了太多的时间吗？

阿兹特克人唱着歌，口中发出可怕的神秘拗口的古怪音节，用癫狂而喜悦的目光盯着他。休·威尔比成了他们的祭品，这是另一场遥远时代的活人祭祀。他动弹不得，像落入陷阱的牛羊一样被捆绑。他抬头看天，天是阴郁而压抑的黑，天上的太阳只剩一道淡淡的光圈。

"献给太阳！"阿兹特克人高呼道。

"日食！这是日食！"他大声反驳，大力挣扎，竭力摆脱当下莫名其妙的困境。奇特的是，他竟能听懂阿兹特克人的语音，甚至他发出的声音也不自觉切入当地的语调。

阿兹特克人敲打他，让他闭嘴，同时口中发出狂热的呐喊。"献给太阳，献给神明！"为了让太阳维持运转——至少在当时的阿兹特克人看来的确是如此——人们唱着歌，跳着舞，抬起他，像扛起一只待宰的猪，一步一步走上高耸的太阳金字塔顶端。

主持祭祀的阿兹特克人命令其他人将他放在金字塔顶端的石头墩子上，四周的人们皆用一种渴慕的眼光看着他，仿佛能作为祭品被献祭给神是一种莫大的荣耀。他们把他按在石头墩子上，让他的手脚向下垂落伸展，以便于他的胸膛高高挺起。

当祭司举起黑曜石制成的小刀时，休·威尔比已经全然放弃抵抗，转而全心全意想象着他想存在的时间、他想去的地方、他想成为的人。可他做不到。他离不开这里，谟涅摩绪涅带来的幻觉体验对他而言仍旧陌生，像一架自行车对一个初学的孩子那般危险、复杂，以致无法掌控自如。

祭司虔诚而肃穆地注视着他，眼底深处泛起的温柔决绝好似在肯定他的牺牲。最终，在一段繁荣而深奥的祈祷之后，黑曜石小刀伴随着天边的雷霆一同落下。祭司剖开了他的胸膛，取出了他的心脏，让他那无用的躯体滚下石阶，被周围围观的人群分而食之。

他的心脏被投入火中，他的意识却升了天，化作一颗明灭不定的星。星光闪耀，富有韵律，似摩斯电码，悄然叙说着秘密。泛滥的银河汹涌流淌，夜幕中呼吸的群星如恒河沙数，被暗色的河水冲上了金色的彼岸。

他回过神来，发现自己坐在干燥的沙滩上，面对着澎湃的时间海潮，竖着食指，蔚蓝色的地球像橘色的篮球一样在他指尖滴溜溜旋转。时空画面像赶场儿似的迫切兜转，千百万张脸飘然而来，像一堵镌刻疼痛与欢愉、悲伤与快乐、苦楚与幸福的高墙。时间的圣歌在他的耳边响起，人类之墙上的每一张面孔对他而言都清晰可见，包括眼角最细微的皱纹、眉心最不起眼的小痣。

现在，他稍微有些明白谟涅摩绪涅是如何缔造神奇的幻觉，更明白对于他的大脑而言这些成为别人的幻觉都意味着什么。幻觉意味着真实，就像所有的现象世界那样真实。现实不也是一种感官的攫取吗？在这薄薄的迷幻面纱下，人是永远都无法认识到那认识之外的，又绝对不可认识的物自体的。

所有的人类面孔都像面具，脸上的喜怒哀乐与悲恸如出一辙，仿佛人类的喜悦与伤悲、欢愉与哀愁、幸福与失落、痛苦与救赎在本质上没有什么不同，都象征虚幻与真如的永恒对立与融合。个体的记忆和情感是一条条小溪，涓涓细流最终汇入人的集体无意识之海。

这片汪洋大海是超越时间的，这片汪洋大海也是超越空间的，这片大海超越了个体，直抵文明最深处的永恒，道出了宇宙最隐晦的奥秘。所有的人，在这混沌深处诞生，经古今社会塑造，具现化为所有不同的面孔。所有人的内在都是相同的，都是那几种自古有之的原型。我们活在一个不停循环的时间里，即没有过去也没有未来，丰盈的生命如激流，所有的人都可能在以前就存在过，以后也仍是，只是性格调料不同，思想的配方也不同，显露出来的外在就更加不同。

一个政客并不比一个针线女工更高贵，一个送货员也不比一个企业家更普通。所有的人都来自同一个人，所有的面孔都来自同一张面孔，所有的我们——尽管有不同的身姿、不同的样貌，却同样没有足够强大、足够冷漠、足够不为外物所动的自我。

是的，是的，休·威尔比心想，尽管这些面孔皆镶嵌于高高的文明之墙，可供选择，可以替代，但成为任何一个人都解决不了现实衍生的永恒困境，因为所有人都有烦忧，所有人都一样痛苦，这才是谟涅摩绪涅的真谛，这才是这种药物存在的意义——不是为了逃避自我，而是为了理解自我，理解这世上压根不存在完满的他我。

他在海边盘膝而坐，人类之墙从海中升起，圣歌在他身边筑起孤独的高墙。街道上挤满了人，像披着衣物的动物。曾经，智慧尚且愚昧的时候，人围着篝火无止尽地跳舞，在歌斯底里的狂欢中将自我剖析，献祭给虚无的神明。如今，当智慧拔起摩天大楼，足迹遍布深空，神在这一时代便也死了。但人是不愿就此善罢甘休的。人依然崇拜着存在，人崇拜人，就像人曾经崇拜神。萨姆·斯宾塞，最年轻、最富有、最强大、最具权力的男人，是世界的心神，因为人们扭扭曲曲，投出目光却什么也看不见，无法对所见之物赋予意义，便把希望寄托于更高更有远见的个体。

"My name is Legion, for we are many." The wall of mortals said. （"我名叫群，因为我们多的缘故。"凡人之墙说。）

休知道是萨姆·斯宾塞在说话，萨姆·斯宾塞就在这堵墙之中，即使这堵墙也生长了一副休·威尔比或达·芬奇或歌德的面孔。

"我们梦想周游世界，这个世界难道不就在我们心中吗？"墙上的诗人诺瓦利斯说，"我们不能探知自己精神的深度。神秘的道路是指向内心的。"

休·威尔比向下走近那神圣的、谜一般不可言说的夜，又与墙上的一张张面孔擦肩而过。远处，世界静卧，荒凉而寂寞，仿佛人生之路已行至水穷之处。他人的高墙下踱步，在萨姆·斯宾塞的注视下驻足。一朵云从萨姆的吐息中飘出，如袅袅青烟，模糊了彼此的面孔。

他成了萨姆·斯宾塞，不是如今这个，而是更早之前，尚未离开太阳系的那个。他是萨姆·斯宾塞，准备离开，在出发前的最后一个夜晚，与他的妻子相见。萨姆·斯宾塞不懂爱，不在乎爱，只在乎成就，只在乎开拓。

休·威尔比成为他的时候，莱拉正描绘着勾人的眼妆，像所有不得不目送丈夫狠心远去的妻子，在用自己最独特的方式挽留他。

现在，他明白为什么查普尔特佩克山顶的皇家城堡让他如此熟悉，因为那并非他第一次去往那里。在他抵达那之前，早在20年前，他就以萨姆·斯宾塞的身份去过。

莱拉抚摸着他的脸庞，充满眷恋地说，"萨姆，如孩子般天真、如鲜花般生长的世人才会爱，这是他们的秘密。"她的语气忽然一变，带着某种对未知的惶惑。"但你不是萨姆，我的萨姆从不这样爱我。你是谁？"

休摇了摇头，深深的悲哀掠过心弦。"我的确爱你，"他说，"但我的确不是你的萨姆。"他把事情的前因后果解释了一遍，尽管不指望对方相信，但他还是执意告诉她真相。"我的确爱你，但我在某些方面，也的确和萨姆一样不懂爱。"他温柔地说，"也许你并不爱我，也许你只是寂寞，也许你在将来只是把我当成萨姆的替代品，但我仍用自己的方式去理解爱。"

出乎意料，莱拉相信了。"你是为我牺牲的？"她沉默了一会儿，并不抗拒，"你是为了我，才去阻止萨姆？"

"不，不止是。"他小声说，"我不知道我的行动有何动机，我的抉择全无意义。莱拉，我在你身上看到了姐姐的影子。我是孤立无援的，很久以来都独自飘荡，但我不想被拯救，痛苦让我活着，所有想拯救我的人都被我隔离，所以实际上是我自己将自己隔离。你理解我，陪我一起下地狱，也许这就是我这么做的原因。"

"为了缓解你的孤独，我做了些什么？"莱拉依偎在他的胸口，像疲倦的猫儿。

"未来某一天晚上，你来找我，说自己突然感到一阵寂寞。"休·威尔比说，"让你进屋也许是最近一段时间我做过最正确的事，因为你对我说了一番话。"

"我说了什么？"

"你说，你和我一样，当黑夜降临之后，总是如何如何的孤独，总是如何如何的彻夜不眠。晚上睡觉前，一个人独处的时候，你总会发呆，总会思索，总会胡思乱想，总会清醒着做梦，在梦中把想做却不敢做的都做一遍。这就是你，也就是我。"

"你会死吗？"

"也许。"

"如果不死会怎样？"

"会把一切忘了。"

"包括我？"

"包括你。"他忧郁地说，"也包括我的姐姐，包括这个世界以及我活在这个世界所经历的一切。"

他们再一次相拥，像久别重逢的老情人，将彼此的热望向彼此交付。莱拉突然问他若是就此留在萨姆体内，不去比邻星系又会怎样？

"那是不可能的，莱拉。"休·威尔比说，"当我成为萨姆，未来的萨姆便也发现了我。他已经来了，在等待我用他的肉体完成对你的道别。"

"所以萨姆果然不爱我。"莱拉自嘲一笑，落寞地说。

休摇了摇头。"别这样想，亲爱的。"他柔声说，"因为这道别不是一个人的，这道别是我的，也是他的。"

莱拉搂着他的脊背，莫名哭了，晶莹的泪珠如此纯洁，与孩子的悲恸无异。

休为这份纯洁所动容，同样流下了簌簌的泪水。那泪水不仅是为失去莱拉而流，也为失去姐姐而流。曾几何时，他也像如今这样离开过啊！当他的姐姐将他抚养长大，他却如远游的浪子，满怀醉意地投入花花世界，再无问候，再无关切，仿佛离弦之箭一去不回头。

"你的丈夫会回来的，莱拉。"他哽咽着开口，试图用笨拙的语言宽慰她的心，"如果那不能让你满意，那你也许可以期盼我。尽管对那时的我来说是初见，但对你来说，亲爱的，我会再度和你重逢，在未来的某个时刻。"

莱拉痛哭。

萨姆·斯宾塞：他们来到海那边格拉森人的地方。耶稣一下船，就有一个被污鬼附着的人从坟茔里出来迎着他。那人常住在坟茔里，没有人能捆住他，就是用铁链也不能，因为人屡次用脚镣和铁链捆锁他，铁链竟被他挣断了，脚镣也被他弄碎了。总没有人能制伏他。他昼夜常在坟茔里和山中喊叫，又用石头砍自己。

休·威尔比：他远远地看见耶稣，就跑过去拜他，大声呼叫说："至高上帝的儿子耶稣，我与你有什么相干？我指着上帝恳求你，不要叫我受苦！"是因耶稣曾吩咐他说："污鬼啊，从这人身上出来吧！"耶稣问他说："你名叫什么？"回答说："我名叫'群'，因为我们多的缘故。"就再三地求耶稣，不要叫他们离开那地方。

萨姆·斯宾塞：在那里山坡上，有一大群猪吃食，鬼就央求耶稣说："求你打发我们往猪群里，附着猪去。"耶稣准了他们，污鬼就出来，进入猪里去。于是那群猪闯下山崖，投在海里，淹死了。猪的数目约有两千头。放猪的逃跑了，去告诉城里和乡下的人。众人就来了，要看是什么事。他们来到耶稣那里，看见那被鬼附着的人，就是从前被群鬼所附的，坐着，穿上衣服，心里明白过来，他们就害怕。看见这事的，便将鬼附之人所遇见的和那群猪的事，都告诉了众人，众人就央求耶稣离开他们的境界。

"原来你早就知道我们的计划。"休·威尔比说，"你一直都潜伏在我的体内，默默注视着一切发生。是从什么开始的呢？也许是未来，也许是过去。"他自言自语，自己给自己回答，"你比我先一步超越了时间，纠结从什么时候开始已无意义，时间对你也不再是约束，但你为什么不控制我？"

"因为我不能。"萨姆坐在鲜血花瓣上，微笑着说，"你在本质上和我一样，这使我无法像对付寻常人那样对付你。你瞧，事情总是如此简单，为了对付我，你把自己投入神的领域。这摆脱了时间束缚的意识就是神的领域，而你，休·威尔比，纵使你成功制止了我，也改变不了人对你的疏离。人们会害怕你，就像那众人因见了奇迹而害怕耶稣的众人。如果你成了我这样的庞大意识体，那么人们会对付你，就像你对付我一样。"

"为什么吃人？"休反问道。

"吃人是本能，精神体也无法违背能量守恒定律，"萨姆漫不经心地说，"我们需要通过吞噬同类从而获得能量，同类相食是迫不得已的生存规律，为此我不得不将'圣歌'在我们的族群中传唱。"他低头看了一眼自己虚幻的身体，吃吃笑了起来。"但是，不用为那些被吃的人感到伤心。他们都成了我，他们都在成为'我'的幻觉中得到满足。"萨姆哀伤地说，"存在是多么孤独又多么可怕呀！幸福虚无缥缈，绝望与悲恸却总是不期而至。活着让你快乐吗？活着意味着无止尽的烦恼和永远摆脱不了的物质需求。休，没有人能理解你，正如从没有人准确无误理解任何一个人，但是，被我吃掉的人都成了我。我们是神，我们是群，我们同为一体，相互理解，我们行为一致，无需诉诸交流，就可从一个个孤立的自我陷阱中摆脱出来。我们是同一支圣歌，流动着同一组音符，这难道不是美好的吗？这难道不是人类之爱的终极体现吗？"

"神不会爱世人，因为神不懂爱。"休付之一笑，平静地说，"我和你不一样，就算我可以做得和你一样，也并不意味着我们在本质上是相同的。"

"哦？是哪里不一样呀？"萨姆捂着嘴，憋着笑意，像休的话吊起了他的兴趣，但也仅仅只是听一个笑话的兴趣。

"我懂爱，而你不懂。"休认真地说，"所以，你不如我强大。"

萨姆哑然失笑，笑声紧接着转化为洪亮的回声。"你在开玩笑，你一定是在逗我笑。"

休·威尔比诚恳地摇了摇头。"不，请别笑话我，我说的是真的。"他轻声说，"爱是什么？诚如纪伯伦所言，爱除自身外无施与，除自身外无接受。爱不占有，也不被占有，因为爱在爱中满足了。"

"那么，我的问题在哪儿呢？"萨姆反问道，"你难道没看到这种不存在隔阂的终极之爱吗？"

休·威尔比：耶稣上船的时候，那从前被鬼附着的人恳求和耶稣同在。耶稣不许，却对他说："你回家去，到你的亲属那里，将主为你所做的是何等大的事，是怎样怜悯你的，都告诉他们。"那人就走了，在低加波利传扬耶稣为他作了何等大的事，众人就都稀奇。

萨姆·斯宾塞嗤之以鼻，报以不屑一顾的冷笑。

"你总想着占有，像本能动物只知攫取和掠夺，而我不。"休·威尔比笃定不疑地说，"我可以为爱而生，为爱而死，一个贪生怕死之辈永远无法和一个惯于自我毁灭的人拼命，这是亘古以来永恒不变的真理。"

萨姆厌倦了端坐。"爱让人犹疑，爱让人束手束脚。"他自矜地说，"事实是，我从未觉得爱对这个世界有用。没了爱，世界依然生长。你如此肯定它，把它当作你制胜的法宝，那就让我看看在爱面前你会做出何种选择。"他起身，跃下花瓣，体型迎风见涨，眨眼间就成了一个顶天立地的泰坦巨神。他一呼吸，人类之墙就痉挛；他一跺脚，人类之墙就颤抖；他一张嘴，口中就喷射出无尽灾厄之风；他一伸手，厄运就如大山将休·威尔比镇压。

时间的汪洋一度潮涌，把二人淹没。

九

他们在时间中追逐，一前一后，模糊，隐晦，朦胧，如两道流光，穿梭于更多的流光之中。三千三百三十三万道光束变幻，三千三百三十三万个世界飘摇，过去与未来尽在现在这一刻，可现在又是哪一刻？

当下，现实世界在这时间的河流中反倒成了岸边葱茏生长的野草，一颗晶莹的露珠在野草锋利的叶片上凝结，曲折的光线透过水珠织成一片广袤无垠的光海，揭露出其中一个秘密——文明对于时间微不足道，像幻景，像戏剧，有会更好，但没有也无妨。

在长长久久的你追我赶中，嬉戏般的两道流光时而相交，时而背道而驰，但看似简单的弧线与光轨，实际上却蕴含了极其复杂的对位——休回到20年前萨姆离开太阳系的那一晚，企图阻止萨姆前往比邻星；萨姆回到27年前休出生那一天，试图让怀孕的母亲流产。于是，休又回到21世纪的米却肯州，怀揣着同样的恶意谋杀一个挺着大肚子的农妇。萨姆必不可能坐以待毙，所以他又逆流而上找到了休的祖辈，尝试着为其中一代另寻配偶……

从逻辑上来讲，一个人的自我之所以存在，全赖于诸多不可思议的巧合——只要有一个环节出错，如果你的祖辈遇到的不是你血脉中的配偶，那么你就不存在——但同时，所有的巧合又是必然，正是因为那些祖辈一次次的相遇，才诞生出了当下这个"自我"而非我们注定无法感知的别的"自我"。

两道流光，如两颗环绕着命运的卫星，兜兜转转之后仍是原地踏步。两人试图改变历史的行径以及改变历史带来的风险，让它们在时间的长河中不断对冲，不断抵消，永远都徒劳，永远都颓然。

于是，他们放弃溯源刺杀，又转入人类历史上一个又一个声势浩大的战场。如果萨姆成了希特勒，那他就是斯大林。这一局小胜，代价却极为惨烈。如果他是拿破仑，那么萨姆就成了威灵顿公爵。这一次对抗使他再次在时间中惨遭流放。后来，他又成了君士坦丁十一世、明英宗朱祁镇、斯巴达国王列奥尼达斯一世，却一一败于奥斯曼、瓦剌、波斯军之手。但有时，他也稍占上风。他是英法战争中的法兰西，收回失去的领土，他也是南北战争的林肯，瓦解了持续依旧的黑人奴隶制度。

历史的轨迹，不受人的意志的干扰，历史的选择，往往还是历史原应有的模样。由于萨姆的强大，绝大部分时候，都是休被萨姆追赶着跑，但他在逃跑的时候仍能做出反击，以至于在这一过程中，时间未变，世界未变，什么都不曾改变，就好像万事万物永远都是这副模样。

他们还在对决，一直都在对决。

十分钟过去了……

一小时过去了……

一年乃至一百年、一千年、一万年也过去了……

他们把所有人类存在的时代都去遍，从过去到未来，又从未来到当下，像两个历经诸多劫难归来的游子，又重新回到了现在。

现在他们都明白，若是按此情况下去，这场对决毫无意义，改变不了什么，也决定不了什么，因为在这场溯本求源的大屠杀中，两人在数千多年前的新石器时代有着同样一个野蛮而愚昧的祖先。

在漫长的追逐中，蓦地，那两道流光停下，光芒散去之后，休·威尔比与萨姆·斯宾塞相对而坐，在时间的湍流中盘膝，像两块岿然不动的顽石。回到现在，他们都同意不再阻止对方出现在这个世界，也同意彼此不再进行此类幼稚、可笑却恶毒的尝试。

他们决定把胜负定在最后一次对决之中。

休·威尔比与萨姆·斯宾塞面对着面，眼对着眼，像僧人那样结跏趺坐，一动不动，任凭淙淙河水在他们的身下汩汩流过。河水拍打礁石，溅起的水花像一面面镜子，映射出一张张痛苦凝视的脸。

在他们痛苦凝视的瞬间，一场新的对决悄然展开了。

过去，一千个威严的美洲虎战士和一千个愤怒的雄鹰战士，舔着干燥的嘴唇，口中念诵着"生命""死亡"与"荣誉"，齐整整地站在颓圮衰败的祭坛旁，仰望着金字塔顶端跃动的神圣火光，渴望地观察着、等待着、雀跃着……

未来，一千个勤快的记者屈膝半蹲，以千奇百态的身姿和截然不同的角度面向着同样一座刚落成的大理石雕像，一千台相机闪着一千道刺眼的白光，一千道白光下的雕像脸庞时而忧郁，时而自信，在休与萨姆的五官特征间变幻……

现在，一分零九秒过去了……

萨姆·斯宾塞消失。

休·威尔比也消失。

萨姆成了巴尔的摩的毒贩，生意在彼时的休·威尔比的缉毒行动中覆灭。毒贩走投无路，但仍有东山再起的机会。可萨姆点燃毒贩心中的怒火。于是，他做出报复，付诸行动，把威尔比的姐姐掳来，对其施加不公的对待。

与此同时，休第二次成了自杀的姐姐，企图改变她行走的路线，一遍又一遍拨打另一个休·威尔比的电话，向当时的自己求助，向当时的巴尔的摩警局呼救。可是，她的求救永远得不到回应，因为报复未落到她身上之前仅是一次毫无根据的揣测，但报复落在她身上的时候又已太迟。那时的休·威尔比总是对此置之一笑，扬言不涉及家人永远是黑白两道的规矩。她痛恨他的不屑一顾，他也痛恨他的疏忽大意。这不是他第一次发现自己是令人气恼，但这的确是他第一次发现自己还是如此自负如此狂妄。

所以，他在一遍又一遍的轮回中都成了自己的姐姐，却改变不了结局。他与他的姐姐被萨姆·斯宾塞和那伙毒贩一遍又一遍地侮辱、凌虐……这样的体验无异于酷刑，可他必须去体验，必须想方设法去改变。

萨姆·斯宾塞如何吃人？现在他明白了，通过打击、报复、掠夺、施虐，萨姆要他精神崩溃，心理变得极度不健全，就像高高的防火墙上开了一个口子，好让外界的病毒乘虚而入。

有一次，萨姆·斯宾塞对休·威尔比说："你的姐姐不必遭遇这些，她本可以幸福地生活。"他哂笑着，挖苦着，言语刻薄，语气冷漠，满是讥讽。"你说爱是你的武器，我说爱让人束手束脚。现在，为了让你证明这一点，我会主动退出，不去干预。如果你真的爱她，那么就去改变她的结局。"

休沉默了好长一会儿。"牺牲是必须的，但我不信你有这么好心。"

"是的，你也看明白了其中的问题所在了吗？"萨姆自信十足地笑道，"你觉得自己为什么在这里？为什么在这痛苦的过去与我对峙？因为你服下了大量的圣歌？不，只要提供药物，任何人都可以服下圣歌，但不是任何人都可以参悟时间的变化，并与我对抗。"

"因为我想死，所以我不惜命。"休轻声说，"我不惜命，并非我天生悲观抑郁，而是因为从某种意义来说，正是我造成了我姐姐的死以及她在死前遭受的一切侮辱。"

"那么你仍有机会改变。"萨姆谆谆诱导道，"你在这里对我为敌，致使我为了对付你，不得不对那些巴尔的摩的毒贩施加影响。只要我不去操控他们，不勾出他们心中的报复心理，他们与你的家人便相安无事，你的姐姐既不会受辱，也不会死。我并不一定要吃了你，你瞧，你的肉体死了就死了，但我们的精神永驻，将是 22 世纪诞生的新神。"

"我的姐姐若还活着，我就失去了强烈的冲动和自我毁灭的欲望。"休·威尔比低下头，喃喃自语，"这样一来，我就不会主动去尝试那种药，也不会去帮着莱拉对付你。我的姐姐不死，我就不会在这里。"

"你应该知道，莱拉那样的女人可不简单。"萨姆叹息着，用过来人的语气劝慰道，"她在利用你，她只是在利用你。她知道你的过去，也知道你心中的伤疤。那个贱女人想让你去死，想让你替她卖命，想要你像耶稣那样上十字架，所以她勾引你，诱惑你，带着点儿成熟女性的气质与风韵，仿佛让你看到了你的姐姐，仿佛让你看到了你的另一次救赎。"

"痛苦就是我的救赎。"休·威尔比说，"就算她利用我，我也无所谓。她想要我死，而我也心甘情愿去死，这没什么好说的。"

萨姆笑了。"但如果发生在你姐姐身上的事情不存在，你就不需要痛苦，也不需要救赎，更不需要莱拉那个贱女人。"

是啊，这难道是必要的吗？休·威尔比落寞地心想。他还需要她吗？或者说，她还对他有用吗？一直以来，他都置身事外，孤零零飘荡着，人生像一场不下场的冷眼旁观，可这一切到了如今还有必要？为这造作的罪孽而活可还有必要？

不，他悲哀地想，没有必要，毫无必要，从来就没有救赎，也从来没有希望，人世间是一个大熔炉，所有人燃尽生命的光焰便同是焦黑的、虚无的、不存在的、无意义的煤炭。

"你只是要我沉默，"休痛苦地说，"像巴尔的摩的那些警察那样沉默。"

"从头到尾，"萨姆惋惜道，"一切事情的起因只是因为你不愿保持沉默。"

"可我是无法对眼下的恶行保持沉默的啊！"

"所以你就对发生在你姐姐身上的恶行保持沉默？"萨姆反问道。

"这不一样……"休茫然回答，"这不一样，这不一样呀！这是不一样的……"

"哪儿不一样呢？"

"我不知道。"休·威尔比支吾了半天，最终颓然点头。"你吃了我吧，萨姆，你还是吃了我吧，我是断然不愿作为一个吃人的神苟活的。如你所愿，你确实击倒了我，但这不意味着我输。你要我的身体，那就拿去吧。我没有妥协，宁死也不妥协，宁死也不肯保持沉默。"

"我知道，我知道。"萨姆耸动肩膀，语气像在安抚，"我会吃了你，沉默不该是你考虑的事。我会成为你，替你做出艰难的背德选择。我会替你沉默，对恶行视而不见，替你开创新的人生。"他顿了顿，认真地说，"我会让你的姐姐完好无损地活下去，这是我对你的承诺。"萨姆温柔地搂住休，给了他一个大大的拥抱。他亲吻他的嘴角，还有从他的眼角滑落至两颊的泪珠，就像犹大拥吻耶稣。

时间的河水汹涌流淌，一息过去了，人的一辈子也就过去了。如果人死了，无论愿意或不愿，忏悔和懊恼终将停止，生命会在牺牲中达成救赎，在混沌的死亡中迎来真正的沉默。

萨姆抱着休，嘴角在哀怜的目光中倏地裂开。他张开黑洞般的大口，把怀中放弃抵抗的男人吞入腹中。在那之后，他走到河边，怜悯地、疼惜地、感同身受地看着河中的自己，就好像他已成了那个阴郁的、忧愁的、悲恸的、绝望的、把痛苦当作救赎的休，又好像休的意识在他的精神体内找到了一处神圣的居所。

人被孤立，人被抹去，像海滩上的一张脸。

上帝死后是人之死。

"不。"那张脸在水的倒影中说，"绝不！我们的对抗早已说明，过去的无法撤回。"

萨姆的身体膨胀起来，像充满氢气的气球，像十月怀胎的妇女。时间之河翻涌，一滴浪花溅在他的肚皮上。此时，此刻，仿佛一根尖锐的针挑破了化脓的伤口，萨姆的皮囊像气球一般爆裂，无数个被吞咽至一半和消化至一半的意识像出笼的野兽那般仓皇逃窜。休的意识混在其中，在萨姆忙着吸纳意识的时候，借机钻进河中。

"迭戈！"休·威尔比大喊，"迭戈！迭戈！"他进入一片冰蓝色的空间，世界由无穷无尽的 1 和 0 组成。

回到现在，躺在金字塔上层的仿生人睁开了眼睛，感觉自己的机械身躯多了一个宿主。那份意识是强制加载进去的。"是你吗？"俊美的仿生人问道，"休·威尔比，是你吗？我感觉得到你。"

"是我。"休大声说，"萨姆要跟过来了，但他不会进你的身体。快让莱拉离开这里，我不是他的对手，只能拖延片刻，阻止不了他。"

"莱拉已经离开了。"迭戈 -180 平静地说，"她不会留下来等结果的。有件事是你不知道的，却是我和她一起计划的。"

休愣了一下，沉默了一小会儿，忽地笑了。"看来你和她也准备了撒手锏，对吗？"

"是的，我们不认为你能抗衡萨姆。"迭戈解释道，"不管我们成功与否，这座在历史云烟中屹立不倒的金字塔将被炸毁，我们都会被活埋。在那之后，警察会拉起警戒线。这是一场有预谋的联合行动，莱拉只是在利用你对付她的外星怪物丈夫。你的上司艾登·霍夫曼已安排好飞船和机器人，把这座监狱送入太空。"

休张了张嘴，想说什么，却说不出口。"好吧，"他叹了一口气，"可惜了这座金字塔，人类文明的遗迹最终还是毁于人类文明手中。"

"你做好准备了吗？"迭戈 -180 轻声问道。

"当然，你都不知道我为这天准备了多久。"休·威尔比耸了耸肩。

"多久？"

"从人直立行走那天起，从人学会生火以及使用工具那天起，"休咧嘴一笑，笑容格外哀伤，"最重要的是，从我姐姐死的那一天起，我已等待许久……。"

"等待什么？"

"等待死亡降临，等待沉默到来。"